The Kite and
the String

연
과
실

앨리스 매티슨
허진 옮김

xbooks

샌디를 위하여

| 일러두기 |

1 이 책은 Alice Mattison, *The Kite and the String: How to Write with Spontaneity and Control (and Live to Tell the Tale)*, Viking Penguin, an imprint of Penguin Random House, LLC, 2016을 완역한 것이다.

2 본문의 모든 주는 옮긴이의 것이다.

3 책 속에서 저자가 언급하는 책의 자세한 서지는 권말 「앨리스 매티슨이 언급한 책들」에 실었다. 한국어번역본이 있는 경우 [ ] 안에 밝혀 두었다.

4 외국어 고유명사는 2002년에 국립국어원에서 펴낸 외래어표기법을 따라 표기하되, 관례가 굳어서 쓰이는 것들은 그것을 따랐다.

실례지만, 우리 아는 사이 아닌가요?

어쩌면 커피숍 구석의 저 여자가 당신일지도 모른다. 당신은 노트북 덮개 너머를 물끄러미 보다가 빠르게 타자를 치고, 다시 물끄러미 바라본다. 아니면 줄이 좁고 촘촘하게 그어진 공책에 검정 잉크로 긴 문단을 적어 내려가는 저 남자가 당신일지도 모른다. 글자가 어찌나 촘촘한지, 페이지를 넘길 때 보면 종이가 두껍고 뻣뻣해진 것 같다.

　　내가 누구냐고? 나는 당신의 목에 커피를 쏟을 뻔하는 바로 그 지저분한 회색 머리의 여자이다. 당신이 무엇을 쓰고 있는지 궁금해서 흘끔거리지 않을 수가 없으니 말이다. 혹시 단편소설일까? 아니면 장편소설? 회고록? 나 역시 공책이나 노트북, 원고에 뭔가를 끄적거리고 있지만 당신의 글을 훔쳐보지 않을 수 없다.

　나는 수십 년 동안 읽고, 쓰고, 글쓰기를 가르쳐 왔지만 그래도 충분하지 않은가 보다. 아, 어쩌면 작가회의 마지막 날, 어처구니없을 만큼 오랫동안 글쓰기에 대해서 생각하고 말한 뒤에, 산더미 같은 단편소설을 읽고 독서에 대한 이야기를 몇 시간이나 듣고 난 뒤에, 그때는 "이제 그만!"이라고 생각할지도 모른다. 그러나 하루 이틀이 지나면 어느새 나는 당신의 어깨 너머를 다시 흘끔거리고 있다. 이제 나는 글쓰기에 대한 책까지 썼다. 주로 소설에 대한 책이지만 회고록을 쓸 때에도 도움이 되기를 바란다. 내가 해야 할 말들 중에는 당신에게 도움이 되는 것도, 그렇지 않은 것도 있다. 어느 부분을 자세히 읽고 어느 부분을 대충 읽거나 뛰어넘어야 할지는 당신이 알 것이다.

　글쓰기에 대해서 글을 쓰는 것, 당신과 내가 하는 이 일을 이해하려 애쓰는 것은 단편과 장편소설에서 무슨 일이 일어나는지, 어떻게 하면 그것을 개선할 수 있는지, 그 과정에서 어떻게 하면 괴로움을 피할 수 있는지 내 머릿속을 조금 더 뚜렷하게 정리하는 (그리고 어쩌면 당신에게도 쓸모 있는 무언가를 내놓는) 일이다. 『연과 실』은 내가 여러 해에 걸쳐서 해왔던 생각, 규칙을 따르고 시키는 대로 한다고 글을 잘 쓰게 되지는 않는다는 생각을 정리한 결과물이다. 강렬한 감정을 대담하고 자유롭게 표현하고, 그런 다음 절망하거나 변명하지 않으면서 우리가 쓴 글을 견실하고 비판적인 시선으로 바라봐야만 좋은 글을 쓸 수 있다.

냉철하게 생각하면 조금 더 손봐야 할 부분과 지금 그대로 괜찮은 부분을 판단할 수 있다. 그러나 판단하기 전에 도움이 필요할지도 모른다. 무엇을 생각해야 할지, 책을 읽으면서 무엇을 배워야 할지, 당신이 평생 의지해야 하는 명민한 두뇌를 어떻게 이용해서 글을 써야 할지 충고가 필요할 것이다. 그리고 용기가 필요하다. 글을 쓸 용기만이 아니라 (이미 쓰고 있지 않은가) 새로운 방식으로 글을 쓰고 위험해 보이는 것을 시도할 용기 말이다.

이것은 처음으로 단편소설을 쓸 용기가 필요할 때 집어들 책은 아니다. (그냥 쓰자! 책은 필요 없다!) 이 책은 입문서가 아니다. 나는 글쓰기에 입문서가 필요한지도 잘 모르겠다. 이 책은 글쓰기에 대한 어떤 여자의 생각을 설명한다. 내가 생각하는 이 책의 독자는 나와 마찬가지로 이야기를 쓰고 싶다는 충동을 느낄 뿐 아니라 여러 번 시도한 사람이다. 다른 사람들이 읽고 싶어 할 만한 무언가를 한 번, 또는 수없이 여러 번 써 본 사람 말이다. 아니면 수없는 좌절만 되풀이했을지도 모른다. 출판 경험이 있든 없든 당신은 초보자가 아니다. 당신은 이 일을 계속 해왔다.

이제는 예전과 달리 작가와 비작가를 뚜렷하게 구분하기가 쉽지 않다. 요즘은 할 일이 무수히 많고 자유 시간이 거의 없는 사람들(생계를 꾸리면서 친구관계나 연인관계를 유지하거나, 자녀들이나 쇠약해진 부모님을 돌보거나, 또는 건강이 나빠져서 활력이 떨어진 사람들)도 시간이 날 때 글을 쓰고, 글쓰기를 진지하게 생각하고, 게다가 잘 쓰기 때문이다. 이 책에서 내가 말을 거는 대상은 이미 책을 냈거나 곧 낼 가능성이 높은 사람들뿐만 아니라 글을 많이 쓰지 않았지만 운이 좋으면 잡지에 단편을 몇 편 발표할 수 있는 괜찮은 작가들이다. 작가는 다양하다. 석사과정 학생이나 졸업생, 석사과정에 지원할까 생각 중인 사람들도 있을 것이다. 또, 혼자 글을 써서 친구들에게 보여 주는 사람들이나 단과대학, 작가센터, 퇴직자 공동체, 친구의 집에서 열리는 워크숍에 참석하거나 그런 워크숍을 이끄는 사람들도 있다.

나는 석사과정 수업, 학사과정 수업, 작가회의, 그리고 13년 동안 우리 집 다락방에서 — 휠체어를 타는 사람이 있을 때는 부엌에서 — 진행한 주 1회 만나는 워크숍에서 소설 창작을 가르쳤다. 내가 가르친 학생들은 평이 괜찮은 책을 내거나, 잡지에 단편을 발표하거나, 온라인에서 두각을 나타내거나, 커뮤니티칼리지 또는 4년제 대학에서 글쓰기를 가르치거나, 글을 쓰는 틈틈이 시간을 내서 일을 하고, 자녀들을 돌보고, 자기 삶을 꾸려 나가고 있다.

내가 만나는 작가들은 다들 비슷한 어려움을 겪고 있으므로 이 책에서 도움을 얻을 수 있을 것이다. 어떤 사람들은 규칙과 기법을 너무 진지하게 받아들이기 때문에 좋은 소설을 쓰기 위해서 거쳐야 하는 난잡한 단계들을, 처음에는 뒤죽박죽이지만 서서히 말이 되는 글을 써 나가는 비이성적이고 몽상적인 마음 상태를 견디지 못한다. 또 어떤 사람들은 자유롭고 즉흥적으로 글을 쓰지만 자기 글을 판단할 때, 또는 구성이나 플롯을 질서 정연하게 정리할 때 어려움을 겪는다. 자신감이 없어서, 자신이 해야 하는 이야기를 들려줄 용기가 없어서 실력을 발휘하지 못하는 사람들도 많다.

나는 늦은 나이에 소설을 쓰기 시작했다. 어떻게 시작해야 할지, 어떻게 하면 더 나아질 수 있을지 모르기도 했지만 일을 하고 아이들을 돌보고 소설이 아닌 글을 쓰느라 바쁘기도 했는데, 그러한 방해 요소들이 썩 유감스럽지는 않다. 게다가 병도 — 구체적으로 말하자면 안과질환도 — 있었다.

나는 처음 장편소설을 쓰려고 생각 중이었던 사십 대 후반에 (그전까지는 시와 단편소설을 썼다) 존 가드너의 『장편소설가 되기』를 읽었는데, 가드너가 말하는 첫발을 내딛는 소설가는 항상 "남자"였고 종종 "청년"이었다. 이제 막 시작하는 작가는 겉모습은 거칠지만 자신감이 넘치고, 낡은 부츠와 플란넬 셔츠 차림으로 수업에 불쑥 나타나서 강렬하고 감동적인 이야기로 교수를 깜짝 놀래는 젊은 청년이라는 낡은 고정관념이 아직까지도 남아 있다. 그는 현실적인 생계 문제를 다른 사람에게 ─ 주로 그를 격려하는 인내심 많은 아내에게 ─ 떠맡겨도 용서받고, 술을 마시거나 오토바이를 타지 않을 때에는 (혹은 아내를 두고 바람을 피우지 않을 때에는) 글을 쓰면서 시간을 보낸다. 내 책은 그의 아내, 부엌 서랍 속 행주 밑에 가능성 넘치는 원고를 항상 숨겨 두는 그녀를 위한 것이다. 즉, 나는 내 책을 읽는 독자가 (남자든 여자든, 동성애자든 이성애자든, 혼자이든 파트너가 있든) 글쓰기를 일상생활의 틈새에, 늘 그렇듯 속박과 의무, 방해, 의심, 고난이 존재하는 일상에 끼워 넣는다고 가정한다. 어떻게 하면 일상생활에서 글을 쓸 여유를 찾을 수 있는지 내가 알려 줄 수는 없지만 (내 생각에는 약간 이기적으로 굴어야 한다) 내 삶의 무언가, 또는 내가 작가이자 교사로서 배운 무언가가 당신에게 도움이 될지도 모른다.

　　나는 뉴욕시 퀸스칼리지에서 영문학을 전공했고, 부모님과 같이 살던 브루클린의 아파트에서 지하철과 버스를 타고 통학하다가 1962년에 졸업했다. 그런 다음 하버드에서

16세기와 17세기 문학을, 특히 시를 공부했다. 나는 학자가 되어서 여가 시간에 시를 쓰게 될 줄 알았지만 학자생활이 맞지 않았고 대학원 졸업 후에 문학 연구보다 더욱 설레는 직업을 발견했다. 바로 코네티컷의 커뮤니티칼리지에서 에세이나 신문 기사와 같은 해설적 글쓰기를 가르치는 일이었다. 나는 뉴헤이븐에 살고 있었고 예일 법대생과 막 결혼한 참이었다. 우리는 학위를 마친 다음 캘리포니아 머데스토로 이사했다. 그곳에서 에드워드는 농장에서 일하는 이민자들을 돕는 주립법률구조공단의 변호사 자리를 제안받았고 나는 또 다른 커뮤니티칼리지에서 학생들을 가르쳤다. 베트남 전쟁이 한창이었기 때문에 우리는 가끔 샌프란시스코까지 차를 몰고 가서 평화 행진에 참석했다. 아기를 낳은 후에는 육아를 위해 일을 그만두었다. 그때까지 나는 스스로 작가—시인—라고 생각했지만 글은 거의 쓰지 않았다. 쓰던 시들도 있었지만 부지런히 계속 쓰지는 않았다.

아들이 생후 4개월 때 에드워드가 같은 법률구조공단 다른 사무실의 책임자가 되었기 때문에 우리는 서노마 카운티의 미국삼나무들 아래에 자리 잡은 작은 집으로 이사했다. 나는 아이를 낳은 첫해에 얼룩진 목욕가운 차림으로 젖을 먹이면서, 또는 겨우 샤워를 하고 옷을 입은 다음 아기띠로 아기를 안고 산책하면서 대부분의 시간을 보냈다. 나는 아이를 돌보는 것 외에는 아무것도, 심지어 빨래조차도 할 수 없었다. 세탁기와 건조기가 지하실에 있었으므로 빨래를 하려면 긴 실외 계단을 내려가야 했는데, 지하실에서는 아기 울음소리가 들리지 않았기 때문에 아들이 잠들어도 혼자 남겨 두고 빨래를 하러 갈 수 없었다. 아기가 작을 때에는 세탁 바구니의 빨랫감 위에 아이를 올리고 지하실로 내려갈 수 있었지만 한 살이 지나자 너무 커서 바구니에 들어가지 않았다. 결국 나는 보모를 쓰면 지하실에서 글을 쓸 수 있음을, 심지어는 빨래도 할 수 있음을 깨달았다. 나는 휴대용 타자기를 지하실에 가져다 놓았다.

젊은 여성이 일주일에 두 번 집으로 와서 두 시간 동안 아이를 돌봐 주었고, 지하실에 앉아 있으면 머리 위에서 빠르게 뛰어가는 아들의 발소리가 들렸다. 세탁기에서 죽은 쥐를 발견하고 그것에 대한 시를 쓰기도 했다. 나는 빨래도 했지만 주로 글을 썼다. 그전까지는 한가한 시간이 10초만 생겨도 그 시간에 글을 쓰지 않으면 죄책감을 느꼈지만 이제 진짜로 글을 쓸 시간이 생겼기 때문에 그런 죄책감에서 몇 년 만에 해방되었다. 나는 공공도서관에서 시를 실어 주는 잡지 목록을 찾아서 내가 쓴 시를 투고했고, 그중 한 편이 실렸다. 지하실에서 보낸 시간이 나를 바꾸었다. 글쓰기가 더 이상 거부할 수 없을 만큼 성큼 다가왔다. 그때부터 나는 스스로를 본격적인 작가라고 생각했고, 정말로 그랬다.

그러나 우리 부부는 아이가 있었기 때문에 가족과 더 가까이 살고 싶었다. 나는 오래전에 우리 어머니가 브루클린에서 그랬던 것처럼 유아차에 아기를 태우고 놀이터에 갈 수 있는 도시에 살고 싶었다. 그래서 우리는 뉴헤이븐으로 돌아왔다. 에드워드는 다시 법률구조공단 변호사로 일했고, 나는 여전히 집에 머물렀다. 몇 달 뒤, 글을 써야 한다는 욕구가 강렬해지자 우리는 부모들이 돌아가며 아이들을 돌보는 협동조합 어린이집에 들어갔다. 여성운동이 모든 분야에서 변화를 일으키던 70년대 초였고, 협동조합에 들어가면 엄마와 아빠 모두가 매주 어린이집에서 네 시간씩 일해야 했다. 우리 아들은 하루에 네 시간을 어린이집에서 보냈고, 나중에는 내가 글을 쓸 수 있도록 (그리고 몇 년 뒤에는 비상근으로 학생들을 가르칠 수 있도록) 둘째 아들과 셋째 아들도 같은 어린이집에 다녔다. 나는 그 사실이 아직까지도 놀랍다. 그때까지 내 수입은 시를 한 편 팔아서 번 35달러가 전부였는데도 우리는 아이를 어린이집에 맡겼다.

쉬운 결정은 아니었다. 사람들은 내가 게으르고 제멋대로라고 생각하는 것이 분명했다. 남편은 매주 휴가를 내서 어린이집에서 아이들과 놀고 기저귀를 갈아 주었고, 그렇기 때문에 나는 집에서 여러 가지 일들을 하면서 무엇보다도 시

를 쓸 수 있었다. 나는 스스로 성공한 작가라고 생각할 이유가 없었다. 다른 시를 발표하기까지 3년, 시집을 출판하기까지는 9년이 걸렸다. 분명히 사람들은 내가 게으르고 제멋대로라고 생각했을 것이다. 나는 게으르지 않았지만 ─ 글을 쓰는 것은 힘든 일이다 ─ 제멋대로인 것은 맞았다. 사람들은 남편이 대단하다고 생각했고, 어쩌면 정말 그랬을지도 모른다. 협동조합 어린이집에 들어가자는 말에 남편이 찬성한 것은 일종의 자기방어였을 것이다. 그때쯤 되자 내가 글을 쓸 시간을 갖지 못하면 같이 살기 재미없는 사람이 되리란 것이 분명해졌을 테니 말이다. 게다가 남편은 어린이집일을 좋아했다. 그는 아빠 역할을 어떻게 해야 하는지 잘 몰랐지만 70년대에는 아빠가 되면 갑자기 육아에 참여해야 했다. 어린이집이 남편에게 그 방법을 가르쳐 주었다. 집에서 자녀를 돌보는 사람들은 나에게 어떻게 하면 글을 쓸 수 있는지 자주 묻는다. 나는 그들에게 배우자가 있다면 착한 배우자를 이용하라고, 그렇지 않다면 조금 이기적으로 굴 다른 방법을 찾으라고 말한다.

　나는 막내아들이 아직 아기였을 때 단편소설을 쓰기 시작했다. 근처 단과대학에서 비상근으로 영어를 가르치던 나는 그때까지 발표했던 몇 편 안 되는 시 덕분에 창작 수업을 맡았고, 그렇다면 학생들이 소설을 쓸 테니 나도 어느 정도 알아 두어야겠다고 생각했다. 그즈음 어떤 꿈을 꾸었다. 꿈속에서 나는 옷장에 걸린 옷들을 하나씩 옆으로 밀면서 살펴보고 있었고, 실제로 내가 젊을 때 입었던 옷들이었다. 그러다가 고개를 돌려 보니 옷장 옆에 머리 없는 여자가 서 있었는데, 꿈속에서는 썩 놀랍거나 소름 끼치지 않았다. 그녀는 처음 보는 빨간색 격자무늬의 긴 원피스를 입고 있었다. 나는 그 여자와 포옹을 했고, 어떤 의미에서는 그 여자가 바로 나임을 알았다. 그런 다음 잠에서 깼다. 그날 나는 가을 낙엽을 쓸며 생각했다. "그 꿈은 내가 소설을 써야 한다는 뜻이야." 아마도 처음 보는 원피스를 입은 머리 없는 여자는 이야기를 서술하는 "나지만 내가 아닌 나"였을 것이다. 작가의 자아에서 생겨나는 낯선 사람 말이다. 어쩌면 나는 단편소설을 쓸 이유를 찾고 있었을지도 모른다.

나는 보통 위층에서 작업을 했지만 첫 단편소설 — 빵을 굽는 청각장애 청년에 대한 이야기 — 을 쓸 때에는 아기가 비스듬한 플라스틱 의자에 누워서 잠을 자고 있었기 때문에 부엌 식탁에 타자기를 올려놓고 썼다. 아이가 왜 요람에 누워 있지 않았는지는 모르겠다. 의자에 앉은 채로 잠들어 버려서 그대로 옆에서 지켜보는 것이 제일 편했을지도 모른다. 또는 소설을 쓰려면 다른 관점이 필요했을지도 모른다. 그때 쓴 단편은 발표되지 않았지만 격려가 담긴 거절

편지는 몇 통 받았는데, 이 업계에서 일하는 사람이라면 그것이 얼마나 중요한지 잘 알 것이다.

그 뒤 삼십 대 후반에서 사십 대 초반까지 7년 동안 나는 시도 쓰고 소설도 썼다. 결국 시집을 한 권 냈지만 그 후로도 잡지에 시를 쉽게 발표했던 적은 한 번도 없었다. 나는 소설을 발표하지 못했고, 당분간 시 쓰기를 그만두지 않으면 소설이 나아지지 않을 것이라는 느낌이 어렴풋이 들었다. 결국 마흔아홉 살이었던 1983년에 나는 추운 계절에는 시만, 따뜻한 계절에는 소설만 쓰기로 결심했다. 봄이었으므로 소설을 먼저 썼는데, 그렇게 하자마자 글이 더 자유롭고 느슨하고 강렬해졌다. 시는 점차 사라졌고—"추운 계절"에 대한 나의 정의는 매년 짧아졌다—결국 시상이 더 이상 떠오르지 않았다. 그렇게 될까 봐 계속 걱정했었지만 생각했던 것만큼 크게 신경 쓰이지는 않았다. 글을 쓰는 것은 신비로운 일이고 우리는 각각의 자아가 글을 쓰는 기묘한 방법을 따르는 수밖에 없다. 나는 소설만 쓰기 시작하고 몇 년 뒤부터 작품을 발표하기 시작해서 처음에는 단편을, 그다음에는 단편집을, 그다음에는 장편소설을 발표했다.

나는 서서히, 내가 무엇을 하고 있는지도 모른 채 소설 작가가 되었고 지금까지도 소설을 쓰는 일이 내 삶을 지배하고 있다. 물론 (당신과 마찬가지로) 매일 온종일 소설을 쓰거나 매일 온종일 뭔가를 쓰는 삶은 아니다. 야도(Yaddo)와 맥다월(Macdowell) 공동체 같은 예술가 공동체는 과거에 헌신적인 아내, 하인, 물려받은 돈이나 흔치 않은 상업적 매력을 가진 글 쓰는 남자에게 주어졌던 자유를 재현한다. 우리 대부분은 거의 항상 다른 수단으로 돈을 벌어야 하고, 동시에 가정과 아이들까지 돌봐야 하는 경우도 많다. 우리는 좋은 일이나 나쁜 일 때문에, 즉 축하하거나 애도하기 위해서, 휴가를 가거나 병원에 가기 위해서 글쓰기를 멈춘다. 정치운동에 관심을 쏟기도 하고 아픈 친척을 돌봐야 할 때도 있으며 천장이 무너지기도 한다. 나는 1년의 절반 동안 소설만 쓰기 시작하고 몇 달 뒤에 한쪽 눈의 시야에 간극이 생긴 것을 발견했는데 알고 보니 유전적인 질병 때문이었다. 그때 이후 나는 오른쪽 눈으로 읽지 못하게 되었다. 무엇이든 오른쪽 눈으로 똑바로 바라보면 사라져 버린다. 신체 기능의 영구적인 상실을 예상하기에는 너무 젊은 나이였고, 그래서 무섭고 괴로웠다. 몇십 년이 지나자 다른 문제들까지 더해지면서 눈이 더욱 나빠졌지만 나는 아직도 읽고, 쓰고, 가르칠 수 있다. 나이가 들면서 이제는 육체적 한계에 충격을 받지 않게 되었다.

나는 운이 좋았지만 노력도 열심히 했다. 이기적이었다. 나는 글 쓰는 시간을 사수하는 법을 배웠다. 그러나 작가는

모든 것으로부터 스스로를 사수해야 한다는 생각에는 동의하지 않는다. 나는 자식이 셋이고 손자가 셋이다. 또 친구나 가족과 시간을 보내고 싶고, 글쓰기 외에도 많은 것들을 하고 싶다. 그러나 내가 아는 한 전문 작가라면 때로 다른 소중한 일보다 글쓰기를 우선해야만 한다. 우리의 글이 읽을 가치가 있다고 확신할 수 없을 때에도 말이다. 그것은 우리가 걸어야만 하는 도박이다.

작가에게, 당신과 나에게, 의자에 앉기 위해서만이 아니라 좋은 작품을 만들어 내기 위해서 우선적으로 필요한 자질은 지적이면서도 감정적인 것이다. 그다음 과제는 기법을 배우는 것이 아니라 용기를 내서 이미 알고 있는 기법을 써먹는 것이다. 작가 초년생들은 글을 쓸 용기가 필요하다고 말하지만 일단 석사과정이나 작가회의에, 또는 내가 처음에 말한 그 커피숍에 들어가면 감정적인 문제는 해결되었다고, 정해진 규칙과 절차에 따라서 등장인물과 나머지 것들을 만들어 내면 된다고 생각할 것이다. 규칙을 알아낼 수 있다면 말이다.

작가는 이 과정을 차분히 받아들여야 하고, 그래야만 다음 장면의 아이디어가 떠올랐을 때 자신을 믿을 수 있다. 그 아이디어가 알고 보니 틀렸을 수도 있지만 옳을 수도 있다. 아무리 시간이 없어도 우리는 시간을 낭비할 용기가 필요하다. 마음 깊은 곳 어둠 속에 가려져 있는, 작품에 필요한 것을 분간해 내려면 시간이 걸린다. 그러나 우리는 그 시간에 무엇을 이루었냐고 질문을 받으면 딱히 답할 말이 없을 때가 많다.

사람들은 가끔 누군가에게 글쓰기를 가르치는 것이 정말 가능한지 회의적으로 묻는다. 그런 사람들은 글을 쓰고 싶다는 충동만 있으면 나머지는 혼자 알아낼 수 있어야 한다고, 그렇지 않으면 작가가 아니라고 생각하는 듯하다. 그러나 내가 아는 모든 작가들은 반드시 알아야만 하는 것을 수업이나 비공식적인 모임, 서평, 책 등에서 배웠다. 우리는 다음에 무엇을 할지, 또는 생각 자체를 어떻게 시작해야 할지 다른 사람에게서 배운다. 나는 『연과 실』을 통해서 당신이 자기 글에 대해 생각하도록, 그리고 더 큰 자신감과 흥분과 희망을 안고 글쓰기라는 과제에 접근하도록 돕고 싶다.

차
례

1부

연과 실

1장   자유로우면서도
상식적인 글쓰기

Writing with Freedom and
Common Sense

스토리텔링

많은 사람들, 대부분의 사람들은 단편소설을 쓰지 않고 쓰
고 싶어 하지도 않는다. 몇몇은 시작만 하면 간단하다는 듯
이 언젠가 단편소설이나 장편소설, 회고록을 쓰겠다고 말한
다. 그런 사람들을 빼고 나면 상상 속의 인물이나 실재의 인
물이, 또는 우리가 지금 상상하고 있는 어느 정도 현실적인
사람이 무언가를 하는 문장을 떠올리며 노는—혹은 스스
로를 비참하게 만드는—우리 같은 사람들이 남는다. 예를
들면 "나는 문을 열었다" 같은 문장 말이다. 또는, "내가 열었
을 때, 그 문은…"이나 "급히 문을 열면서…"가 될 수도 있다.

우리는 종이 위에 인간을 등장시켜 괴로워하고 두려워하게 만들고, 사랑하게 만들고, 그러다 등장인물이 우리가 생각지도 못했던 행동을 하려는 것을 알아차리는 이 기이한 행동이 어떻게 시작되었는지 기억하지 못할 수도 있다. 글을 쓰고 싶다는—예술작품을 만들고 싶다는—바람은 성적 갈망과 마찬가지로 육체에서 시작되며 논리적인 생각을 앞선다. 우리는 펜을 잡거나 타자를 치고 싶어 한다. 손가락이 간질거린다, 손가락에 언어가 가득하다. 우리에게는 어떤 열망이, 어떤 갈망이 있다. 세상은 이와 같은 욕망을 무엇이라고 부르는지, 또 특정 문화권에서 허용되는지 아닌지 우리에게 가르쳐 준다. 글쓰기는 우리의 생각보다 섹스에 더 가깝고, 글쓰기에 민감한 사람들은 마음에 드는 문장을 쓰면("떨면서 문을 열자 바로 바깥은…") 적어도 일시적으로는 흥분하기도 한다. 이야기를 만드는 것, 또는 기억해 내는 것은 매혹적이고 위험하며 심지어는 전복적이다. 글쓰기는 합법이지만 상상을 못마땅하게 여기는 사람들에게는 심기에 거슬리는 일이며, 그중에는 우리를 글쓰기로부터 떼어 놓으려고 최선을 다하는 사람도 있을 것이다. 우리를 사랑하면서도 말이다. 사실에 대해서 쓰는 작가와 비교했을 때 소설과 회고록을 쓰는 작가는 자신의 작품과 본인이 그것에 할애하는 시간을 때로는 맹렬하게 옹호해야 한다. (시인의 경우에는 더욱 심하다.)

　내러티브 — 이야기를 들려주는 글 — 는 충격적일지도 모른다. 그러나 이것은 내러티브에 대한 책, 우리의 애를 태우는 구절과 문장("내가 문을 열 때까지…")에 대한 책이다. 상상력이 없는 사람에게는 순전히 꾸며 낸 이야기인 소설이 더없이 불온하게 느껴질지도 모른다. 실재하지도 않는 사람들이 살아 있는 것처럼 느껴지면 그야말로 경계심이 들 것이다. 그러나 회고록을 쓰는 과정도 썩 다르지 않다. 기억이나 깨달음이 떠오르면 — "여기에서는 스티브 삼촌이 뭘 했는지 적어야만 해!" — 작가에게는 스티브 삼촌이 실재하지 않는 인물만큼이나 놀랍고 수수께끼같이 느껴진다.

　우리는 내러티브를 만들어 내고 싶다고 생각하기도 전에 이야기의 소리와 느낌을, 우리의 마음에 와닿는 그 결을 사랑하고 있음을 깨달을지도 모른다. 나는 대학교 1학년 때 제임스 조이스의 단편 「가슴 아픈 사건」을 읽었다. 주인공 더피 씨는 글을 쓰는 더블린의 독신 남성으로, 자기 원고에 가끔 이런저런 문장을 덧붙이지만 우리는 그 원고가 흐지부지 끝날 것임을 감지한다. 그는 구제할 수 없을 만큼 외롭다. 친구가 생겨도 겁을 먹고 관계를 끝내 버린다. 이 소설은 그런 식으로 세상과 거리를 두는 것이 해롭고 잘못되었다는 뒤늦은 깨달음에 관한 이야기이다. 마지막 깨달음의 순간을 제외하면 더피 씨는 독자에게 모범이 될 만한 인물이 아니다. 그러나 소설이 시작할 때 우리는 그에게 "자서전을 쓰는 듯한 특이한 습관이 있어서 가끔 마음속으로 자신에 대해 삼인칭 주어와 과거 시제로 서술된 짧은 문장을 만든다"라는 사실을 알게 된다. 나는 이 단편을 처음 읽었을 때 무엇보다도 이 문장에 깜짝 놀랐다. 나도 그런 문장을 만들었고, 역시 삼인칭 과거 시제였다. 나는 소설의 재미없는 부분을 살고 있는 것처럼, 인물들이 옷을 입거나 버스 정류장으로 걸어가는 장면 전환을 설명하듯이 남몰래 내 인생을 스스로에게 서술했다. 다른 사람들도 자위가 뭔지 알고 거기에 이름까지 붙였음을 깨달은 아이처럼 나는 다른 사람들도 "자서전을 쓰는 듯한 특이한 습관"이 있거나 그런 습관에 대해서 안다는 사실에 깜짝 놀랐고, 조이스 역시 그런 습관이 있었는지, 이것이 내가 작가가 되리라는 뜻인지 궁금했다. 그때 이후 내가 이 문장을 읽고 무슨 생각을 했는지 다른 작가들에게 말하면 대부분 기쁨과 부끄러움으로 얼굴을 붉히며 미소를 지었다.

　더피 씨가 만드는 문장이 "짧은" 것은 자신의 상상력에 대한 양면적인 태도 때문일지도 모른다. 또 어쩌면 그가 자기 인생을 서술할 때 단순한 사실만 이야기하는 것이 조이스의 의도였기 때문일지도 모른다. 더피 씨가 떠올리는 문장은 "그는 저녁을 먹었다" 같은 것들이다. 그는 더 자유로운 삶에 끌리면서도 스스로 그런 삶을 허락하지 못하는 경직된 인물이다. 더 나은지 아닌지는 모르겠지만, 내가 어렸을 때 마음속으로 떠올렸던 문장들은 짧지도 않았고 사실도 아니었다. 나는 "그녀가 찬장에서 접시를 꺼냈다"라는 간단한 문장으로 시작하더라도 내 삶에 예스럽고 문학적인 정취를 더해 이렇게 이어 갔다. "그런 다음 유약이 살짝 벗겨진 수수한 도기 접시를 흠집 많은 나무 탁자에 살며시 내려놓았다." 어머니의 장식 없는 덴마크 양식 도기와 포마이카 상판의 알루미늄 식탁 세트를 살짝 바꾼 것이었다.

더피 씨가 무엇 때문에 "자서전을 쓰는 듯한 특이한 습관"을 갖게 되었는지는 모르겠지만 내가 스스로에게 내 삶을 서술한 것은 소설을 쓰거나 읽는 것이 아니라 **소설 속에** 들어간 척하기 위해서였다. 나는 내레이션이 달린 삶을 나 자신에게 선사했다. 나는 실제 내 삶이 소설 속의 삶처럼 설명할 수 있는 것이기를 바랐다. 결점도 있고 혼란스러울지도 모르지만 독자의 관심을 받을 가치가 있는 인물들을 관찰하고 소개하는, 호의적이면서도 날카로운 눈을 가진 도덕적이고 예리한 화자의 주의 깊고, 중성적이고, 약간은 신랄한 어조에 내 삶이 어울리기를 바랐다. 그것은 영국제도에서 특히 19세기 말과 20세기 초의 몇십 년 사이에 완성된 어조였다.

잠시 그녀가 집을 바라보며 서서 이제 무엇을 할까 생각하고 있는데 갑자기 제복 차림의 하인이 숲에서 달려 나오더니 (제복 차림이라서 하인이라고 생각했지만, 얼굴만 봤다면 물고기라고 했을 것이다) 손등 뼈로 문을 요란하게 두드렸다.
— 루이스 캐럴, 『이상한 나라의 앨리스』, 1865

점심 식사 때 그녀가 말이 없는 것을 보고 남동생이 자꾸 말을 시키려 했다. 티비는 심술궂은 성미는 아니었지만 어렸을 때부터 자꾸 달갑지 않고 예상에 어긋나는 행동을 하는 경향이 있었다. 그는 자신이 가끔 가는 주간학교에 대한 이야기를 장황하게 늘어놓았다. 이야기는 재미있었고, 예전에는 그녀가 종종 이야기를 해달라고 조르기도 했지만 지금은 보이지 않는 것에 정신이 쏠려서 귀담아들을 수가 없었다.
— E. M. 포스터, 『하워즈 엔드』, 1910

시끄러운 음악 소리 밑에서 낮게 흐르는 것은 바늘이 축음기 레코드를 규칙적으로 긁는 소리였다. 모든 소리의 밑에는 다른 소리가 깔려 있었다. 그녀는 마음을 집중시키기만 하면

연과 실

바깥 소리를 벗겨 내고 지금은 묻혀 있는 안쪽 소리를, 완벽한 침묵 바로 직전의 소리를 들을 수 있을 것만 같았다. 그녀가 팔걸이에 놓인 손을 뒤집으며 생각했다. 손목 안쪽에 피가 흐르는 소리를, 자기 마음의 목소리를.

— 엘리자베스 테일러, 『숨바꼭질』, 1951

나는 소설을 쓰기 시작했을 때 어떻게 써야 하는지 전혀 몰랐다. 다만 소설에서는 의식의 미묘한 변화와 조심스러운 도덕적 판단을 그릴 수 있다는 점이 무척 마음에 들었고, 내면의 삶이 없는 행위에는 매력을 느끼지 못했다. 그러나 내러티브는 내면을 드러낼 수 있어서 마음에 든다는 것이 **전부**였다. 나는 시도 썼고 문학도 공부했고 조이스의 더피 씨처럼 마음속으로 문장도 만들었지만, 아무것도 할 수 없었다. 나에게는 주제가, 언제든지 풀어놓을 수 있는 이야기가 없었다. 내가 썩 오래 산 것도 아니었고 바텐더나 택시 기사, 선원으로 일한 적도 없었다. 나는 학생이었고, 캠프 상담교사였고, 선생님이었고, 엄마였다. 그 외에는 어느 해 여름에 메이시 백화점에서 판매원으로 일해 본 경험이 전부였다. 내가 경험한 적도 없는 것을 꾸며 낼 배짱이 생길 때까지 몇 년이 걸렸다.

내가 받은 교육은 작가가 되기에 썩 나쁘지 않았다. 나는 단어에 대해서 생각하고 단어의 소리를 듣는 법을 배웠다. 또 글쓰기를 구성하는 것은 감정이나 경험이 아니라 단어임을 잊지 않았고, 일부 작가 초년생들 같은 실수를 하지 않았다. 즉 월요일 오후 두 시에 글로 쓸 만한 일이 일어났다면 당장 마음속에 "월요일 오후 두 시에"라는 말을 떠올린 다음 사건을 재현했다고 생각하는 실수 말이다. 나중에 독자들이 "이건 진짜 같지가 않은데"라고 말하면 작가는 우쭐대면서 "하지만 진짜 일어난 일인데요"라고 말한다.

나는 단어에 대해서, 그 밖의 몇 가지에 대해서 알았다. 좋은 글을 쓰려면 중요한 문제를 다루는 야심 찬 글을 써야 한다는 사실을 알았다. 또 객관적이고 상세한 내용을 날카롭게 관찰한 다음 절제하며 표현하거나 아이러니를 섞으면 최소한 요란하고 추상적인 글만큼 효과적으로 감정을 전달할 수 있음을 알았다.

그러나 나는 소설을 많이 읽었지만 내러티브가 무엇인지 알지 못했다. 적어도 행위가 아닌 인물 중심의 이야기들에서는 내가 가장 좋아하는 것 ― 글로 표현된 내적 삶 ― 이 중요했고, 따라서 나는 그런 이야기를 더 좋아했다. 그러나 내러티브가 내면의 삶에 대한 것**만**은 아니고, 단편이나 장편소설, 회고록에 등장하는 행위가 경찰이나 군사 전략가의 흥미는 끌지 못할지라도 여전히 행위라는 사실을 알지 못했다. 내러티브의 본질은 단순히 내면의 상태를 설명하는 것이 아니라 그것을 구체화하는 것 — 실제 세상에서 내적 상태와 동등한 무언가를 찾아내는 것 — 이다. 현실에서는 한 여자가 친구의 행운을 보면서 속으로만 질투할지 모르지만 소설에서는 탐나는 귀중품을 배수관에 빠뜨린다. 그녀가 잠시 멈추고 얼굴을 가린 머리카락을 휙 넘기며 친구에게 빌린 골동품 은팔찌를 슬쩍 떨어뜨리는 순간, 우리는 그녀의 분노를 느끼고 이해한다. 소설가라면 팔찌를 떨어뜨리는 부분을 창작할 것이고, 회고록 작가라면 실제 있었던 일, 감정을 드러낼 만한 일을 회상할 것이다. 나는 내러티브의 내적인 면을 사랑했지만, 내러티브는 무엇보다 (물론 항상 그런 것은 아니다) 유형(有形)의 세계에 관한 것이다.

그러나 몇 년 동안 내가 만든 인물들은 생각하고 느끼기만 할 뿐 거의 아무 행위도 하지 않았다. 나 자신에게만 초점을 맞추다가 타인에게 관심을 갖고 인물을 만들어 내기까지 수십 년이 걸렸다. 세상 속에서 어울리는 법, 세상의 여러 가지 면을 이용해서 이야기를 꾸며 내는 법을 배울 때까지는 더욱 긴 시간이 걸렸다.

게다가 나는 현대소설을 잘 몰랐다. 제임스 조이스와 헨리 제임스가 아무리 좋아도 20세기 후반 브루클린 출신 유대인 여성인 내가 그들과 비슷한 작품을 쓸 일은 없었다.

나는 현대소설을 별로 읽지 않았고 단편이나 자전적 에세이는 거의 읽지 않았다. 나는 단편소설이란 마지막에 작은 반전이 일어나는 지적인 글이라고 생각했는데, 반전을 어떻게 만들어야 할지 몰랐다. 수십 년이 지난 지금은 조이스나 제임스, 그 밖에 뛰어난 작가들의 단편을 읽을 때마다 새로운 배움을 얻지만 그 당시에는 더욱 직접적인 유대감을 느낄 수 있는 모델이 필요했다. 나는 학생들에게 자신이 자란 곳이나 자신이 속한 인종 집단, 또는 자신이 살았던 삶 — 예를 들면 이민자의 삶 — 에 대한 작품을 읽으라고 자주 권한다. 물론 다양한 책을 넓고 깊게 읽는 것이 중요하다. 그러나 (충격적일지도 모르지만) 소설에 자신이 사는 동네와 역사, 이모의 독특한 채소 요리법을 넣어도 괜찮다는 사실을 깨닫는 것도 중요하다. 자신의 경험으로 한계를 정해서는 안 되지만 ("아는 것을 쓰라"라는 조언은 가끔씩만 옳을 뿐이고, "모르는 것을 쓰라"라는 조언 역시 똑같이 옳다) 내 경험은 너무 보잘것없고 지루해서 소설이 될 수 없다고 생각해서도 안 된다.

나는 서점을 돌아다니다가 마침내 틸리 올슨과 그레이스 페일리의 단편소설을 만났다. 이들의 작품에서는 평범한 사람들 — 도시에 사는 여성, 때로는 나처럼 도시에 사는 유대인 페미니스트 여성들 — 이 가난과 편견, 전쟁, 개인적인 삶과 사회적 삶에서 겪는 피할 수 없는 갈등뿐만 아니라 양

연과 실

가감정, 선택 앞의 망설임, 도덕적 궁지, 내적 모순을 겪으면서 삶을 꾸려 나간다. 결국 내가 아는 삶에서도 사건은 일어나고 있었던 것이다. 적절한 어조와 주제를 찾기 위한 첫 번째 단계는 단편소설이 나에게, 자식이 있고, 청년기를 지났고, 도시에 사는 미국 여자에게 중요한 것을 이야기할 수 있음을 깨닫는 것이었다.

통제된 공상

이성적이고 사실적인 글이라 해도 글을 쓰려면 추측과 직관, 상상이 필요하다. 기자는 콕 집어 말할 수 없는 이유로 키 큰 군인보다 키 작은 군인에게 먼저 말을 걸고, 과학이나 역사에 대한 책을 쓰는 작가도 육감을 따른다. 또 회고록 작가는 어느 시점에서 시작할지, 무엇을 강조할지, 누구를 빠뜨릴지 선택하지만 그 이유를 항상 설명할 수 있는 것은 아니다. 게다가 소설가는 무에서부터 인물과 사건을 만들어 낼 자유를 누리는데, 이야기의 일부를 실제 삶에서 가져왔다 해도 마찬가지이다. 소설가는 실화를 바탕으로 시작해도 결말을 바꾸고, 인물과 사건을 압축하고, 기억하지 못하는 부분을 만들어 낸다. 오직 진실만을 말하겠다고 맹세하지 않는다면 상상의 가능성은 눈부시다. 소설의 본질은 사실이 아니라는 점이 아니라 사실이 아닐 **수도 있다**는 점이다. 소설은 뒷문이 열려 있어서 무엇이든 들어올 수 있는 집과 같다("내가 **뒷문**을 열자…").

소설가는 예측 불가능함에 익숙해져야 하고, 아이디어가 떠오르는 비논리적인 방식을, 무방비한 머릿속에 스쳐 지나가는 고통스럽고 부끄러운 생각들을 환영해야 한다.

소설이든 회고록이든 내러티브를 쓰기 시작할 때 우리는 — 부분적으로는 — 무분별하게 굴겠다고, 충동과 육감을 존중하겠다고 자신과 약속한다. 자아의 무방비한 부분으로 이끄는 길은 무엇이든 따라야 한다, 좋은 글은 그곳에서 나온다. 그리고 우리가 글을 쓰는 방식에서 무엇을 발견하든 규칙과 방법론을 통해 접근할 수 있는 것과 혼동해서는 안 된다.

그러나 좋은 글쓰기가 모호하고, 비논리적이고, 모순적이라면, 우리 마음의 가장 본질적이고 혼란스러운 부분에서 나온다면, 좋은 글을 쓰는 법을 어떻게 배우거나 가르칠 수 있을까? 우리는 규칙과 방법론으로 좋은 글을 죽이고 싶지는 않지만, 영감을 기다리거나 무작정 쓰는 것은 해결책이 될 수 없다. 다들 그런 식으로 쓰는 작가를 만나 보았을 텐데 (그런 이들은 "저는 그냥 마음 가는 대로 써요"라고 말한다) 그러한 방식은 클리셰와 혼돈으로 이어지기 쉽다. 크게 노력하지 않아도 잘 쓰는 사람들도 있다. 그러나 나는 그런 사람이 아니고, 당신 역시 마찬가지일지도 모른다.

여기서 내 경험이 도움이 될지도 모른다. 우리 부모님은 이야기꾼이 아니었지만 나는 두 분에게서 내가 아는 많은 것들을 배웠다. 부모님은 언니와 나에게 책을 읽어 주었고, 어머니는 취미로 소설과 희곡을 읽었다. 나는 독서가 바람직하다고 생각하면서 ─ 이 점이 상당히 중요하다 ─ 자랐다. 책을 읽는 것은 좋지만 책 속의 요상함과 미스터리가 평범한 일상을 침해해서는 안 되었다. 어머니가 동부 애디론댁 산맥의 깔끔한 방갈로 마을에서 단기로 임대한 통나무 집을 나와 풀이 뒤덮인 내리막길을 지나서 호수로 내려가는 모습이 눈에 선하다. 거의 젖을 일이 없는 주름 장식 수영복 위에 흰색 테리 천으로 만든 해변용 재킷을 걸치고 있다. 한쪽 팔에는 접이식 의자를 끼고 다른 손에는 뜨개질 가방을 들었는데, 가방 속 담배 옆으로 에드나 퍼버(Edna Ferber)의 두꺼운 소설이 비죽 튀어나와 있다. 어머니는 호숫가에서 친구에게 이야기를 들려줄지도 모르지만 전부 "버스가 제시간에 올 줄 알았어, 그런데 늦게 왔지 뭐야!"나 "버스가 늦게 올 줄 알았어, 그런데 제시간에 왔지 뭐야!"로 요약할 수 있을 것이다.

우리 아버지 ── 일찍 센 고수머리, 검고 두드러진 눈썹, 아무것도 걸치지 않은 말라빠진 몸통, 헐렁한 수영복 바지 ── 는 호숫가에 서 있다. 아버지는 발바닥 앞쪽 볼록한 부분으로 바닥을 디딘 채 펄쩍 뛰어들어 길고 느리게 헤엄을 친다. 아버지는 한쪽 팔만 비스듬히 물 밖으로 꺼내서 젓는, 자신이 개발한 방법으로 수영을 했는데 물을 젓는 팔이 수면 밑으로 내려가면 모습이 완전히 사라진다. 아버지는 특이한 사람이고, 본인은 부정하지만 강렬한 감정을 가진 남자이다. 이제 아버지가 열정적으로 몸짓을 하며 누군가에게 이야기하고 있는데 목소리가 어찌나 큰지 화난 사람 같다. **아버지의** 이야기에는 전부 "말도 안 되는 소리!"라는 제목을 붙일 수 있다. 은행이, 가게가, 정부가, 자녀가, 또는 아버지의 이야기를 듣고 있는 친구가 잘못했다, 아무튼 잘못했다.

나는 언젠가부터 소설책을 다 읽으면 어머니에게 주었는데, 같은 책이었지만 어머니의 설명을 들으면 내가 아는 책보다 지루하게 들렸다. 한번은 뉴욕의 유대인 이민자들의 이야기이자 어머니의 부모님 세대의 경험과 비슷한 헨리 로스(Henry Roth)의 『잠을 자는 듯한』(Call It Sleep)을 주었다. 어머니는 내게 전화를 걸어서 재미있게 읽었다고 말했다.

"오이디푸스적인 것들이 많이 나오죠." 내가 끈끈하게

연결된 어머니와 아들을 떠올리고 잘난 척하며 말했다.

"정말 그렇다니까!" 그즈음 귀가 잘 안 들리던 어머니가 말했다. "쇠고기찜도 나오고! 누들도 나오고!" 오이디푸스적인 것들을 먹을거리*라고 잘못 들었던 것이다.

우리 부모님은 본인들은 잘 몰랐겠지만 성실한 부모, 자녀들을 사랑하는 부모였다. 두 분은 무엇보다도 상식을 믿었는데, 우리 언니는 어머니의 철학을 "어떤 생각이 합리적이지 않다면, 합리적인 사람은 그런 생각을 안 할 거야"라고 요약한 적이 있다. 그러므로 나에게 양면성과 복잡한 감정을 가르쳐 준 것은 책이나 나 자신의 반항심이었다. 부모님으로부터 배운 것은 이치에 맞는 일을 하면 다 잘된다는 것이었다. 물론 **비극적인 일**은 예외였다. 예를 들어 죽음—(개가 아닌) 사람, 그것도 **착한** 사람의 죽음—은 울만한 일이지만 딸이 고등학교에서 최고 점수를 받아서 학보 1면 기사 제목에 자기 평균 점수가 실렸다고 우는 것은 어리석은 짓이었다. 평균 점수가 높은 것은 **좋은** 일이고, 모두가 그 사실을 알게 되는 것은 더 좋은 일이지 절대로 울 일이 아니었다! 나는 자라면서 인간의 삶에 우리 부모님은 절

• 오이디푸스적인 것(Oedipal stuff)과 먹을거리(edible stuff)는 영어로 발음이 비슷하다.

대 인식하지 못하겠지만 나는 절대 무시할 수 없는 무언가가 있음을 알았다. 그것은 내가 어떻게든 해결해야 할 문제였다. 애초에 그래서 작가가 되었는지도 모른다.

그러나 나는 평소에, 학보 때문에 모두의 미움을 받지 않을 때에는 부모님의 사고방식을 배웠고 ─ 어떻게 배우지 않겠는가? ─ 약간 따분할지는 몰라도 (대체로) 예측 가능하고 분별 있는 여자, 지시를 따르고 해야 할 일을 정해진 시간 내에 하고 목록을 만든 다음 그것을 지워 나가며 즐거워하는 사람이 되었다. 상식은 나를 재미없지만 유능한 사람으로 만들었다. 세 아이를 기르는 것도 도움이 되었다. 나는 스파게티를 너무 많이 만들고 당근을 너무 많이 썼었기 때문에 스스로를 특별히 중요한 사람이라고 생각하기 힘들었다. 놀랍게도 내 소설이 『뉴요커』에 실리기 시작한 뒤에도 나는 계속해서 숙제를 봐 주고, 빨래를 개고, 개와 고양이와 아이를 챙겼다. 대부분의 면에서 나는 부모님이 바라던 여자가 되었다. 부모님이 원한 것은 감정적인 위기를 덜 겪는 딸이었을지도 모르지만 말이다. 부모님은 내 작품에 대해서 걱정도 했을지 모르지만 자랑스러워했고, 어머니는 서점에 가서 내 책 표지가 잘 보이게 돌려놓곤 했다.

나는 분별 있는 사람이 되었지만 더욱 놀랍고 설명하기 쉽지 않은 영역이 내 분야일지도 모른다는 사실을 알았다.

연과 실

사실, 항상 미술관에 그림을 보러 가야 하고 양면성이 썩 불편하지 않은 것을 보면 나는 부적절한 감정을 털어놓는 부류에 속할지도 몰랐다. 내 감정도 부적절할 때가 많았으니 말이다. 이모 중에 한 분은 항상 자신이 겪은 일을 이야기해 주었는데, 그 이야기 속에서는 항상 예상치 못한 일이 일어났고 혼란이 닥치기 직전이었으며, 악당은 영웅 같고 영웅은 악당 같았고 절망적인 일이 곧 닥칠 테니 ― 이모는 다 아는 듯했다 ― 빨리 움직여야 했다. 내가 어렸을 때 이모는 자기 가족과 독일 셰퍼드 여섯 마리와 함께 우리 집 근처에 살았다. 내가 초인종을 누르고 들어가서 쓰다듬으면 개들이 단단한 몸을 내 몸에 딱 붙이곤 했다. 클레어 이모는 개 먹이를 만들면서 일주일 동안 겪은 일을 이야기했고 나는 부엌 한구석에 자리를 잡고 앉아서 귀를 기울였다. 우리 엄마(이모의 언니)는 이모를 사랑하면서도 못마땅하게 여겼다.

그러나 우리 엄마조차도 버스 이야기를 할 때와 똑같이 사무적인 목소리로 잊을 수 없는 이야기를 해준 적이 몇 번 있었다. 하나는 몇 문장밖에 되지 않는 이야기였다. 엄마의 이모 중 한 분이 유럽에 있을 때 사생아를 낳자 신앙심 깊은 친척이 그 아이를 입양했다. 입양된 아이는 성인이 된 다음 줄곧 친어머니라고 믿었던 양어머니에게 유대인이 아닌 남자와 결혼하겠다고 말했다가 충격적이게도 "난 네 엄마가 아니란다"라는 대답을 들었다. 나는 이 이야기로 30쪽짜리 단편소설을 썼다. 내가 그 소설을 보여 주자 어머니가 말했다. "우리 집안에도 비슷한 일이 있었는데." 어머니는 나에게 그 이야기를 해주었다는 사실을 잊었던 것이다.

아버지는 가끔 옛날에 겪은 일을 이야기해 주었다. 일곱 살이었던 1918년에 독감이 유행하자 배를 타고 로드아일랜드로 가서 친척 집에 머물렀던 일, 또 1930년대에 캐츠킬의 재즈 밴드에서 연주를 했지만 리조트 주인이 더 이상 급료를 지불하지 못하자 어떻게 되었었는지. 아버지는 불확실성이 멋지거나 매력적일 수 있음을 알았지만 대체로는 부인했다. 내가 조금 더 열심히 살펴보면 상식이 전부는 아니라는 증거가, 분별 있는 우리 부모님조차도 그것이 **전부**라고 생각하지 않았다는 증거가 있었다.

그러나 우리 부모님은 대체로 흔들리지 않았다. 비합리적인 일 **따위**는 없고 몇몇 사람들처럼 공연히 야단법석을 떨어서 좋을 것은 하나도 없었다. 우리 부모님은 영혼이나 종교를 믿지 않고 프랭클린 D. 루스벨트 정도만 제외하면 그 무엇도 거룩하지 않다고 생각하는 세속 유대인이었다. 부모님은 동성애를 혐오하거나 인종을 차별하거나 딱히 성차별을 하지도 않았다. 편견을 극복했기 때문이 아니라 아이들은 반드시 러닝셔츠를 입어야 하고 선물을 받으면 반드시 감사 카드를 보내야 한다는 어머니의 신념만 제외하면 애초에 어떤 믿음도 고수하지 않았기 때문이다. 같은 아파트에 사는 레즈비언 커플이 감사 카드를 보내지 않는다면? 음, **그건** 못마땅한 일이다! 어머니는 집 밖으로 나가지 못하는 아이들을 가르치는 교사였는데, 당시에는 "신체장애아"라고 불렀다. 병이나 장애를 가진 아이들을 찾아가서 가르쳤던 어머니는 다른 모든 일에 대해서 그랬듯이 그 아이들과 부모들에게도 사무적이었고, 그들의 문제도 차분하게 대했다. 장애를 가진 아이들도 감사 카드는 써야 했다.

내가 갖게 된 이중적인 인식 —"억제 불가능하고 비이성적이고 강렬한 감정 같은 것은 없다/오로지 그런 감정밖에 없다"— 이 나를 작가로 만들었을 뿐 아니라 (나는 너 같은 감정을 느끼는 사람은 아무도 없다는 말을 들었다) 나중에 소설을 쓰게 되었을 때에는 결국 쓰는 법도 가르쳐 주었다. 나는 강렬한 감정과 상식이라는 인식의 두 가지 모순적인 상태를 모두 놓지 않음으로써 어느 정도 재미있는 이야기를 만들어 낼 수 있었다. 감정은 진짜였고 나는 그것을 더 괜찮게 만드는 방법을 알아낼 수 있었기 때문이다. 나에게 필요한 것은 방종과 통제, 즉 바람을 타고 날아오르는 연과 조금씩 풀어 주다가 필요할 때는 잡아당기는 실이었다. 실은 연이 날아가게 놔두지만 놓쳐 버리지 않게 잡아 준다.

"어떻게 해야 통할까?" 나는 생각했고, 지금도 생각한다. 돌발적인 생각을 떠올린 다음 논리적으로 다듬고, 놓아주었다가 다시 논리적으로 다듬는 것이 내가 소설을 쓰는 방식이고, 학생들에게도 그렇게 하라고 권한다. 내가 터득한 소설 작법은 두서없는 과정을 거치는 것이기 때문에 작품 속에서 문제를 풀어야 할 때면 더듬더듬 헤매면서 방법을 찾아 나간다(대체로 맨 마지막으로 떠오른 생각이 해답이라는 사실을 뒤늦게 깨닫는다). 다른 어딘가의 작가들은 해법을 찾는 절차도 알고 거기에 이름까지 붙였을지도 모른다. 나는 그것도 좋다고 생각한다.

"알았다!" 새로 가르치게 된 학생이 단편소설에 대해서 상의하다가 성급하게 말했다. "**인물 개발**과 **시점**을 손봐야 해요." 하지만 아니었다. 그녀는 자기 소설의 등장인물이 되어서 그 인물이 느끼는 감정을 느끼고, 그 인물처럼 바보가 되어야 했다. 학생들은 "시점"에 대해서 이야기하고 그것이 무슨 기계라도 되는 것처럼 "포브"라는 줄임말로 쓰지만, 사실 시점이란 우리가 하는 일 중에서 가장 어려우면서도 가장 신나는 일, 바로 다른 누군가가 되는 것이다. 인물을

• pov: 시점(point of view)의 줄임말.

근시로 설정했다면 우리는 완전히 그 사람이 되어서 안경을 벗자마자 방이 흐릿하게 보인다고 상상해야 한다. 질투심이 너무 강해서 살인도 불사할 인물로 설정했다면 그의 여자친구가 다른 남자를 볼 때 미칠 듯한 분노가 우리의 손가락 끝까지 전해질 것이다.

나의 소설 작법을 설명하려면 내 학생들이 자신의 작법을 설명할 때보다 더 많은 단어가 필요한데, 그것이 오히려 장점이다. 나는 말하자면 "서브플롯"보다는 "인물들의 삶에서 일어나고 있을지도 모르는 다른 일들"을 생각하고 싶다. "서브플롯"이라는 단어는 내가 이야기를 만들어 낼 때 전혀 도움이 되지 않는다. 인물은 행동과 불가분의 관계이다(내가 보기에는 그렇다). 글쓰기에 대해서 논의할 때 "인물"에 먼저 초점을 맞추고 나서 "플롯"에 초점을 맞출 때가 많다는 사실은 나도 알지만 이 책에서는 조금 다르게 접근하려고 한다. 먼저 내러티브에 필요한 것 —사건과 그 사건에 휘말리는 인물들— 을 살펴본 다음 우리가 생각하는 주제를 가지고 일관성 있고 미학적으로 완전한 형태를 만들어 내는 방법을 생각해 보자. 그러면 글을 쓰는 과정이 처음부터 끝까지 지적일 뿐만 아니라 감정적이라는 사실이 드러날 것이다. 문제는 무엇을 할 것이냐가 아니라 그것을 할 배짱을 어떻게 찾을 것이냐이다.

소설을 쓰기 시작했을 때 나에게는 단어에 대한 사랑, 감정, 그리고 떨칠 수 없는 유산인 상식이 있었다. 지금 생각하니 무척 훌륭한 도구들이다. 클리셰와 일반 법칙에 따라서 소설을 쓴 다음 마지막에 가서야 표현을 고치는 방법은 통하지 않는다. 이야기의 의미는 언어에 있고, 언어가 없으면 의미도 없다. 우리에게 필요한 것은 구체적인 동사와 명사, 정확한 부사와 형용사이지 애매한 비유나 클리셰가 아니다. 또 우리는 감정과 상식을 빠른 속도로 연달아 떠올리는 법을 배워야 한다. 때로는 느긋하게 풀어져서 아이디어가 자유롭게 떠오르기를 기다리며 자신이나 타인의 비판을 허용하지 말아야 할 때가 있다. 그럴 때에는 내면의 비평가를 쫓아내고 흰 토끼를 보기 직전의 앨리스처럼 "졸리고 멍한" 상태가 되어야 한다. 그렇게 하면 의식이 완전히 깨어 있을 때는 일축해 버릴 생각이 종이 위로 길을 찾아갈 수 있다. 너무 빨리 판단을 내리면 자기검열 때문에 아무것도 쓰지 못하거나 반대할 수는 없지만 생기도 없는 글만 쓰게 된다. 글을 쓸 때 억제에서 벗어나는 법을 천천히 배워야 한다. 우리가 쓰는 글을 한동안 비밀에 부치면 조금 더 쉬워질 수도 있다. 부끄럽거나 기분 나쁠 만한 내용은 다른 사람에게 보여 주기 직전에 빼자고 생각하면 일단 불쾌한 문단을 남겨 놓을 수 있고, 그러다 보면 익숙해져서 우리의 부끄러움

연과 실

이나 다른 사람의 분노를 감수할 만한 가치가 있다고 생각하게 될 수도 있다(게다가 다른 사람들이 우리의 글을 읽고 화를 낼 때에는 대체로 우리가 예상하지 못했던 이유 때문이다).

또 본인이 쓴 글을 보면서 곰곰이 생각하고 비판적인 지성을 발휘해야 할 때도 있다. 우리는 글이 명확하고 자꾸 반복되지 않도록, 이야기가 어딘가에 도달하도록 만들어야 한다. 그럴 때에는 글을 훌륭하게 만드는 것이 아니라 가능하게 만드는 것에, 글을 온전하고 일관성 있게 만드는 것에 집중해야 한다. 그런 다음 다시 내면의 비평가를 쫓아내고 졸리고 멍한 상태가 되어 새로운 아이디어가 떠오르기를 기다린다.

잠시 멈춰 생각하지도 않고 글을 자유롭게 쓰는 사람들은 강렬한 삶의 조각들을 기록하고 있을지도 모르지만 열에 들떠서 쓴 글은 명확하지 않거나, 짜임새가 없거나, 요점과 방향이 없을지도 모른다. 그렇게 쓴 글은 반복적일 때도 있고 필수적인 것을 빠뜨릴 때도 있다. 클리셰나 자기몰입이 글의 아름다움을 망칠 수도 있다. 상식 없이 강렬한 감정만으로 글을 쓰면 자기 느낌을 흡족하게 표현하는 아마추어 작가는 될 수 있겠지만 독자가 즐길 수 있는 작품을 쓰지는 못한다.

그러나 고뇌도 기쁨도 없이 쓴 글은 질서 정연할지는

몰라도 더욱 바람직하지 않다. 강렬한 감정 없이 글을 쓰는 사람은 사실 상식도 이용하지 않는다. 상식은 우리가 글을 쓸 때 문제를, 혹은 잠재적인 문제를 가진 사람들을 묘사하면서 항상 위험을 감수하고 있다고 말해 준다. **우리**는 문제를 겪어 보았거나 적어도 문제를 알고 두려워했고, 누구도 안전하지는 않다는 사실을 알기 때문이다. 그것을 모른다면, 글을 쓰거나 예술작품을 만드는 것은 삶이 즐거우면서도 비극적이고, 장엄하면서도 우스꽝스럽기 때문이라는 명확한 의식이 없으면, 뭐 하러 글을 쓰는가?

그러나 사람들은 강렬한 감정도 없이 글을 쓰고, 내심 예술작품이 되기 바라는 것을 만들어 내지만 어떤 위험도 감수하지 않고, 심지어는 글쓰기의 고뇌 ─ 글쓰기가 얼마나 어려운지, 우리가 계속해서 글을 잘 쓸 가능성이 얼마나 낮은지 깨달을 때 우리 모두가 경험하는 두려움 ─ 조차도 회피한다. 학생들은 열심히 노력하고, 배우고, 추론할 준비를 갖추고 대학원이나 글쓰기 강좌에 들어가지만 울 준비나 온전한 인간으로서, 분노와 수치, 두려움을 느껴 본 사람으로서 글을 쓸 준비는 되어 있지 않다. 인물을 만들어 내고 재미있는 상황을 꾸며 내는 규칙은 존재하지 않는다. 읽고 쓸 줄 아는 사람이라면 누구나 할 수 있다. 그런 다음 상식을 통해서 더 잘하는 방법을 알아내려고 노력해야 한다.

상식은 우리에게 많은 것을 알려 준다. 예를 들어 상식은 언제 멈춰야 하는지 가르쳐 준다. "기법"에 의존하는 학생들은 "말하지 말고 보여 주라"라는 말을 수없이 들었지만 "잠깐, 보여 주지 말고 말해야 할 때도 있지 않을까?"라는 생각은 거의 하지 않는다. 물론 그래야 할 때도 당연히 있다. 대체로 내러티브를 쓸 때에는 "보여 주는 것"— 구체적이고 명확하며 객관적인 언어로 설명하는 것 — 이 기본이지만 "그녀는 열 살이었다"라든지, "나는 그 식당이 마음에 들지 않았다"라든지, "그들의 결혼생활 중에서 끔찍한 시기였다"라고 말해야 할 때도 있다. 상식은 무언가가 언제 좋은 방법이고 언제 좋은 방법이 아닌지 말해 준다. 모든 규칙의 정반대도 때로는 옳다. 작가에게 규칙은 필요 없다. 우리는 일상생활에서 위험을 감수하며 평범하고 흔해 빠진 결정을 내릴 때처럼 단순하고 실용적인 이유로 단순한 결정을 내릴 자유가 필요하다. 한 편의 글이 — 검정색 글자가 새겨진 너무나도 중요한 종이가 — 감정이라는 거센 바람에 실려 하늘로 날아가는 연이라면 우리에게는 그 연을 붙잡을 실 역시 필요하다. 우리는 무엇보다도 자유가 필요하지만 통제도 필요하다.

2부

행동을 취하는 인물

2장 상상하자

Imagine

손자 하나가 다섯 살 때 거미줄이 "**온 세상에서** 힘이 제일 세다"라고 말한 적이 있다. 며칠 뒤, 부엌의 나무 의자 등받이를 기어오르는 작고 노르스름한 거미가 보였다. 거미는 몇 센티미터 올라가서 의자에서 몸을 떼고 — 또는 의자에서 떨어져서 — 가느다란 거미줄에 매달려 잠시 허공에서 흔들거렸는데, 다리를 모으고 있어서 마치 시든 꽃 같았다. 거미는 다시 기어올랐다가 다시 매달렸다. 거미는 자기 안에서 만들어 낸 것으로 자기 무게를 지탱하고 있었다. 당신과 내가 근처의 물건에 침을 뱉은 다음 실 같은 침에 우리의 무게를 싣고 허공에 매달리는 셈이다. 분명 거미줄은 온 세상에서 힘이 제일 세다. 작가의 온 무게를 실을 수 있는 상상력만

빼면 말이다.

"어디서 아이디어를 얻으세요?" 서점 낭독회에 가면 독자들이 애원하듯 묻는다. 몇몇은 진심으로 영문을 모르거나 심지어는 화가 난 것 같다. 어떻게 해서 이런 일이 일어나는지 (그리고 왜 자신에게는 일어나지 않는지) 알고 싶은 것이다.

그런 질문을 받을 때면 비난당하는 기분이 든다. 사실 우리가 이미 이야기했듯이, 무언가를 하는 인물들을 만들어 내고 독자를 위해 그들에게 생명을 불어넣는 우리의 능력에는 뭔가 무서운 것이 있다. 독자가 상상 속 인물의 죽음에 눈물짓고 존재하지도 않는 인물을 사랑하게 만드는 것이다. 또는 이미 세상을 떠났거나 수천 킬로미터 떨어져 있는 어머니를 당신 방으로 불러들이기도 하고 어머니의 비밀을, 또는 당신의 어머니일지도 모르는 인물의 비밀 같은 것을 말하기도 한다.

무(無)에서 이야기를 만들어 내는 것은 오컬트의 비밀 거래와 비슷하다. 셰익스피어의 『한여름 밤의 꿈』에서 테세우스는 상상력을 비난하며 "광인과 연인과 시인"의 공통점이라고 말한다.

시인의 눈은 황홀 중에 반짝이며,
하늘에서 땅, 땅에서 하늘로 구르고,

행동을 취하는 인물

상상의 힘으로 모르던 사물들에

몸을 입히고, 시인의 펜은 그들을

형상으로 바꿔 놓아, 환상의 허깨비에

기거할 집과 이름을 제공하오.

(5.1.12~18)

이런 일을 할 권리가 도대체 누구에게 있을까? 그러나 그것이 옳든 그르든 우리는 그런 일을 한다. 진정한 의문은 어떻게 하느냐이다. 2장의 주제는 창작이다. 이야기를 꾸며 내는 능력을 소중히 여기며 길러야 하는 이유와 그 방법에 대해서 알아보기로 하자.

나와 같이 공부하는 학생들은 종종 (나는 이 사실이 늘 놀랍다) 상상하기를 두려워한다. 나는 소설을 가르칠 때 학생들이 제출한 글은 꾸며 낸 것이며 그 학생의 삶과 크게 상관이 없다고 생각하지만, 이야기의 배경이 작가가 사는 도시이거나 작가와 비슷한 일을 하는 인물이 등장해도 별로 놀라지 않는다. 어쨌든 등장인물들과 그들에게 일어나는 일은 꾸며 낸 것이다(나는 항상 그렇게 생각한다). 그렇지 않다면 왜 소설 창작 수업에 등록하겠는가? 그러나 내가 학생에게 놀라운 인물 ― 예를 들어 어린 시절 사고로 다리를 절고

백파이프를 연주하는 (그리고 변태적인 섹스를 좋아하는) 주인공의 남편 — 을 잘 만들어 냈다고 칭찬을 했는데, 졸업식이 끝난 뒤 최근에 열린 백파이프 축제 기념 티셔츠를 입고 지팡이에 몸을 의지한 친근한 남자와 악수를 하고 있을 때가 너무나 많다. 무슨 일이 벌어지고 있는 것일까?

물론, 소설에는 실제 삶의 단편들이 등장한다. 뒤죽박죽으로, 우연히 말이다. 언젠가 나는 침대에 누워 장편소설을 구상하면서 성가신 노파인 여주인공이 젊은 시절에 어떤 어려움을 겪었는지 알아내기 위해서 주인공의 남편이 무엇에 집착하는지 떠오를 때까지 일어나지 않겠다고 결심한 적이 있었다. 잠시 후에 아이디어가 떠올랐다. "노면 전차야." 그래서 나는 1920년대의 노면 전차에 대해서 조사했고, "시가 전차"라고 말해야 한다는 사실을 배웠으며, 주인공이 겪은 어려움은 파업이었음을 깨달았다. 그렇게 해서 장편소설을 썼다.

나중에 나는 옷장에서 옛날 시가 전차 사진이 인쇄된 표를 발견했다. 사우스캐롤라이나 찰스턴으로 여행을 다녀와서 간직한 것인데, 그곳에서는 시가 전차처럼 생긴 버스를 타고 시내의 역사적인 유적을 돌아볼 수 있다. 내가 이 표를 본 적이 있기 때문에 노면 전차가 떠올랐을까? 그럴지도 모른다. 하지만 처음부터 표를 들여다보면서 내가 찰스턴에

행동을 취하는 인물

대해서 어떻게 생각하는지, 그것으로 어떻게 소설을 쓸지 생각한 것은 아니었다.

본인의 삶을 바탕으로 삼아서 주변 사람들이 화내지 않을 만큼만 바꾸거나, 상당히 많이 바꾸거나, 전혀 바꾸지 않은 채 소설을 써도 아무 **문제**도 없다. 실화에 순전히 꾸며 낸 요소를 몇 개 집어넣고 "오토픽션"이라며 독자들을 감질나게 할 수도 있다. 독자는 이야기의 일부는 사실이고 일부는 아니라는 것은 알지만 무엇이 사실이고 무엇이 꾸며 낸 것인지 알 수 없기 때문에 흥미를 느낄 것이다(적어도 이론상으로는 그렇다). 어떤 방법을 택하든 좋은 소설을 쓸 수 있다. 그러나 자신의 삶을 바탕으로 소설을 써도 아무 **문제**가 없기 때문에 학생들은 자기 삶이 소설의 **유일한** 원천이라고, 전부 현실에서 비롯된다고 생각하는 것이 아닐까 의심이 들 때가 많다. 나는 현실을 바탕으로 하는 소설을 많이 쓰면 보수적이고 소심해진다고 생각한다.

나는 소설 워크숍에서 학생들을 가르칠 때 자전적 이야기인지 아닌지 말하지 못하게 한다. 그래야만 학생의 실제 어머니를 모욕하는 게 아닐까 하는 걱정 없이 "이 어머니는 끔찍한 인물이군요"라고 자유롭게 말할 수 있기 때문이다. 어쨌거나 학생이 "이 이야기의 바탕은…"이라고 말을 꺼내면 나는 얼른 끼어 들어 그렇게 설명한다. 사실은 학생의 글이 꾸며 낸 소설인 것처럼 말하면 정말로 소설을 **쓰게** 될지도 모른다고, 더욱 허구적인 이야기를 쓸지도 모른다고 (어쩌면 어리석게도) 생각하기 때문이기도 하다. 나는 허구적인 소설을 더 많이 원하고, 그래서 학생들에게 이야기를 지어내라고 말한다. 적어도 일부 학생이 실화를 바탕으로 이야기를 쓰는 것은 내가 의문을 제기할 권리가 없는 미학적 원칙 때문이 아니라 이야기를 지어내는 것이 두렵거나 지어낼 수 없다고 생각하기 때문이라는 느낌을 받았기 때문이다.

나는 당신이 실제 삶을 바탕으로 이야기를 써도 상관없다. 그것 때문에 다음 작품으로 지어낸 이야기를 쓰는 것이 꺼려지지 않는다면, 또 당신의 소설이 실제로 일어난 일과 얼마나 비슷한지 내가 듣지 않아도 된다면 말이다. 그러나 실제 삶을 바탕으로 소설을 쓴다면 당신 어머니의 이름만 바꾼 다음 있는 그대로 묘사하지는 말자. 허구의 인물에게 몇 가지 사소한 부분을 덧붙여서 실제 모델처럼 보이지 않게 만들고, 실제 모델이 아니라 소설 속 등장인물을 그려 보는 습관을 들이자. 루이즈라는 실제 인물을 바탕으로 소설을 쓰면서 이름을 바벳으로 바꾸었다면 진짜 "루이즈"를 생각하거나 루이즈의 실제 집과 실제 들창코를 묘사하지 말자. 바벳에게 다른 집과 다른 코를 주자. 바벳은 루이즈라면 절대로 하지 않았을 행동을 할지도 모르고, 그러면 소설이

행동을 취하는 인물

더 좋아질 수 있다.

그러면 루이즈를 **위해서**, 또는 루이즈에게 복수하거나 루이즈를 이해하기 위해서 이 소설을 쓰고 있다는 느낌을 떨칠 수 있을 것이다. 소설을 쓸 때는 당신에게 아이디어를 준 사실이 아니라 소설 자체에 충실해야 한다.

내가 읽고 싶은 것은 회고록이면 회고록이라고 밝히는 글, 소설이면 소설이라고 분명히 밝히면서 전부 다 지어내지는 않았더라도 실제로 일어난 일을 재현했다고 주장하지 않는 글, 할아버지의 기억과 가족의 비극과 결혼이 실패한 원인에 충실하려고 노력하지 않는 글이다. 내가 원하는 것은 실제 역사가 아니라 이야기의 필요에 따라 꾸며 낸 창작물이다. 이야기에서 할아버지가 악한으로 밝혀진다면 그렇게 쓰면 된다. 이야기가 우선이다. 나는 이것이 대단한 기회라고, 아주 재미있을 것이라고, 이러한 도전을 거부하는 것은 너무나 어리석은 일이라고 생각한다. 그리고 중요한 점에 있어서는 이야기가 당신을 배신하지 않는다. 즉 당신이 이야기를 숨김없이 솔직하게 쓰면 할아버지에 대한 가족 신화와는 어긋나더라도 당신이 할아버지를 정말로 어떻게 생각하는지 잘 드러난다.

게다가 당신의 진짜 어머니, 혹은 할아버지는 살아 있는 삼차원적 인물이므로 그 역사를 하나도 빠뜨리지 않고

적으면 책이 스무 권은 나오겠지만, 그때 종이 위의 인물은 검은 글자들의 짧은 연속에 불과하다. 따라서 당신의 의도가 무엇이든 재능이 얼마나 뛰어나든, 종이에 적힌 글은 예측 불가능하고, 사람을 미치게 만들고, 사랑스럽고, 터무니없는 어머니나 수수께끼에 싸인 할아버지를 그대로 재현할 수 없다. 그러므로 당신이 소설가라면 언젠가 회고록을 쓰면서 실제 가족을 가능한 한 있는 그대로 종이 위에 옮겨 보자. 당신이 회고록을 쓰고 있다면 아마 회고록에서도 인물을 만들어 낼 수밖에 없음을 이미 깨달았을 것이다.

삶은 소설에 **도움이 될** 수도 있는 **순간**을 끝없이 제공하지만 완전하고 좋은 소설의 영감을 주는 경우는 아주 드물다. 그러므로 소설 쓰는 법을 배우려면 삶이 소재를 제공하지 않아도 소재를 만들어 내는 습관을 키우는 것이 좋다. 백파이프를 연주하는 남편에 대한 소설을 몇 편이나 쓸 수 있겠는가? 실화를 쓴다면 자기 삶과 관련이 없는 실제 이야기를 찾아서 주변을 둘러보는 것이 좋다. 당신의 삶이 특별히 길고 모험으로 가득하지 않은 이상 머잖아 그 이야기를 이용하게 될 것이다.

자전적 이야기에 지나치게 의존하면 좋지 않은 이유가 하나 더 있다. 당신은 자기 이야기의 핵심이 무엇인지 너무 잘 안다. 당신은 아마 이렇게 생각할 것이다. "역시 아빠군,

행동을 취하는 인물

내 자존감에 상처를 주는 법을 너무나 잘 아시지." 또는 "그래, 그 여자가 그런 질문을 한 건 내가 흑인이기 때문이지"라고 말이다. 당신이 옳을 수도 있다. 그러나 이야기를 쓰기 시작하기 전부터 주제를 너무 잘 알면 평이한 이야기, 본인에게도 독자에게도 너무 빨리 뻔해지는 이야기가 된다. 글을 잘 쓴다는 것은 본인조차 놀라게 만드는 것, 스스로도 신경 쓰고 있는지 몰랐던 것이 불쑥 나타날 기회를 주는 것이다. 좋은 글은 썩 좋지 않은 상태를 몇 번 거친 다음에 나온다. 새로운 소설을 쓸 때 몇 번 고쳐 쓰기 전까지는 분명한 주제가 드러나지 않는 경우도 있다. 그 문제에 대해서 쓰는 이유가 아직 명확하지 않은 것이다. 우리는 어떤 소설이 무엇에 관한 이야기인지 아주 서서히 깨닫는다. 소설을 쓸 때 창작 수업을 단순히 미술 수업으로 바꾼 다음 실제로 일어난 일에 대해서 쓰는 것이 아니라 실제로 일어나지 않은 일에 대해서 쓰면 배울 기회가 생긴다. 사실에 대해서 쓸 때에는 이미 잘 아는 주제가 아니라 모르는 주제를 찾자. 사건과 결과가 당신을 이끌어 생각지도 못한 것을 이해하게 만들어 줄지도 모른다. 좋은 글은 우리가 무엇을 하고 있는지 모르겠다는 위험을 감수할 때, 고군분투하고, 스스로를 놀래고, 우리를 불편하게 만드는 것에 대해 깊이 생각할 때 나온다.

언젠가 어떤 학생이 정말 대단한 단편소설을 써서 내가

무척 흥분한 적이 있다. 소설에는 어딘가로 이어지는 행동이 필요하다는 개념, 소설은 사건에 달려 있다는 개념을 받아들이기 어려워하던 학생이었기 때문이다. 실제로 그가 쓴 새로운 소설에서는 중요한 사건(주인공은 아무도 모른다고 생각했던 본인의 어떤 면을 다른 사람들이 알고 있음을 깨닫는다)이 인물의 감정을 절정으로 내몰았다. 그러나 나중에 나는 소설 속 사건이 그 학생이 실제로 겪은 일과 거의 똑같다는 말을 듣고 실망했고, 내가 왜 실망했는지 생각해 보았다. 나는 학생들이 이야기를 더 많이 지어내면 좋겠다고 생각했지만 실제 삶을 바탕으로 좋은 소설을 쓰는 것이 나쁘다고 생각하지 않았기 때문이다. 결국 나는 이 학생이 절정을 끌어내는 방법을 드디어 이해했다고 생각했기 때문에 실망했음을 깨달았다. 그가 절정을 지어낸 것이 아니라 **겪은** 것이 분명했으니 말이다. 나는 그의 소설 속에서 일어난 사건에 깜짝 놀라고 감동했지만 그로서는 이미 알고 있는 이야기였다. 삶이 그에게 이야기를 제공했지만 그가 소설 창작을 배우는 데에는 도움이 되지 않았다.

또 다른 학생은 삶에 불안 요소가 무척 많았고 소설에 그런 요소들을 넣었기 때문에 그녀의 글은 전부 "결정을 내리지 못하는" 젊은 여성에 대한 것이었다. 그러나 그녀는 열심히 노력한 끝에 결국 자기와 다른 문제를 가진 다른 인물

행동을 취하는 인물

들에 대한 이야기를 지어냈고, 대단한 상상력과 공감 능력을 드러냈다. 그녀는 자기 삶을 제대로 파악해야만 소설을 쓸 수 있다고 생각했지만 일부러 시선을 다른 곳으로 돌리자 온갖 아이디어가 떠올랐다. 새로 쓴 소설들이 아주 특이했던 것은 아니다. 내가 그 학생의 나이와 몇 가지 신상을 몰랐다면 새로 쓴 소설들이 자전적인지 아닌지 몰랐을 것이다. 새로운 소설들은 그녀가 전에 썼던 소설들과 마찬가지로 뉘앙스가 미묘하고, 관찰력이 뛰어나고, 감정적으로 날카로웠지만 전부 똑같은 인물에 대한 내용이 아니었다. 그녀는 갑자기 자기보다 나이가 많거나, 남자이거나, 자신이 한 번도 처한 적 없는 상황에 놓인 사람들의 마음속으로 들어갔다. 그러자 아이디어가 떠올랐다.

무에서 인물과 행위를 만들어 내든 실제 사실에서 몇 가지 — 대화, 시간 순서, 날씨 — 를 살짝 바꾸든, 소설을 쓸 때에는 창작이 중심 행위일 수밖에 없다. 우리는 이미 창작을 하고 있다. 그러나 더 쉽게, 더 자주 지어내는 법을 배울 수 있다. 우리는 소설을 쓸 때 사실로 시작해서 사실이나 허구를 더해 이야기를 완성할 수 있다. 그러나 또한 허구로 시작해서 허구를 더할 수도 있다. 우리는 부엌 의자 등받이에 매달려 있던 작고 노르스름한 거미처럼 무에서 뭔가를 만들어 낸 다음 그것이 소설을 지탱해 주리라 믿으면서 더 많은 것을 지어낼 수 있다. 나와 공부하는 학생 몇몇이 무언가를 지어내지 못하는 것은 그 생각이 — 거미가 떨어지지 않는다는 것이 — 낯설기 때문일지도 모른다. 단편이든 장편이든 한 편의 소설 전체를 상상으로 만들어 내는 것이 가능할까? 우리 마음이 정말로 그런 일을 할 수 있을까? 물론 할수 있다.

소설을 쓸 때에는 이해하지 못할 수도 있지만 소설을 **훌륭하게** 만드는 것은 우리 안의 가장 강렬한 감정과 어떤 식으로든 공명하는 소설 속 사건이다. 인물과 행위는 지어낸 것일지 몰라도 그 감정은 느껴 본 것이다. 우리는 **말할 수 없는** 것, 즉 말하면 안 되거나 말로는 설명할 수 없는 것이 존재하기 때문에 글을 쓴다. 소설 — 소설 속의 사건들, 즉 내용 — 은 말할 수 없는 것에 언어를 부여한다. 좋든 싫든 모든 삶에는 강렬한 감정이 존재한다. 그것이 우리의 원천이다. 그러나 그 감정은 너무나 강렬하기 때문에 평소에는 느끼고 싶지 않고, 우리는 그런 감정을 느낀 적 있다는 사실을, 우리의 욕망과 분노, 두려움을 스스로에게 숨긴다.

창작은 우리가 그 사실을 인정할 때 나온다. 당신이 충격에 얼마나 잘 대처하는지, 과시욕이 얼마나 큰지에 따라서 자신의 상상 속에 무엇이 존재하는지 깨닫기 위해 노력을 해야 할 수도 있고 그렇지 않을 수도 있다. 당신이 종이 위에서 솔직해지기 힘들어하는 사람이라면 별로 중요하지 않은 것에 대해서 쓰거나 강렬하고 핵심적인 사건을 회피하면서 주변적인 이야기에 대해서만 쓸 것이다. 이야기를 찾을 때는 자신을 두 사람이라고 생각하면 도움이 된다. 이야기를 쓰고 싶은 사람과 그 이야기가 스스로의 감정과 너무나 밀접해서 충격을 받고 숨기고 싶은 사람으로 말이다. 우리의 목적은 검열관을 달래고 주의를 돌려서 무심코 내뱉는 사람이 말하게 만드는 것이다.

아이디어가 떠오르지 않으면 이야기를 어떻게 지어낼 수 있을까? 몇몇 사람들의 생각만큼 어려운 일은 아니다. 핵심은 현실에서 실제로 일어나면서 누군가의 감정을 바꾸기만 하는 것이 아니라 실제적인 결과를 불러오는 일을 찾는 것이다. 소설 속에서 바벳이 손님에게 상처가 되는 말을 한 다음 손님이 얼마나 기분이 상했는지 세 페이지에 걸쳐서 설명할 생각이었다고 가정해 보자. 손님의 상처받은 감정을 설명하는 대신 그녀가 어떤 행동을 하는지 이야기하면 어떨까? 손님은 마음이 상해서 바벳의 집을 나와 마을에 하나밖에 없는 호텔에 묵게 되었는데, 요금을 낼 돈이 없어서 바벳에게 부탁해야 할지도 모른다. **그다음에는** 어떻게 될까? 등장인물이 처한 상황에서 어떤 일이 **일어날 수 있는지** 스스로에게 물어보면서 — 무엇이 일을 더 복잡하게 만들까? — 별로 신통치 않은 아이디어라도 쭉 적어 보면 그중에 좋은 아이디어가 있을지도 모른다. 어떤 학생은 절연한 가족이 결혼식에서 마주치면서 두 사람 사이가 바뀌는 이야기를 구상하고 있었다. 어떻게 하면 될까? 우리가 결혼식에서 일어날 수 있는 사고에 대해서 이야기하기 시작하자 그녀는 방법을 깨달았다. 뭔가 사고가 일어나서 절연한 두 사람이 서로 대립하거나, 협력하거나, 단순히 대화를 나누게 만들면 된다. 우리는 도움이 될 만한 사고 목록을 만들었다. 신부가 결혼을 그만두기로 한다, 신랑이 신부의 아버지와 싸운다, 요리 배달이 늦어진다, 샴페인 펀치가 쏟아진다, 사진사가…. 이렇게 하면 아이디어가 떠오른다. 일어날 수 있는 여러 가지 사건을 생각하다 보면 그중 하나가 감정적으로 딱 맞고 다른 행위나 사건으로 이어질 수 있다는 느낌이 들 것이다. 그 뒤에 이어지는 복잡한 사건 속에서 인물들은 자신의 감정을 표현할 수 있을 것이다. 그렇게 써 보자. 다른 것도 언제든지 시도할 수 있다.

무작위적인 것으로 정신을 자극하자. 다음 장면에는 "엠"(m)으로 시작하는 물건이 등장한다고 정하면 그 장면을 쉽게 상상할 수 있다. 게임을 하듯이 소설의 소재를 무작위로 정하자. 신문 기사, 사전에서 우연히 본 단어, 엿들은 구절, 무엇이든 좋다.

그래도 아이디어가 떠오르지 않을 경우 책상 앞에서 일어나서 익명성을 느낄 수 있는 곳으로 가면 도움이 된다. 말도 안 되는 이야기를 써 보자. 마음속에 스쳐 지나는 생각을 메모하자. 유용해 보이든 그렇지 않든 상관없다. 그림이나 조각을 보거나 음악을 들어도 생각이 자유로워질 수 있다. 공연이나 전시회를 보러 가자. 아니면 사람들을 관찰할 수 있는 곳으로 가자. 사람들이 많이 걸어 다니는 동네에 살지 않는다면 슈퍼마켓이 좋다. 적당한 사람이 나타날 때까지 — 이 부분이 중요하다 — 관찰하자. 적당한 대상은 적어도 두 사람 이상의 일행일 것이고, (다른 사람의 눈길을 끌지는 않더라도) 적어도 당신이 보기에는 삶의 중대한 순간을 겪고 있다고 상상하게 만드는 어떤 표정이나 존재감이 있을 것이다. 그 사람들을 한동안 지켜보자. 그런 다음 집에 돌아가서 누구의 시점으로 쓸 것인지 정하고 그들이 어떤 관계인지, 당신이 본 장소에 왜 왔는지, 당신이 그 안으로 들어가기로 한 인물이 지금 무엇을 원하거나 두려워하는지 적어 보자. 당신은 그들에 대해서 아무것도 모르므로 전부 지어내야 한다. 이때 범위를 무작위적으로 제한하면 자극이 될 수 있다. 만약 어린아이를 데리고 있는 이십 대 여자를 보았다면 여자가 아이의 엄마가 아니라 이모나 교사, 유괴범이라고 설정할 수 있다. 그러나 너무 젊기 때문에 아이의 할머니일 수는 없다. 할아버지와 나이 차이가 많이 나는 새 할머니가 될 수는 있을 것이다. 여기저기 돌아다니면서 사람들을 빤히 보는 것은 윤리적으로 의심스럽기 때문에 오히려 이런 연습은 효과가 있다. 글쓰기는 종종 윤리적으로 의심스럽지만 나쁜 행동은 자극이 된다.

비가 내리는 바깥으로 나가기도 싫고 나쁜 짓을 하기도 싫다면 어떤 건물에서 두 사람이 나온다고 상상하면서 그들에 대해서 질문을 던져 보자. 두 사람은 건물에서 나와서 기쁠까, 아니면 건물 안에 남아 있고 싶을까? 이제 헤어질까, 아니면 같이 갈까? 그들이 정말 **그러고** 싶을까? 두 사람 **모두** 그럴까? "몇 살일까?" 같은 질문은 잠시 미뤄 두자. 그들에게 아주 중요한 것을 파악할 수 있는 질문을 먼저 하자. 그런 다음에 나이와 성별, 장소, 그들이 기대하거나 두려워하는 구체적인 일에 초점을 맞추자.

주제를 떠올리는 자기만의 방법을 고안할 수도 있다. 비논리적인 방법이라면 무엇이든 괜찮다. 핵심은 흘러가는 생각과 감정, 눈에 띈 사물이나 사람에게 관심을 기울이고 주변의 잠재적인 주제들 중에서 당신의 관심을 끄는 하나를 발견하는 습관을 들이는 것이다. 결국 자신의 삶이나 그 비

행동을 취하는 인물

슷한 것에 대해서 쓰게 될 수도 있지만, 당신의 혼란스러운 내면 중에서도 가장 예측 불가능하고 알 수 없는 영역을 거치게 될 것이다.

창작은 우리가 그것을 허락할 때, 이야기를 지어내면서 바보 같은 기분이 들어도 ─ 아이들이나 하는 짓처럼 느껴지고, **실제로** 아이들이 하는 일이기도 하다 ─ 신경 쓰지 않을 때, 자리를 비워 두고 조용히 기다릴 때 나온다. 등장인물들과 연결의 끈을 놓지 않으면 결국 이야기를 적절하게 마무리하는 사건이 떠오를 것이다(그러나 몇 시간이고 참을성 있게, 또는 초조하게 무의미한 낙서를 끄적거리는 시간이 필요할지도 모른다).

때로 당신이 원하는 사건은 인물의 삶 바깥에서 일어난다. 모든 문제를 해결하거나 망쳐 버리는 데우스 엑스 마키나가 아니라 적절한 순간에 갑자기 일어나서 모든 것을 바꾸는 평범한 사건(청혼하는 도중에 울리는 전화, 오해의 순간 아이가 친 사소한 사고) 말이다. 때로는 거미줄처럼 당신이 이미 만들어 놓은 것에서 사건이 일어날 수도 있다. 지금까지 써 놓은 것을 열심히 읽으면서 무엇이 아직 나오지 않았는지 생각해 보자. 어떤 인물이 이미 어떤 행동을 했다면 그녀의 목적은 무엇이었을까? 아직 언급되지 않은 필연적인 목적이 무엇일까? 그 목적 때문에 또 무슨 일을 할 수 있을까? 그녀의 독특한 성격이 어떤 결정적인 일을 할 수 있을까? 우리가 이미 알고 있는 혼란은 무엇이며, 그것이 어떤 실수로 이어질 수 있을까? 등장인물이 골동품 가게에서 일하거나 염소를 키운다고 설정해 놓았다면, 그 사람은 어떤 기술을 가지고 있을까? 이 인물들은 도대체 어디에 살고 있을까? 어떤 도시, 어떤 지역, 어떤 나라일까? 작가 초년생 중에는 작품에서 장소를 언급하기 꺼리는 사람도 있지만 (역설적이게도) 장소가 구체적일수록 ─ 등장인물들이 북부 미시간이나 중부 플로리다, 매사추세츠 스프링필드에서 무언가를 하면 ─ 이야기의 보편성이 작아지는 것이 아니라 커진다. 특정 지역에서 일어나는 일 중에서 이야기를 바꿀 수 있는 것은 무엇일까? 배경이 시카고라면, 리글리 필드 야구장에서 나온 사람들이 지하철을 가득 채워서 대화도 나누기 힘들지 않을까? 배경이 케이프 코드라면 등장인물 중에서 어패류 알레르기를 가진 사람은 없을까? 햇볕에 취약하지는 않을까? 다른 사람보다 배를 타는 것이 익숙하지는 않을까?

어떤 방법도 통하지 않으면 가만히 앉아서 아무것도 하지 말자. 잠시 괴로워하자. 우리는 앞서 시간을 낭비할 필요가 있다고 말했다. 그러니 시간을 좀 낭비하자. 귀를 기울이자. 결국에는 상상력이 어떤 상황이나 인물, 장소를 제공할 것이다. 출발점이 되는 무언가를 말이다. 거기에 다른 것들

행동을 취하는 인물

을 서서히 덧붙이면 거미줄처럼 한 곳에서 다른 곳으로 이어지는 것을 만들어서 허공에 매달릴 수 있다.

3장　좋은 아이디어로 무엇을 할까

What to Do with a Good Idea

아무렇게나 적은 생각

얼마 전에 나는 사촌 아니와 그의 아내인 마거릿과 함께 저녁 식사를 했다. 아니는 의사, 마거릿은 심리학자이다. 두 사람은 각자의 전문 분야에 뛰어난 재능을 가지고 있지만 소설은 쓰지 않는다. 내가 두 사람과 즐거운 시간을 보내는 수많은 이유 중 하나는 두 사람이 내가 하는 일을 멋지다고 생각한다는 점이다. 아니는 자기 마음에 안 드는 소설을 설명하면서, 또는 형편없는 소설을 보내 주면서 말하자면 권위자인 나에게 그 작품이 자기 생각만큼 정말 별로인지 묻곤 했다. 항상 아니의 말처럼 별로였다. 얼마 후 나는 아니에게 형편없는 소설은 더 이상 읽고 싶지 않으니 그만 보내라고 말했다.

저녁 식사 자리에서 아니는 마거릿과 함께 친구에게 들은 일화를 이야기해 주었다. 친구 부부는 집에 손님들을 초대했는데, 철저한 계획을 세웠음에도 불구하고 작은 재난들 — 비 오는 날씨, 옆집의 공사 소음, 고장 난 화장실 — 이 겹치는 바람에 초대를 망쳐 버렸다. 산더미 같은 재난에 또 다른 재난이 더해지면서 재미를 주는 우스운 불운 이야기였다. 친구는 이 우스운 이야기로 **단편소설을 쓰겠다**고 결심했는데, 그 결과물은 재미있지도 않았고 사실 단편소설도 아니었다. 아니는 내 당부를 잊지 않았기 때문에 그 글을 나에게 보내지는 않았지만 궁금했다. 그것이 단편소설이 아니라면 무엇일까? 친구가 저녁 식사를 하면서 이야기했을 때는 재미있었는데 종이에 적어 놓으니 별로였던 이유는 무엇일까? 거기에 무엇을 더해야 진짜 단편소설이 될까?

소설 워크숍에 참가해 본 사람이라면 내 말이 무슨 뜻인지 알 것이다. 그 일화는 **비네트**, 즉 사건이었지 단편소설이 아니었다. 말로 이야기를 할 때에는 재미만 있으면 되기 때문에 통했지만 글로 적었을 때에는 내용이 부족했기 때문에 통하지 않았다. 내용이 부족해도 재난에 대한 설명이 더 과격하고 재미있으면 독자들은 우스운 이야기를 즐길 수 있

행동을 취하는 인물

을 것이다. 정말로 우스운 이야기는 내용이 많지 않아도 분위기상 많은 것처럼 느껴진다. 진행 과정이 현실적이지는 않지만 논리적이라면 (당장은) 등장인물들이 말도 안 되는 계획을 성공시킬 것만 같다. 그러나 아니의 친구가 소극을 쓰고 싶었던 것 같지는 않다. 그녀는 아마 더 진지한 단편을 써야 했을 것이다. 나는 주인공 부부의 사이가 별로 좋지 않았다면… 남편이 화가였다면… 대수롭지 않은 재난들이 겹치면서 아내의 화가 점점 더 치밀어 올랐다면… 그래서 결국 "난 당신 그림이 항상 싫었어!"라고 불쑥 내뱉었다면 괜찮은 단편소설이 되었을지도 모른다고 말했다. 사소한 재난이 모여서 결혼생활을 망칠 수도 있는 것이다. 나는 이렇게 불쑥 지어낸 이야기가 꽤 만족스러웠고, 아니와 마거릿은 깜짝 놀랐다.

아니의 친구가 아무것도 지어내지 **않으면서** 글을 더 낫게 고치고 싶었다면 어떨까? 소설이 아니라 실화를 쓰고 싶었다면 어떨까? 그래도 어떤 내용이, 독자를 몰입하게 만드는 무언가가 필요했을 것이다. 상상력을 이용해서 이야기를 지어내는 것이 아니라 기억을 떠올릴 수 있을지도, 자신의 과거에서 이 사건에 실체와 의미를 부여하는 무언가를 찾을 수 있을지도 모른다. 그녀는 손님 초대가 엉망진창이 되어버린 것이 왜 그렇게 신경이 쓰이는지, 무엇이 신경을 계속 건드리는지 스스로에게 물어볼 수 있을 것이다. 아마도 어린 시절이나 신혼 때, 또는 부모님이 노쇠해졌을 때 **실제로** 사소한 재난이 큰 재난으로 이어지거나 대수롭지 않은 문제가 중대한 문제로 발전한 적이 있었을지도 모른다. 물론 그녀는 그 문제에 대해서 솔직해져야 한다. 과거의 문제를 떠올리거나 곱씹는 것을 견디지 못하면 이야기를 잘 쓸 수 없다. 여기서 상상력이 폭발하면 창작이 아니라 기억이 도약할 것이다.

소설적 접근과 비소설적 접근 중 무엇을 택하든 이야기 구조가 바뀐다. 결말에 무언가가 더해질 것이다. 아니가 들려준 이야기에는 결말이 없었다. 그러나 결말을 중요하게 만들려면 작가가 앞으로 돌아가 시작 부분을 고치거나 중간 내용을 바꾸어서, 남편의 그림들이나 어린 시절 기억을 언급해서 결말을 강렬하게 만들어야 한다. 아니는 친구가 글의 소재가 된 실제 사건을 완성된 이야기로 바꾸기 위해서 아무것도 하지 않았음을 깨달았다.

공책이나 컴퓨터 파일, 종이 냅킨에 아무렇게나 적은 아이디어를 어떻게 발전시켜서 이야기로 만들 수 있을까? A 지점(2장에서 살펴본 것처럼 상상을 통해서 떠오른 생각, 엿듣거나 흘깃 본 것, 어떤 소리, 어떤 기억, 누가 우리에게 이야기해준 사건, 이제부터 쓸 글에 베개나 주황색이 나올 것 같다는 느낌

행동을 취하는 인물

등 우리가 출발하는 시작점)에서 B지점으로, C지점으로, D지점으로 어떻게 나아갈까? 이 질문은 상상력을 이용한 모든 글쓰기에 적용된다. 때로 소설가는 회고록이 실제로 일어난 일이기 때문에 더 쓰기 쉬우리라 생각하지만 회고록을 쓸 때에도 거의 무에서 시작한다. 회고록 작가가 가진 것은 글로 적을 수 없는 아이디어 한 조각뿐인데, 핵심도 형체도 없고 모두가 싫어할 만한 것이다. 그러다가 문맥이, 출발점이, 다음에 무엇이 올지 보인다. 이러한 깨달음은 어디서 올까? 작가는 단편적인 생각에서 완결된 글로 어떻게 나아갈까?

일어날 뻔했던 일, 일어날 수도 있었던 일

잠시 속도를 늦춰 보자. 글쓰기를 배우는 가장 좋은 방법은 다른 작가들을 ─ 가능하다면 몰래 ─ 지켜보면서 몇 가지 비결을 알아내고 우리가 직면한 문제를 그들은 어떻게 푸는지 지켜보는 것이다. 작가의 솜씨에 완전히 압도당한 우리는 그 장면을 어떻게 구성했냐고 물어볼 수 없다. 우리는 작가들이 이야기를 어떻게 떠올리는지 모르지만(심지어 우리가 어떻게 떠올렸는지 돌이켜 봐도 모를 때가 많다), 가끔 어떤 작가들은 우리가 따라갈 수 있는 흔적을 남긴다. 그 작가가 어떻게 움직이는지 눈앞에 어른거릴 정도이다. 이 책에서는 중간중간에 다른 작가들의 작품을 살펴볼 것이다.

1908년에 태어나 2000년에 세상을 떠난 윌리엄 맥스웰 (William Maxwell)은 어렸을 때 살았던 일리노이나 『뉴요커』 편집자로 오랫동안 일했던 뉴욕을 배경으로 단편과 장편소설을 썼다. 그는 자전적인 소재를 이용해서 소설을 썼지만 때에 따라서 무척 다른 방식으로 상상력을 발휘했다.

맥스웰에게 평생 큰 영향을 끼친 사건이자 그의 소설에 계속해서 등장하는 사실은 그가 열 살 때 1918년과 1919년을 휩쓴 독감 대유행으로 어머니가 세상을 떠난 것이었다. 장편소설 『그들은 제비처럼 왔다』, 『접힌 잎사귀』(The Folded Leaf), 『안녕, 내일 또 만나』에서는 예민한 소년의 사랑하는 어머니가 독감으로 세상을 떠나고, 자신의 가족에 대한 논픽션 『선조들』(Ancestors) 역시 어머니의 죽음에 대해 이야기한다.

1937년에 출판된 초기 소설 『그들은 제비처럼 왔다』는 여덟 살 소년의 경험, 소년의 형의 경험, 마지막으로 아버지의 경험을 우리에게 들려준다. 책이 진행될수록 내러티브는 어린아이의 의식에서 조금 더 큰 아이의 마음, 어른의 마음으로 옮겨 가며 더욱 성숙하고 객관적으로 변한다. 1부에서 독자들은 어머니와 이모가 대화를 나누는 동안 소파에서 꾸

행동을 취하는 인물

벅꾸벅 조는 어린아이 버니의 인식과 생각을 매 순간 따라 간다.

버니의 속눈썹이 스치더니 잠시 얽혔다. 퇴창으로 들어오는 빛 때문에 그들은 창(槍)처럼 크고 길쭉해 보였다. 어머니가 자리에서 일어나 난로 선반으로 갔다. 그런 다음 돌아와서 다시 자리에 앉더니 무릎에 상자를 올려놓았다.

버니는 어머니가 임신했음을 알게 되고 — 그 사실이 별로 탐탁하지 않다 — 같은 반 친구가 독감에 걸렸다고 말하려 애쓴다. 유럽의 종전을 알리는 종이 울릴 때 버니도 독감에 걸린다.

형의 이야기인 2부에서 우리는 의사가 임신한 어머니에게 아픈 아들의 방에 들어가지 말라고 했지만 버니의 방에 새가 들어오는 바람에 다들 그 사실을 잊고 형과 어머니, 이모가 힘을 합쳐 새를 몰아냈음을 알게 된다. 몇 주 후 부모님이 큰 도시의 병원으로 가서 어머니가 아기를 낳고, 부모님 모두 독감에 걸린다. 2부가 끝날 때 형은 침대에 누워서 친척들의 이야기를 듣다가 어머니의 죽음을 알게 된다. 형은 새가 들어왔을 때 버니의 방으로 달려가는 어머니를 막지 않은 자신을 탓한다.

마지막 3부에서 아버지는 아내의 죽음 때문에 자책하지만 아이들을 돌보며 삶의 의지를 점차 되찾는다. 누군가 형에게 어머니는 버니한테서 독감을 옮은 것이 아니라고 설명한다. 아버지는 이렇게 생각한다. "어쨌든, 중요한 것은 행동으로 인한 결과가 아니라 의도였다." 아버지는 형의 어깨에 팔을 올리고 집 안을 같이 서성이다가 뜻하지 않게 어머니의 관 앞에 다다르고, 어쨌거나 계속 살아가기 위해서 돌아선다.

맥스웰의 논픽션을 보면 실제로 일어난 일은 약간 다르다. 그는 두 작품에서 어머니의 죽음을 사실대로 설명했는데, 하나는 1971년에 출판된 논픽션 가족사 『선조들』이고 또 하나는 사실을 이야기하는 듯한 소설 『안녕, 내일 또 만나』이다. 어머니가 죽었을 때 열 살이었던 맥스웰과 달리 버니는 여덟 살이기 때문에 열 살짜리만큼 상황을 잘 파악하지는 못하지만 상상력은 더 풍부하다. 사실 아버지와 함께 집안을 서성였던 사람은 형이 아니라 맥스웰이었지만 『그들은 제비처럼 왔다』에서는 형이어야만 한다. 아버지와 함께 죄책감과 절망을 거쳐 불완전한 결심을 하는 사람이 형이기 때문이다. 맥스웰은 이 책을 쓰고 싶은 대로, 또는 쓸 수 있는 대로 썼다.

『안녕, 내일 또 만나』의 끝부분에서 맥스웰은 어머니의 죽음에 대해서 이렇게 쓴다. "다른 아이들은 그것을 견딜 수도 있었다, 그럴 수도 있었다. 어쨌든 형은 견뎠다. 그러나 나는 견디지 못했다." 『그들은 제비처럼 왔다』는 이 사실을 부인하지 않지만 명확히 드러내지도 않는다. 소설의 주제는 버니가 견딜 수 있느냐(물론 우리는 추측할 수 있다)가 아니라 아버지와 형이 견딜 수 있느냐이기 때문이다.

또 다른 장편소설 『성』(The Chateau)은 1950년대에 프랑스를 방문한 부부의 이야기로, 어머니의 죽음에 대한 소설은 아니지만, 해럴드 로즈라는 남자의 어린 시절이 몇 페이지 등장하면서 성인이 된 그의 자아를 구성하는 여러 인물이 나온다. 하나는 "어머니가 잠들기 전 마지막으로 한 바퀴 돌면서 이불을 덮어 주었던 아이", 또 하나는 "아버지의 커다란 손을 잡고 병원에 가지만 엄마가 너무 아파서 만날 수 없었던 날의… 일곱 살짜리 아이"이다. 맥스웰은 이렇게 짧막하게 언급할 때에도 사실을 바꾼다. 소년은 일곱 살이고, 아버지의 손을 잡고 어머니를 만나러 병원에 간다. 『그들은 제비처럼 왔다』뿐만 아니라 『선조들』에 나오듯이 실제로는 아버지도 같은 병원에 입원 중이었고 아이들은 멀리 떨어져 있었다. 그러나 어머니의 죽음을 한 줄로 끝내려면 시각적 이미지가 필요하다.

『접힌 잎사귀』에서는 소년이 열 살 때 어머니가 세상

을 떠난다. 이 소설은 라이미 피터스가 고등학생일 때 시작해서 대학을 졸업할 때쯤 끝난다. 이 책은 대체로 마르고, 예민하고, 운동은 정말 못하지만 착한 라이미와 힘세고 운동을 잘하는 스퍼드 레이섬의 우정을 다룬다. 라이미는 이렇다 할 가족이 없다. 그는 외아들이고, 맥스웰의 실제 아버지는 존경받는 사업가였지만 라이미의 아버지는 밤늦도록 들어오지 않는 무능한 술꾼이다. 라이미는 스퍼드를 사랑하고, 무관심하다가 귀찮아하다가 친근하게 구는 스퍼드의 변덕을 받아 준다. 스퍼드에게 거부당한 라이미는 자살을 시도한다. 이 소설은 무의식적인 동성애에 대한 책으로 읽힐 수도 있지만, 스퍼드를 향한 라이미의 사랑에서 중요한 점은 스퍼드가 남자라는 사실이 아니라 라이미가 무력하다는 것이다. 라이미가 어머니를 잃고 얼마나 외로운 청소년기를 보냈는지 모르면 그의 수동성을 이해하기 힘들 것이다.

윌리엄 맥스웰에게 스퍼드 같은 친구가 있었는지는 알 수 없지만 라이미처럼 외롭지는 않았다. 맥스웰에게는 형제가 둘 있었고, 아버지는 재혼했다. 이 책과 『안녕, 내일 또 만나』의 소년은 아버지가 술을 마시기 때문에 파티를 싫어하지만 『안녕, 내일 또 만나』에서 파티는 파티 — 빡빡하게 살다가 잠시 느긋하게 풀어지는 부끄러운 소동 — 일 뿐, 아버지가 실패했다는 증거는 아니다. 『접힌 잎사귀』의 일부가 맥

행동을 취하는 인물

스웰의 실제 경험이었다 해도 라이미 피터스가 아닌 윌리엄 맥스웰로서의 경험이었다. 사건과 플롯을 결정하는 것은 주제인 라이미의 연약함이다.

윌리엄 맥스웰은 한참 후에 『안녕, 내일 또 만나』를 썼고 일흔 살이 넘은 1980년에 발표했다. 그는 『안녕, 내일 또 만나』에서도 어머니의 죽음에 대해 이야기하지만 『선조들』의 내용에 비춰 볼 때 이번에는 사실 그대로 말한다. 맥스웰은 실제 사건의 기억을 떠올리는 것처럼 이야기하고, 극화하는 것이 아니라 대화 없이 요약한다.

맥스웰이 십 대였을 때 아버지가 재혼을 하고 새로운 가족을 위한 집을 짓는다. 『안녕, 내일 또 만나』의 화자는 매일 일꾼들이 떠난 후 아직 완공되지 않은 집으로 가서 잘 모르는 남자아이와 놀았던 기억을 떠올린다. 여러 해가 지난 뒤 화자는 다른 곳에서 그 아이를 마주치지만 인사하지 않는다. 그 소년의 아버지가 누군가를 죽였고, 화자는 ─ 또는, 이 소설의 일부는 회고록인 것처럼 보이므로, 맥스웰은 ─ 소년에게 말을 걸지 않은 것을 오랫동안 후회했다고 쓴다.

맥스웰은 과거의 기록을 찾아서 소년의 아버지가 저지른 범죄를 설명한 다음 그에게 속죄하듯이 어느 소작농이 친구의 아내와 사랑에 빠져서 친구의 손에 죽임을 당하는 이야기를 상상하여 심리를 섬세하게 묘사하면서 세세하게 적어 내려간다. 그는 이 부분을 각 인물 시점으로 — 두 남자, 아내들, 그리고 심지어는 유명한 개의 시점으로 — 돌아가며 쓴다. 전부 사랑스러운 몽상이다.

사실과 상상을 과감하고 자유롭게 엮어 나가는 맥스웰을 보면 머리가 어지러울 정도이다. 그는 사실을 이야기하는 것이 합리적인 책에서는 사실을 말하고, 사실이 충분하지 않아서 풍성하고 완전한 이야기를 들려줄 수 없을 때에는 창작을 통해 전부 상상이지만 사실과 어긋나지 않으며 사실을 의심스럽게 만들지 않는 이야기를 들려준다. 사실이 존재하지만 책과 맞지 않을 때에는 약간 변형하기도 한다. 좋은 작가라면 누구나 그렇듯, 맥스웰은 진짜가 아니지만 진짜처럼 느껴지는 순간을 어떻게 만들어 내야 하는지 아주 잘 안다. 더욱 중요한 점은, 그가 인물의 노력을 강조하는 세부 사항을 찾아내거나 지어냄으로써 그러한 순간들을 일관성 있는 이야기로 만들어 낸다는 것이다. 이를 위해서 맥스웰은 몇몇 소설에서는 실제 사실을 중심으로 장면을 구성하고 몇몇 소설에서는 자신이 하고 싶은 말을 내러티브에 담기 위해 사실을 변형한 다음 이 새로운 사실을 중심으로 장면을 구성한다. 즉 상상한다.

행동을 취하는 인물

부정당한 사실들

도리스 레싱의 작품 『앨프리드와 에밀리』(*Alfred and Emily*)는 레싱이 89세였던 2008년에 발표한 작품이다. 이 책은 맥스웰의 작품들과 마찬가지로 같은 이야기를 다르게 반복해서 들려준다. 이 작품 역시 작가가 처음 시작한 소재에서 어떻게 멀리 나아가는지 우리에게 통찰을 줄 것이다. 레싱은 서문에서 이 책이 자기 부모님에 대한 이야기라고 밝히고, "제 2차 세계대전이 두 사람 모두를 망가뜨렸다"며 전쟁이 일어나지 않았다면 부모님의 삶이 어땠을지 보여 준다. 그것이 책 처음 절반의 내용이다. 나머지 절반은 회고록—실제로 일어난 일—이다. 많은 작가들이 부모님을 실수와 고난에서 구하기 위해서 단편소설이나 에세이를 쓰지만, 나는 이런 방식으로 풀어 나가는 다른 책을 알지 못한다.

레싱이 중편소설이라고 칭하는 책의 첫 절반은 앨프리드 테일러와 에밀리 맥비의 일생(상상으로 꾸며 낸 일생)을 보여 준다. 이 중편소설의 예리함과 힘을 온전히 느끼려면 두 번째로 등장하는 회고록을 반드시 읽어야 한다. 회고록에서 레싱은 자신의 기억에서 절대 벗어나지 않으면서 부모님의 진짜 이야기를 들려준다. 어머니는 간호사가 되었다가 부상병들을 간호하면서 감정적으로 무너졌다. 아버지는 영국에서 농부가 되고 싶었지만 전쟁에서 다리를 잃었다. 두 사람은 결혼을 하고 영국을 떠나 당시 로디지아라고 불리던 식민지로 이주했고, 아버지는 농작물이 잘 자라지 않는 외딴 지역에 땅을 샀다. 그들은 식민주의를 믿었기 때문에 영국 식민지에서 유럽 사람들과 어울리며 활발한 사교생활을 하리라 기대했고, 유럽의 예술과 문학, 문화가 원주민들을 문명화할 것이라 생각했다. 어머니는 이브닝 가운을 몇 벌 샀지만, 나방이 쏠아서 망가지고 말았다.

농장은 실패했고, 아버지는 세상을 떠났다. 어머니는 딸을 위해서 수많은 이야기를 들려주고 영어 책을 주문했다. 이것이 도리스 레싱의 몇 안 되는 행복한 기억들 중 하나인 듯하다. 대체로 어머니와 딸은 사이가 좋지 않았다. 여기에서 지배적인 감정은 분노이다. 레싱은 묻는다. "아이들이 부모님의 감정을 느낄까? 그렇다, 우리는 느낀다. 그것은 내게 없어도 좋았을 유산이다."

상상으로 그려 낸 처음 절반의 이야기에서 — 사실과 완전히 어긋난 이야기라기보다는 과학소설에서 종종 나오듯이(레싱은 과학소설도 썼다) 한 가지 중요한 사실이 바뀌었을 때 생기는, 말하자면 새로운 사실이다 — 앨프리드와 에밀리는 친구 사이지만 결혼은 하지 않는다. 힘든 어린 시절을 겪은 앨프리드는 친구의 가족과 함께 살면서 그들의 농

행동을 취하는 인물

장에서 일한다. 친구는 술에 빠지지만 앨프리드와 아내가 그를 계속 지켜보고, 결국 친구는 술을 끊고 결혼한다. 네 사람은 농장에서 다 같이 살면서 아이들을 키우고, 앨프리드는 분별 있는 형 역할을 한다. 수십 년이 지났지만 영국은 전쟁을 겪지 않았고, 청년들은 다른 나라에서 벌어지는 전쟁을 낭만화하면서 외국 군대에 들어간다. 그래도 앨프리드는 모든 일이 잘 풀리고 노인이 될 때까지 살아 있다.

에밀리는 실제로도 그랬던 것처럼 아버지의 반대를 꺾고 간호사가 되지만 일을 그만두고 잘생기고 돈 많은 의사와 결혼한다. 두 사람 사이에는 아이도 없고 성적으로도 만족스럽지 않지만 에밀리는 남편의 근사한 집을 돌본다. 남편이 젊은 나이에 죽자 에밀리는 이제 어떻게 살아야 할지 알지 못한다.

젊은 시절에 에밀리는 앨프리드와 같이 메리 레인이라는 친구를 알게 되었는데, 남편이 죽자 시골로 내려가서 메리와 같이 지낸다. 우연히 아이와 단 둘이 남겨진 에밀리는 아이에게 이야기를 들려준다. 알고 보니 그녀는 이야기를 무척 잘했고, 점차 다른 사람들에게도 이야기를 들려준다.

메리가 "그런 아이디어는 다 어디서 나와?"라고 묻자 에밀리는 "나도 몰라"라고 대답한다.

이야기를 꾸며 내는 재능은 에밀리의 삶을 바꾼다. 그

녀는 친구들과 함께 남편의 유산에 돈을 조금 더 보태서 책을 주문하고 영국 전역에 몬테소리학교를 연다. 에밀리는 대규모 자선단체의 강력하고 활동적인 대표가 된다. 문제가 생기지만 해결되고, 그녀는 누군가와 사랑에 빠진다. 에밀리는 일흔세 살에 죽는다. 실제로도 레싱 어머니는 같은 나이에 세상을 떠났다.

이 소설에는 플롯이 아예, 또는 거의 없다. 부모님이 각자 다른 사람과 결혼했기 때문에 도리스 레싱은 태어나지 않았고, 전쟁이 일어나지 않았으므로 분쟁이나 문제의 근원도 없다. 전쟁이 레싱의 부모님을 망가뜨렸다고 하지만 그들이 실제로 살았던 삶을 만들어 냈다고도 할 수 있다. 우리가 읽는 것은 전쟁이 없기 때문에 목가적인 풍경이다. 목가문학에서 목동의 삶은 현실적으로 그려지지 않고, 기존 소설과 달리 빠른 속도의 추진력도 없다. 그러한 문학을 형성하는 것은 부재이다. 과거의 목가문학에는 도시가 부재했다. 시골은 (비현실적이게도) 더 깨끗하고, 더 안전하고, 더 순수하다. 여기에서 빠진 것은 모두가 맞서야 하는 잔인한 실제 역사이다. 잔인한 역사가 없을 때 앨버트와 에밀리의 삶은 아주 멋지지만 공허하다. 현실에서는 역사가 긴장과 방향을 제공한다.

중편소설은 레싱의 부모님이 행복하게 살았다면 어땠

행동을 취하는 인물

을지 보여 주지만 전체적으로 슬프다. 레싱은 어떤 사건이나 인물을 어디에서 가져왔는지 몇 가지 힌트 — 사진, 부모님이 어떤 선택을 했을지 짐작하게 해준 우연한 말들 — 를 준다. 그러나 레싱이 실제 삶을 바꾸게 만드는 진정한 근원은 슬픔과 분노이다.

비유로서의 이야기

우리가 아이디어를 이야기로 발전시킬 때 무의식적으로 하는 일을 이해하는 유용한 방법은 비유에 대해서 생각하는 것일지도 모른다. 은유, 직유, 의인화, 과장법 말이다. 우리는 진실을 있는 그대로 적을 수 없으므로, 또는 진실만을 적어서는 충분하지 않으므로, 종이에 적을 수 없는 것과 닮은 무언가를 찾음으로써, 또는 어떤 것을 다른 걸 이용해 설명함으로써 다른 방법을 찾는다. 더욱 정교한 스타일을 위해 이용하는 비유를 말하는 것이 아니다. 비유는 문학작품에서 기억에 남는 짜릿한 순간을 만들어 낼 수 있지만 불필요한 경우가 많고 — 딱 맞는 사실이 있다면 그것으로 충분하다 — 때로 심상은 감정을 뚜렷하게 만드는 것이 아니라 흐릿하게 만든다. 내가 여기에서 말하는 것은 다른 방법으로는 도저히 쓸 수 없기 때문에 비유를 이용한 경우이다.

이야기 자체가, 긴 장편소설 전체가 비유일 수도 있다. 이때 소설 속의 사건들은 실제로 일어났던 일과 **비슷하지 않**지만 그것을 **상징**한다. 예를 들어 막연한 무언가에 대한 상실감을 표현하기 위해서 죽음에 대해 쓸 수 있다.

과장법은 부풀리는 것이다. 반감을 두려워하는 작가는 폭력의 희생자가 되는 환상을 가지고 있을지도, 또는 그것에 대한 소설을 쓸지도 모른다. 중요한 일을 몇 달이나 미루는 사람이라면 중요한 무언가를 수십 년이나 미루는 인물에 대해서 쓸 수 있다.

의인화 덕분에 소설을 쓰는 것이 가능해질 수도 있다. 작가가 추상적인 생각이나 두려움에 육체와 인격을 부여하는 것이다. 예를 들어 떨칠 수 없는 의구심을 항상 실패할 것이라고 말하는 부정적인 가족으로 표현할 수 있다.

곡언법은 그 반대를 부인함으로써 무언가를 서술하는 비유법이다. 예를 들어서 "좋아" 대신 "나쁘지 않아"라고 말할 때처럼 말이다. 레싱의 중편소설은 긴 곡언법으로 볼 수 있다. 이 작품의 핵심과 힘은 그것이 빠뜨리고 부정하는 것에, 즉 전쟁과 그 후에 일어난 모든 일들에 있다.

제유법은 한두 가지의 행위나 물체를 정확하게 묘사함으로써 어떤 상황의 느낌을 전달하는 방법, 무언가의 일부를 이용해서 전체를 환기하는 방법이다. 맥스웰이 이제 곧 어머니를 잃게 될 소년이 아버지의 손을 잡고 있다고 설명할 때처럼 인상적인 일부는 전체의 상징이 될 수 있다.

우리는 비유법을 교묘한 계략이 아니라 우리가 말할 수 없는 것을 전달하는 수단으로 생각해야 한다. 비유법은 꿈과 마찬가지로 너무 모호하거나 부끄럽거나 무섭기 때문에 다른 방식으로는 받아들일 수 없는 것을 구체화한다.

레싱의 책에서 메리 레인은 에밀리에게 아이디어가 어디에서 나오냐고 묻지만 본인도 알지 못한다. 이야기는 불쑥 솟아나는 것 같다. 그러나 **우리**는 에밀리의 이야기가 어디에서 나오는지 짐작할 수 있다. 그녀는 맨 처음에 식품저장실의 고양이와 쥐들을 의인화해서 아이에게 이야기해 준다. 그러나 중요한 것은 그녀가 **언제** 이야기를 했느냐이다. 에밀리는 시골로, 자신이 자랐던 피난처 같은 곳으로 돌아가 그동안 살면서 겪은 상실들을 마주했을 때 이야기를 만들기 시작한다.

상상력이 작용하는 방식에 익숙해지면 현실을 비유적으로 상상할 수 있다. 우리는 이혼이 마무리되고 몇 년이 지난 뒤에야 전쟁 중인 군인들에 대해서 썼던 소설이 개인적인 분쟁에 대한 비유였음을 깨달을 수도 있다. 집에 불을 지르며 즐거워하는 방화범의 이야기는 기분 나쁜 이웃에 대한 분노의 표출이었을지도 모른다. 실제로는 예의 바른 쪽지를 남겼을 뿐일지라도 말이다. 당신이 스스로 무엇을 하고 있는지 인식하지 못할 때 더 나은 작품이 나올 수도 있다. 비유적인 글을 작정하고 쓰면 강압적이고 가짜 같은 결과물이 나올 뿐이다.

주제에서 이야기로

마트 트웨인은 마지막 소설 『미스터리한 이방인』을 쓰려고 세 번이나 시도했지만 결국 완성하지는 못했다. 1969년 이전에 이 소설을 읽었다면 작가가 죽고 6년이 지난 1916년에 트웨인의 전기 작가이자 유저(遺著) 관리자인 앨버트 비글로 페인이 발표한 책을 읽은 것이다. 새뮤얼 클레먼스*는 말년에 불행했고 망상에 사로잡혔다. 그는 우울하고, 냉소적이고, 과대망상에 시달리고, 그가 "에인절피시"라고 부르던 10세에서 12세 정도의 여자아이들에게 계속 반했다. 몇몇 주변 사람들은 위대한 작가의 말년을 숨기려고 최선을 다

• 마크 트웨인의 본명이다.

했다. 페인이 세 편의 원고 중에서 처음 썼던 미완성 원고를
『미스터리한 이방인, 로맨스』라는 제목으로 발표한 것도 아
마 그런 이유 때문이었을 것이다. 마크 트웨인은 첫 번째 원
고에 『젊은 사탄의 연대기』(*The Chronicle of Young Satan*)라는 제
목을 붙였다. 페인은 첫 번째 원고에 마지막 원고의 마지막
장을 덧붙였고, 일관적인 내러티브를 위해서 내용을 덧붙이
는 등 원고를 많이 수정했다.

　1969년이 되어서야 편집자 윌리엄 깁슨이 세 편의 원
고를 모두 편집했다. 『44호, 미스터리한 이방인』은 마지막
원고였다. 이 소설의 충격적인 역사와 그것이 해석되는 방
식—버나드 디보토는 페인이 출판한 책에 대해서 마크 트
웨인이 "광기의 경계에서 돌아와 누구나 말년에 찾을 수 있
는 평화를 찾았다"라고 썼다—때문에 이 세 편의 이야기를
소설가가 처음 떠올린 하나의 아이디어로 글을 써 내려 노
력했던 세 번의 시도로만 보기는 힘들다. 그러나 그런 방식
으로 보면 무엇을 배울 수 있는지 살펴보기로 하자.

　맥스웰이나 레싱과 마찬가지로 마크 트웨인 역시 강렬
한 감정으로 시작했지만 두 작가와 달리 실제 사건과 비슷
하거나 반대되는 이야기를 지어내지는 않았다. 그는 추상적
인 아이디어를 먼저 떠올린 다음 그 생각을 설명하는 이야
기를 만들었다. 깁슨은 『미스터리한 이방인 원고들』 서문에

서 트웨인이 이 소설을 쓰기 시작하기 2년 전이었던 1895년에 쓴 글을 인용한다.

한심한 세상과 쓸모없는 우주와 혐오스럽고 비열한 인간을 비웃는 책 — 하찮은 계획을 비웃고 그것을 조롱하는 책 — 이 세상에 넘쳐 나지 않다니, 정말 이상하다. … 그렇다면 **나는** 왜 그런 책을 쓰지 않을까? 가족이 있어서일 뿐, 다른 이유는 없다.

첫 번째 원고인 『젊은 사탄의 연대기』는 1702년 오스트리아의 한 마을에서 시작한다. 세 명의 소년 앞에 매력적인 청년이 나타나 자신은 천사이며 이름은 사탄이라고 말한다. 그는 우리가 아는 사탄의 조카이다. 불이 없어서 소년들이 담배를 피우지 못하자 사탄이 숨을 불어 불을 붙여 준다. 그는 여러 가지 마술을 부릴 줄 안다. 사탄은 진흙으로 마을을 만들어 사람들과 동물들을 살아 숨 쉬게 하고, 세 명의 소년은 즐거워하며 바라본다. 그러나 사탄은 자신이 만든 마을이 지루해져서 파괴해 버리고, 작은 생물들은 고통과 두려움에 비명을 지른다. 이야기가 진행됨에 따라 청년은 인상적이고 초자연적인 행동을 계속하면서 도덕적인 감정은 문제를 일으킬 뿐이라고 주장한다. 그는 두 소년에게 나머지

한 친구가 물에 빠져 죽을 것이라고, 두 사람은 절대 친구의 죽음을 막을 수 없다고 말한다. 누명을 쓴 사제 이야기를 제외하면 도덕을 거부하면서 마술을 부리는 사탄의 이야기가 책 전체를 차지한다. 이 아이디어가 모든 사건의 원천이다. 첫 번째 시도에서 트웨인은 주제를 떠올린 다음 그것을 지나치게 의식적으로 표현했을지도 모른다. 이야기는 예측 가능하고 결론도 없이 갑자기 끝난다.

트웨인이 쓴 두 번째 원고 『스쿨하우스 힐』(*Schoolhouse Hill*)은 훨씬 더 짧다. 이야기는 새뮤얼 클레먼스가 어린 시절에 자랐던 곳과 비슷한 미국 마을에서 시작된다. 수수께끼의 이방인이 등장할 때 학교에서 나오는 아이들 중에는 톰 소여, 베키 대처, 허클베리 핀도 있다. 이 소설에서 역시 신기한 마술을 보여 주는 매력적인 이방인은 44호라고 불린다. 마크 트웨인은 44호에게 윤리 의식이 결여되어 있음을 더욱 서서히 보여 주고, 첫 번째 원고보다 풍성하고 많은 인물을 등장시킨다. 이방인이 마술만 부리는 것은 아니지만, 이야기가 없다. 두 번째 원고에서도 모든 사건은 저자가 증명하고자 하는 아이디어에서 직접적으로 비롯된다.

마크 트웨인은 위대한 작가였지만 누구든 새로운 소설을 쓰려면 어딘가에서 시작해야 하는데, 그는 이미 늙고 지쳤다. 그의 글은 우리가 무엇보다도 주제를 제일 먼저 알았을 때 내놓을 법한 것이다. 모든 사건이 주제를 증명하게 만드는 것, 그리고 주제를 직접적으로 설명하는 것은 유혹적이다. 소설을 쓸 때에는 주제를 잠시 제쳐 두어야 설교 없이 핵심 주제를 보여 줄 수 있다.

세 번째 원고인 『44호, 미스터리한 이방인』에서 트웨인은 잠시 주제에서 벗어난다. 배경은 역시 오스트리아의 마을이지만, 때는 인쇄기가 발명된 직후인 1490년이다. 세 번째 원고에 등장하는 인쇄 기술은 마크 트웨인에게 딱 맞는 소재이다. 인쇄 자체는 인간의 야비함이나 스스로 도덕적이라고 생각하는 사람들의 잔인함을 증명하지 않지만 인물과 사건을, 즉 이야기를 제안한다. 작가에게는 현실 세계의 어떤 상황, 실제적인 문제와 행동이 필요하다. 그렇지 않으면 등장인물들은 주제에 대해 토론만 할 뿐 거의 아무것도 할 수 없다. 불행한 사람들이 거실에 가만히 앉아 있으면 "너 냄새나", "넌 경솔해"라며 서로 모욕을 주고받을 뿐이지만, 놀이공원에서 이야기를 진행시키면 등장인물들은 아이스크림 장수에게 사기를 당하거나 타고 있던 놀이기구가 망가졌을 때 어떻게 할지 말다툼을 벌일 수 있다. 트웨인의 세 번째 원고는 여전히 이기심과 잔인함에 대한 것이지만, 이제 실제 사건 안에서 전개된다.

화자인 아우구스트는 인쇄소의 견습공이다. 인쇄소 주

행동을 취하는 인물

인은 자기 소유의 성에서 가족, 하인, 애완동물, 인쇄공들과 같이 산다. 드디어 충분히 많은 등장인물과 관계가 나온다 (어쩌면 너무 많을지도 모른다). 44호라는 알 수 없지만 매력적인 젊은 남자도 다시 등장하는데, 이번에는 일을 찾고 있다. 그는 갑자기 음식이 나타나게 만드는 등 이전 작품과 마찬가지로 마술을 부린다. 아우구스트는 44호에게 인쇄술을 가르친다. 플롯은 무척 복잡한데, 재미있고 흥미로운 부분도 있고 힘든 부분도 있다. 마술을 부리는 44호는 속물적인 하녀를 고양이로 만든다. 몇몇 인쇄공이 파업을 하자 그가 인쇄 일을 해낸다. 그는 인쇄공들의 클론을 만들어 내는데, 그 중 하나가 있어서는 안 될 곳에서 발견되자 진짜 인쇄공이 비난을 받는다. 마크 트웨인은 자신이 말하고자 하는 핵심, "도덕심이 문제의 근원이다"를 보여 주고 있지만 사건도 많이 일어난다. 44호의 마술은 따분할 때도 있고 재미있을 때도 있다.

　세 번째 원고에는 인쇄 기술에 대한 세세한 내용, 생생한 대화, 흥미로운 인물들, 약간의 플롯이 등장한다. 끝에서—세 번째 원고에는 결말이 있다—아우구스트와 44호는 헤어진다. 44호가 떠나면서 이제 두 번 다시 만나지 못할 것이라고 하자 아우구스트가 이렇게 말한다. "이번 생에는 그렇겠지, 44호. 하지만 다른 생에서는? 우린 다른 생에서 만날 거야, 그렇지 44호?" 그러자 44호가 대답한다. "**다른 생은 없어.**" 아우구스트가 그의 말을 믿지 않자 44호는 이렇게 말한다. "신도, 우주도, 인간도, 지상의 삶도, 천국도, 지옥도 없어."

이 책은 아우구스트의 선언으로 끝난다. "그는 사라졌고, 나는 겁에 질린 채 남겨졌다. 그의 말이 전부 사실임을 알았고, 진정으로 이해했기 때문이다."

그렇다면 마크 트웨인은 A지점에서 B지점으로 어떻게 이동했을까? 우리 모두 그렇지만 그는 강렬한 감정으로 시작해서 이야기를 향해 더듬더듬 나아갔을 것이다. 그의 출발점은 절망, 우주는 도덕적이지 않고 다른 생은 없으며 의미도 없다는, 분명히 그에게 충격을 준 생각이었다. 그는 미스터리한 이방인이라는 인물을 발견했다. 이 인물은 세 편의 원고 모두에서 매력적이고 강력하며 비도덕적이다. 이제 마크 트웨인은 이야기가 필요했고, 세 번의 시도를 거쳐서 이야기를 찾아냈다. 나쁘지 않다. 그는 "인쇄소"를 떠올리자마자 성과 그 안에 사는 사람들을 쉽게 생각해 내고, 그러자 글이 생생해지고 속도가 빨라진다. 44호의 능력을 보여 주면서 이야기는 점점 복잡해진다. 그러다가 끝부분에서는 다시 주제가 전면에 등장하고, 마지막 장면들은 주제의 증명에 불과하다. 이 소설이 마크 트웨인의 최고작은 아니지만 44호는 눈부시고 화자 아우구스트는 매력적이다. 주제는 암울하지만 먼저 썼던 두 편의 원고보다 훨씬 설득력 있다. 그렇기 때문에 트웨인이 세상을 떠났을 때 편집자가 마지막 원고를 출판하지 않았을지도 모른다.

소설이든, 개인적인 에세이든, 시든, 이야기를 만든다는 것은 보통 더 자세하게 설명한다는 뜻이다. 일반적인 진실(또는 아이디어나 이미지, 사실)에서 사건을 만들어 내고, 상상이나 기억 속 하나의 사건을 여러 개의 사건으로 만드는 것이다. 상상이든 아니든 어떤 순간은 쓸 수 **있었던** 수많은 순간 중 하나일 뿐이다. 상상력을 이용한다는 것은 글 속에서 오직 한 가지 일만, 현실에서 일어났던 일이나 우리가 이미 생각한 일만 일어날 수 있다는 생각을 거부하는 것이다.

상상력이 자유롭게 움직이는 작가는 처음 떠올린 소재를 어떻게 이용할 수 있을지 고민하며 다양한 방법을 살펴볼 것이다. 맥스웰이 어머니의 죽음에서 시작해 여러 가지 목적에 맞게 이야기를 바꾸었듯이, 레싱이 부모님의 가혹한 삶에서 시작해 출발점이 달랐다면 부모님의 삶이 어떻게 전개되었을지 상상했듯이 말이다. 마음을 열어야 생각이 유연해져서 다음 작품을 어떻게 쓸지 알 수 있다. 그리고 우리는 강렬한 감정에 열려 있어야 한다. 강렬한 감정이야말로 우리가 글을 써야 하도록, 쓸 수 있도록 만든다. 강렬한 감정에 대해서 열린 자세를 취하면 그 감정의 크기에 알맞은 무게의 주제나 사건을 선택할 수 있다. 그것이 우리에게 그토록 중요하다면 독자에게도 변화를 가져올 것이다. 그런 다음에는 물론 글의 형태를 만들어야 한다. 세 번이든 삼백 번이든 고치며 실을 잡아당겨야 한다. 그러나 연이 날아오르는 것이 먼저이다.

그런 다음에는 귀를 기울여서 아이디어를 얻는다. 그러나 귀를 기울일 때는 장난스러운 마음을 잃지 않으면서 인내심을 발휘해야 하고, 우리가 무엇에 귀를 기울이는지에 대해, 그리고 우리가 들은 것에 놀라거나 당황하지 않도록 주의해야 한다. 사람들의 말에 귀를 기울이면서 그들이 털어놓는 이야기나 강렬한 욕망에 놀라지 않는 심리치료사처럼 우리는 스스로에게 귀를 기울여야 한다. 우리는 긴장감이 넘치는 생각 — 추상적인 생각, 우리의 기억, 이미지, 색깔, 우리가 듣거나 상상한 사건 — 으로 시작해서 그러한 생각들을 기꺼이 받아들임으로써 더 많은 아이디어를 얻는다. 강렬한 감정은 상상력에 의해 변화하여 우리를 다음 단계로 데려간다. 일반적인 것을 특수한 것으로, 추상적인 것을 구체적인 것으로 변화시키거나, 예를 들거나, 생각을 의인화하여 생명을 불어넣거나, 무언가를 그것과 비슷한 것으로 상

행동을 취하는 인물

상하거나, 시간 순서를 고려한다. 다음에는 무슨 일이 일어났을까, 또 그다음에는 무슨 일이 일어날 수 있었을까? 그런 다음에는 배짱을 잃기 전에 머리에 떠오르는 것을 적어야 한다.

4장   사건을 일으키자

Let Happenings Happen

문제를 일으키자

얼마 전 나는 우리 동네 이탈리아 슈퍼마켓 계산대 앞에 줄을 서서 기다리고 있었다. 루치아노 파바로티의 노래가 흐르는 가운데 채소를 고르고, 대화는 대부분 이탈리아어로 오가는 곳이었다. 그때 내 뒤에 서 있던 남자가 계산원에게 물었다. "세례식에 갔었나?"

"응."

"무슨 드라마라도 있었어?"

"아니."

"음, 그거… 잘됐군." 그가 말했다.

세례식에는 잘된 일이었을지 모르지만 (아니었을지도 모른다) 세례식에 대한 **단편소설**에는 드라마가 없어서는 안 된다.

가끔 작가 초년생이 쓴 소설에서는 아무 일도 일어나지 않는데, 사건을 생각해 내는 것이 힘들다는 사실과는 전혀 상관이 없다. 내가 깨달은 바에 따르면 많은 작가들은 자전적 작품이 아니라 해도 사건에 대해 쓰기를 **원하지** 않으며, 심지어 그래서는 안 된다고 생각한다. 연이 떠올랐지만 이 경우 연을 통제하는 실은 상식이 아닌 패닉에 더 가깝고, 결국에는 연을 땅으로 끌어내린다.

우리가 이미 알고 있듯이 글을 쓰려면 대담한 용기까지는 아니더라도 어느 정도의 배짱이 필요하다. 컴퓨터 앞에 앉아서 텅 빈 화면을 보면서 단어를 입력하는 것으로는 충분하지 않다. 물론 그것만으로도 충분히 힘들지만 말이다. 배운 것을 이용하기란 배우기보다 어렵고, 애초에 글을 쓰겠다고 마음먹기보다 어려울지도 모른다. 어떤 사람들은 감정을 빼면 아무 일도 일어나지 않는 이야기 —기분이 나쁜 사람들, 기분이 약간 나아진 사람들, 기분이 약간 더 나빠진 사람들 —를 쓰는 것이 더 안전하고 재미있다고 생각한다.

그러나 문제가 없으면 이야기도 없다. 세례식에는 드라마가 있어야 한다. 빨간 두건은 늑대를 만나야 한다. 어떤 사람들은 빨간 두건 이야기를 손녀를 이해하지 못하고 터무니없는 거짓말을 하는 할머니에 대한 소녀의 복합적인 감정에 대한 이야기로 만들고 싶어 한다. 현실에서는 손녀의 감정이 충분히 흥미롭고, 어쩌면 잊지 못할 어느 날 그 감정을 불쑥 내뱉을지도 모른다. 그러나 빨간 두건 소녀가 아닌 다른 사람도 읽을 만한 이야기가 되려면 상황을 바꿀 만한 행동을 통해 감정이 폭발해야 한다. 결과적으로는 바뀌는 것이 없다고 해도 말이다. 늑대는 분노와 증오를 실체화한다. 할머니가 잡아먹히는 결말이든 구원받는 결말이든 중요한 일을 하는, 즉 할머니를 잡아먹는 늑대의 능력이 필요하다. 꼭 인생을 바꾸는 사건이 필요한 것은 아니지만 적어도 인생을 바꿀 만한 위협이 등장했다가 저지당할 필요는 있다.

작가들은 왜 사건을 회피할까? 내가 글쓰기를 배울 때 그랬던 것과 같은 이유도 있을 것이다. 나는 소설이 생각과 감정을 그릴 수 있다는 점이 너무나 좋았기 때문에 생각과 감정이 많을수록 좋다고, 왜 굳이 다른 것을 써야 하느냐고 생각했다. 나는 내러티브에서 무엇이 흥미로운 순간을 만드느냐는 문제와 무엇이 내러티브를 단편소설로 만드느냐는 문제를 혼동했다. 이와 비슷하게, 내가 가르친 학생들은 가끔 무엇보다도 수동성에 대해서, 행동을 취하지 **못하는** 인물에 대해서 쓰고 싶기 때문에 자기 작품에서 **어떤 일도** 일

어나지 않기를 단호하게 원한다. 당신이 원하는 어떤 인물
에 대해서든 좋은 이야기를 쓸 수 있지만, 솔직히 고백하자
면 새로 들어온 학생이 무엇보다도 수동적인 인물에 대해서
쓰고 싶다고 말하면 나는 가슴이 철렁 내려앉는다. 물론 수
동적인 인물이라는 범주에는 나쁜 남자에게 집착하는 수동
적인 여성이라는 흥미로운 하위범주도 있다. 수동적인 여성
에 대한 소설은 수없이 많다. 만약 이 주제에 가장 마음이 끌
린다면 좋아하는 작가의 작품들을 신중하게 다시 읽으면서
무엇이 이야기를 움직이는지, 주인공이 행동을 하는지 하지
않는지 유심히 살피는 것이 좋다. 독자에게 긴장감을 주고
그다음에 어떤 일이 벌어질지 궁금하게 만드는 요소—다
른 인물의 행위나 때로 신의 행위라고 불리는 폭풍이나 홍
수, 화재 등—가 분명히 있을 것이다. 또는, 일어날 **수도** 있
지만 일어나지 않는 사건도 있다. 내면 묘사만으로 이야기
전체를 끌고 가기 힘든 것처럼 수동성으로 인한 불행만으로
이야기 전체를 구성할 수는 없다. 인물의 특징과 우리에게
인물에 대해 가르쳐 주는 구조를 혼동해서는 안 된다.

　사건을 거부하는 또 다른 이유는 (물론 **당신**은 그렇지 않
겠지만) 나쁜 일들을 지어내서 글로 쓰면 실제로 일어날 가
능성이 높아진다고 믿기 때문이다. 이런 문제를 겪는 사람
이 있다면 본인이나 가족, 친구와 상관없는 확실한 허구의

　　　　행동을 취하는 인물

인물을 만들면 도움이 된다. 나 역시 소설에서 내 여동생을 그리고 있다면 상처를 받거나, 강도를 당하거나, 배신당하거나, 버려지거나, 사기를 당하게 —또는 상처를 주거나, 강도 짓을 하거나, 배신하거나, 버리거나, 사기를 치게— 만들고 싶지 않을 것이다. 친구나 가족 역시 암으로 죽거나 누군가에게 총을 겨누고 강도 짓을 하는 인물 속에서 자신이 보이면 좋아하지 않을 것이다. 이것은 현실을 바탕으로 소설을 쓰는 것이 아니라 허구를 창작해야 하는 또 다른 이유이다.

나쁜 사건을 지어낸다고 나쁜 일이 일어나는 것은 아니지만 머릿속에 환기시킬 수는 있다. 회고록이라면, 또는 소설의 경우에도, 작가의 잘못, 상실, 끔찍한 경험 등 글을 쓰는 사람의 삶에서 실제로 일어났던 일을 바탕으로 쓸 경우, 그 경험을 다시 겪는 고통을 견딜 배짱이 필요하다. 이야기는 순전한 창작일지라도 인물의 감정은 작가가 겪은 것일 수밖에 없다. 두려움이나 질투나 분노를 다시 겪고 싶지 않은 것은 이해할 만하다. 그러나 좋든 싫든 이야기를 쓰려면 다시 겪어야 할지도 모른다.

게다가 아무리 상상 속이라고 해도 자기가 만든 인물들에게 고통을 가하는 것은 힘든 일이다. 어느 예리한 학생은 플롯이 복잡한 소설에서 주인공이 온갖 장애에 부딪치는 것을 읽더니 소설가에게는 "가학적인 독창성"이 필요하다고 말했다. 장편소설은 물론이고 단편소설에서도 허구의 인물이 충분한 문제를 겪게 만들려면 고통을 가하면서 즐거움을 얻어야 한다는 것이다. 우리 대부분은 대상이 상상 속의 인물이라 해도 가학적으로 대하는 것을 썩 좋아하지 않는다. 나는 소설 속 인물에게 장애와 문제를 떠안기는 것을 별로 신경 쓰지 않지만 처음으로 누군가를 죽였을 때는 눈물을 터뜨렸다. 상상 속의 나이 많은 인물이었고, 자연사였는데도 말이다.

최근에 같이 공부했던 어느 학생은 나쁜 일을 겪은 다음 계속 살아가려 애쓰는 여자에 대한 장편소설의 처음 몇 장을 여러 번 고쳐 쓰면서 원고를 나에게 계속 보내 주었다. 첫 원고도 좋았지만 보낼 때마다 더 좋아졌다. 원고에는 항상 주인공이 십 대 시절에 겪은 사건이 자세히 설명되어 있었다. 그녀는 순간적인 충동에 휩쓸려 사소하지만 파괴적인 행동을 여러 번 저질렀다. 그런데 네 번째 원고쯤 되자 (작가는 이야기를 계속 재구성하는 중이었다) 소녀의 범죄는 한 건으로 줄어들었고, 나머지 문제는 다른 사람이 일으킨 것으로 바뀌었다.

나는 이 인물을 잘 알았고 거듭된 원고 속에서 점점 더 명확하고 중요하게 드러나는 그녀를 지켜보고 있었다. 그런데 결국 주인공의 잘못이 거의 없어지자 속은 기분이 들었

행동을 취하는 인물

다. 「햄릿」을 보러 갔는데 햄릿 왕자가 장막 뒤의 폴로니우스를 찌르는 척만 한 기분이었다.

학생이 이야기를 바꾼 이유를 듣자 무언가를 깨달은 기분이 들었다. 그녀는 자기 주인공이 좋았고, 그래서 "봐주고" 있었다고 인정했다. 소설에 대해서 생각하면 생각할수록 이 범죄가 소녀의 삶을 바꾸리라는 사실이 더욱 분명해졌다. 어쩌면 대학에 진학하지 못할 수도 있었다. 내 학생은 (그녀는 자기 생각이 잘못되었음을 금방 깨달았다. 내가 이 이야기를 하는 것은 그녀가 무능해서가 아니라 정말 유능하기 때문에, 그녀가 이런 오류에 빠진다면 누구든 빠질 수 있기 때문이다) 자기 주인공이 나쁜 일을 겪게 만들고 싶지 않았다.

소설 속 인물들은 잘못을 저지르고 문제를 겪어야만 흥미롭고 진짜 같다. 그렇지 않다면 얼마나 지루하게 들릴지 생각해 보자. "내 조카는 일류 법대에 들어가서 멋진 여자를 만나…." 애석한 일이지만 주인공이 나쁜 짓을 하고 불행을 겪어야만 들을 만한 이야기가 된다. 주인공이 나쁜 행동, 대담한 행동, 우스운 행동을 하면 독자들은 그 인물을 덜 좋아하는 것이 아니라 더 좋아할 것이다. 사랑하는 자녀가 고통을 겪으면 훨씬 더 안타깝지만 그렇다고 아이들에게서 경험을 빼앗으려 하지 않는다. 마찬가지로 등장인물을 지나치게 보호하면서 온전한 삶을 살지 못하게 만들어서는 안 된다.

등장인물에게 문제를 주는 것만으로는 충분하지 않다. 내 학생이 예상했듯이 소설을 현실적으로 쓰면 주인공 소녀의 나쁜 행동이 불리한 결과를 가져올 것이다. 현실에서는 보통 문제를 빨리 해결하는 것이 좋다. 친구 사이에 오해가 있으면 빨리 해명할수록 좋다. 그러나 수많은 단편소설, 장편소설, 영화에서는 주제를 보여 주기 위해 오해를 지속시킬 뿐만 아니라 악화시킨다. 현실에서는 사고를 피해야 하고, 사고가 일어나면 얼른 행동을 취해서 더 이상의 재난을 막는 것이 가장 좋다. 그러나 소설에서 문제는 좋은 것이고 복잡해지면 더욱 좋다. 상황을 뒤죽박죽으로 만들기만 하는 것이 아니라 인물들이 실수를 하거나 문제를 해결할 기회를 주고, 숨어 있는 욕망과 두려움과 욕구를 끄집어내고, 다음 사건으로 이어진다면 말이다. 소설 속에서 꿀단지가 바닥에 떨어져서 깨졌는데 아기가 그쪽으로 기어간다면 당신은 아기를 낚아채려는 충동을 억눌러야 한다. 아기가 손가락을 베게 만드는 것은 불쌍한 아기에게 상처를 주고 싶어서가 아니다. 가학성을 옹호하는 것은 아니다. 그러나 아기가 다쳐서 부모가 주의력이 부족한 베이비시터를 해고한 다음 둘이서 어떻게든 해내려고 애쓰다가 결혼생활에 위기가 온다면, 또는 직장을 잃은 베이비시터가 전 남자친구의 설득에 넘어가서 마약을 운반하게 된다면, 꿀단지가 떨어질 때 초인종이 울려서 정신이 팔린 베이비시터가 아기를 붙잡지 못해야 한다. 등장인물의 문제를 해결해 주고 싶다는 유혹에 저항하자. 반대로 문제가 생기면 그것으로 무엇을 더 할 수 있을지 생각하자. 문제는 이야기로 이어진다.

멜로드라마가 아닌 드라마를 쓰자

학생들이 아기가 깨진 유리에 손을 베지 않기를 바라는 이유가 한 가지 더 있다. 너무 "멜로드라마" 같기 때문이다. 소설을 쓰면서 꼭 필요한 큰 사건을 일으키려다가 멜로드라마 같을까 봐 그만두었다는 학생들의 말을 나는 수없이 많이 들었다. "멜로드라마"는 원래 음악과 대사가 번갈아 나오는 연극을, 또는 연극이나 오페라에서 등장인물이 음악을 배경으로 말하는 부분을 가리키는 말이었다. 멜로드라마를 피해야 한다는 현재 우리의 생각은 빅토리아 시대의 멜로드라마 — 일차원적이고 과장된 인물(악당, 영웅, 고통받는 젊은 여성)이 등장하고 끔찍한 재난들은 편리하게 피해 가는 대중연극 — 에서 비롯되었다. 사건과 과장된 인물의 특성을 무척 잘 보여 주지만 미묘한 대화는 등장하지 않는 무성영화는 사람들을 즐겁게 해주는 멜로드라마의 완벽한 표본이었다.

멜로드라마와 진지한 드라마/영화의 차이는 사건의 **본질**이 아니다. 차이는 사건의 개연성과 분량, 그리고 언어에 있다. 늦은 나이에 다시 공부를 시작한 성인 대상 수업에서 내가 『리어 왕』을 과제로 내자 한 학생이 "완전히 텔레비전 드라마잖아요!"라고 불쑥 말했다. 『리어 왕』은 인물 대부분이 양면성과 복잡한 인식, 변화 능력을 가지고 있다는 점에서 텔레비전 드라마와 다르다. 이야기를 묘사하는 언어는 보편적인 경험에 호소하고, 수많은 사건이 등장하지만 유치하게 변하는 사건은 없다. 그러나 『리어 왕』의 끔찍한 문제들이 텔레비전 드라마에서도 생길 수 있다는 점은 맞다. 나의 이모 세라는 교육을 거의 받지 못했는데—이디시 극장에서 멜로드라마를 보며 자랐다—노인센터 여성 회원들과 함께 역시 이디시 극장에 다니면서 자란 배우 모리스 카노브스키가 왕으로 등장하는 『리어 왕』을 보러 극장에 갔다가 크게 감동을 받았다.

멜로드라마는 단순한 드라마가 아니라 과장된 드라마이다. 멜로드라마가 아닌 드라마를 쓰자. 당신이 쓰고 있던 작품이 감상적이고, 진짜 같지 않고, 개연성이 떨어질 만큼 과장되어 있다면 언어를 바꾸어서 이야기를 고칠 수도 있다. 어떤 행위가 당신의 상상 속에서 딱 맞고 당신이 설명하는 배경에서 개연성이 있다면 행위 자체 때문에 멜로드라마가 되는 것은 아니다. 그러나 행위 자체가 멜로드라마 같다면 배경을 다시 살펴보자. 해당 행위를 하는 인물이 그럴 만한 성격이라는 것을 앞서 밝혀 두었는가? 그 행위에서 이용되는 사물을 똑바로 묘사하고 있는가? 어떤 종류의 문진이 그러한 부상을 입힐 수 있을까, 문진을 던진 사람이 언제 그것을 집어 들었는가, 우리는 왜 그 방에 책상 위의 문진은커녕 책상이 있다는 사실도 몰랐는가? 총이 있다면 어떤 종류의 총인가? 차가 있다면 어떤 종류이며 사고가 일어난 도로는 어떤 상황인가? 빨간색 포드 픽업트럭이 낡은 자전거를 타고 가던 갈색 윈드브레이커 차림의 백발 남자를 쳤을 때 심장이 두근거렸다거나 속이 뒤틀렸다는 표현을 넣어서 기분 나쁜 경험임을 강조했는가, 아니면 적게 말할수록 좋다고 생각하기 때문에 사실을 제시하는 것으로 끝냈는가? 사건의 묘사가 별로 효과적이지 않다면 보는 사람의 감정을 설명하지 말고 사실을 몇 가지 더 추가하자.

내가 만나는 작가는 거의 모두 — 이 책을 읽는 작가도 거의 모두 그럴 것이다 — 문학적인 소설을 쓰는데, 내가 말하는 문학적인 소설이란 복잡하고 신빙성 있는 문제를 가진 복잡하고 신빙성 있는 인물을 그림으로써 독자가 몰두하게 만드는 모든 소설이다. 즉 독자가 책을 계속 읽어 나가는 것은 폭력과 섹스, 무서운 내용이 나오기 때문이 아니다. 그렇다고 해서 문학적인 소설에 폭력과 섹스, 무서운 내용이 나오지 **않는다**는 뜻은 아니다.

여러 해 전에 어느 수업에서 한 학생이 울음을 터뜨렸다. 겨우 입을 연 그녀는 이렇게 말했다. "엘리자베스가 제 작품을 보고… **상업적**이래요!" 같은 반 친구인 엘리자베스는 다른 사람을 기분 나쁘게 하는 방법을 잘 알았다. 나는 요즘에도―출판사 마케팅 부서가 아주 문학적인 책마저 요란하게 선전을 하는 지금도―비슷한 말을 들으면 상처를 받을지 의심스럽다. 당시에도 나는 "퍽이나!"라고 말하고 싶은 것을 꾹 참았다.

그러나 여전히 수많은 작가 초년생들이 상업성에 대한 두려움에 사로잡혀 있다. 베스트셀러를 쓰고 싶다는 꿈을 꾸면서도 말이다. 학생들이 소설에서 아무 사건도 일으키지 않는다고 내가 불평하자 친구는 어쩌면 학생들이 피하려는 것은 그녀의 어머니가 "흔하다"라고 말하는 소재일지도 모른다고 말했다. 물론 위대한 소설과 싸구려 소설, 『리어 왕』과 이디시 극장을 잇는 연결고리는 행위이다. 또 행위에 대해서 쓰려면 재미없는 물리적 세계가 등장할 수밖에 없다. 인물의 행위가 어떤 결과를 낳았는지 상상하려면 문학적 방식이 아니라 현실적 방식으로 생각해야 한다. 댈러스에서

행동을 취하는 인물

보스턴까지 비행기를 타고 가면 얼마나 걸릴까? 옻이 오르면 어떤 증상이 나타날까? 크림소스는 어떻게 만들까? (팔팔 끓인다고 대답하지 말자, 시인이었던 나는 크림소스를 팔팔 끓인다는 시를 읽은 적이 있다. 이 실수 때문에 나는 그 시인의 모든 말을 믿을 수 없게 되었다. 요리를 해본 사람이라면 누구나 크림소스를 팔팔 끓이면 응고된다는 사실을 알기 때문이다.) 당신은 낭만적이지 않고 문학적이지 않은 사실을 배워야 한다. 당신의 소설이 진부한 싸구려가 되기를 바라지 않는다면 사실과 문학적 장치를 진부한 싸구려 방식으로 쓰지 말자.

드라마를 만들자. 반드시 소름 끼치는 재난일 필요는 없다. 최근에 나와 같이 공부한 어떤 학생은 "당신 소설에서는 아무 일도 일어나지 않아요"라는 말을 계속 들었다. 그가 꽉 다문 잇새로 **"알았어요, 알았어!"**라고 중얼거리는 소리가 들릴 것만 같았다. 그래서 그는 아름답고 감상적이었던 소설에 모든 것을 망가뜨리는 화재와 사고사를 넣었다. 너무나 끔찍한 사건이었고, 그는 뛰어난 심리적 통찰력으로 그러한 사건 앞에서 무력하고 망연자실한 인물들을 정확하게 그렸다. 어느새 나는 그에게 조금 덜 파국적인 재난을 생각해 보라고 충고하고 있었다. 너무나 거대해서 인물들이 알고 있는 삶이 멈춰 버리는 사건이 아니라 사람들이 어떤 반응을 할 수밖에 없는 사건 말이다. 재난은 흥미로운 도입부가 될 수 있다. 1장에서 재난이 일어나면 그 뒤에는 어떻게 될까? 그러나 200쪽쯤에서 무시무시한 재난이 일어나면 앞선 내용은 전부 파괴된다. 아내가 죽는다면 결혼생활이 파탄 날지 말지 누가 신경 쓸까? 가족이 노숙자가 되고 모든 재산이 불에 타 버리면 아버지에게 방치된 아이들이 어떻게 대응하든 무슨 소용일까? 인물들을 끝장내는 것이 아니라 인물들의 가장 좋은 면이나 가장 나쁜 면을 끌어낼 만한 문제를 찾아보자.

우연을 (반드시) 두려워할 필요는 없다

우연에 대해서 잠깐 생각해 보자. **현실**에서 일어나는 우연을 떠올리면 기쁘다는 생각이 제일 먼저 들 것이다. 예를 들어서 세라 이모(『리어 왕』을 좋아했던 이모)는 매주 브루클린 시내의 백화점에 놀러 가곤 했다. 한번은 이모가 지난번에 백화점에 가서 무엇을 사고 무엇을 반품했는지 어머니와 나에게 기나긴 이야기를 늘어놓다가 돈이 다 떨어져서 집으로 돌아갈 버스비도 없었다는 말로 이야기를 끝냈다. "그래서 집에는 어떻게 갔어?" 현실적인 어머니가 묻자 세라 이모는 당연하다는 듯이 말했다. "길에서 5달러짜리 지폐를 주웠

행동을 취하는 인물

지." 이모에게는 우연이 굳이 말할 필요도 없는 일이었던 것이다.

또 다른 예를 들어 보자. 나는 대학교 때 아주 친한 친구가 두 명 있었는데, 나까지 세 사람은 같은 뉴욕에서도 서로 멀리 떨어진 지역에서 자랐다. 그런데 어느 캄캄한 밤에 맨해튼의 외딴 동네에서 이야기를 나누던 우리는 어떤 여자아이를 각각 다른 방식으로 만난 적 있음을 깨달았다. 그리고 세 번째로, 나는 대학원 때 룸메이트가 박사학위 구두시험에 통과하자 축하하는 뜻에서 주름 잡힌 종이 리본을 천장에 붙여 아파트를 장식했지만 친구가 돌아오기도 전에 리본이 바닥으로 축 처져 버렸다. 내가 룸메이트를 기다리다가 초인종이 울려서 나갔더니 가스 회사 직원이 서 있었다. 그는 7년에 한 번 스토브를 검사해야 한다며 리본 장식 밑으로 몸을 숙이고 작업을 하겠다고 우겼다. 그가 현관문 근처의 리본 장식 밑에서 막 몸을 일으키는 순간 드디어 집에 돌아온 룸메이트가 문을 활짝 열었고, 렌치를 든 남자가 일어나서 그녀를 맞이했다(때마침 나는 전화를 받으러 복도로 나가 자리를 비웠다).

나는 좋은 우연을 만나면 경계를 넘어 다른 곳으로, 금지된 곳이나 웃긴 곳으로 들어가는 기분이 든다. 세라 이모가 돈이 다 떨어졌을 때 때마침 5달러를 주운 이야기는 당시의 태연자약한 태도가 이모가 어떤 사람인지 ─ 어떻게든 돈이 생길 것이라 생각한 것이 분명했다 ─ 잘 보여 주기 때문에, 그리고 우주가 사람들을 보살핀다는 느낌이 들기 때문에 재미있었다. 대학교 때 친구들 중 한 명이 누군가를 우연히 언급했는데 알고 보니 우리 세 사람이 모두 아는 사람이었을 때에는 이 세상의 규칙과는 다른 규칙을 가진 평행 우주에 들어간 것 같았다. 어쩌면 우리가 이미 죽었을지도 몰랐다. 프로이트는 사람들이 불가사의한 경험을 두려워하는 것은 문명이 억압하는 원시 종교의 관념들을 입증하기 때문이라고 말했는데, 이것이 바로 그런 불가사의한 경험이었다.

내 룸메이트가 가스 회사 직원과 맞닥뜨린 일은 우스웠지만 그것이 전부는 아니었다. 룸메이트와 나 사이에는 뭔가가 있었다. 나는 나중에 남자와 결혼했고 룸메이트의 파트너는 여자였다. 그때는 동성애자 해방이 이루어지지 않던 수십 년 전이었는데, 내 친구는 가끔 불안한 마음으로 자신이 레즈비언이 아닐까 생각했다. 나는 스스로에 대해서 그런 의문을 가질 용기가 없었지만, 돌아보면 분명 우리는 서로에게 끌리고 있었다. 그녀는 남자들이 많은 자리를 불편해했고, 그해에 나는 남자친구가 있었다. 나는 아무것도 몰랐고, 서툴렀고, 룸메이트가 종종 내게 화를 냈기 때문에

행동을 취하는 인물

그녀에게 문제가 있다고 생각했다.

축 처진 종이 리본 밑에서 가스 회사 직원과 룸메이트가 딱 마주친 사건은 정말 일어날 것 같지 않은 우연이기 때문에 아직도 재미있다고 생각하지만, 렌치를 든 남자의 갑작스러운 출현이 내 친구에게 어떤 느낌이었을지 이제는 알겠다. 아마도 내가 1년 내내 룸메이트에게 주었던 괴로움의 상징이었을 것이다. 룸메이트의 박사학위 구두시험과 (동화 속의 인물처럼 자그마치 7년에 한 번씩 해야 하는 일을 하러 왔다고 차분히 알리는) 남자의 방문이라는 두 가지 일이 일어났고, 두 사건은 ─ 우스운 이유뿐만 아니라 진지한 이유로 ─ 같은 이야기에 속했다.

이 모든 것이, 이런 기이함과 예측 불가능성이 소설에서는 중요하다, 그렇지 않은가? 그러나 우리는 안다, 애석하게도 소설의 우연은 다르다. 문학은 우연으로 가득하다. 어떤 위기와 관계된 모든 사람이 동시에 같은 장소에 나타나고, 주목받지 못한 낯선 이들이 알고 보면 오래전에 잃어버린 친척들이며, 중요하지 않은 손님들이 비밀을 알게 된다. 소설에 우연이 등장하면 우리는 그 이야기의 우주가 흥미로울 정도로 예측 불가능하다는 느낌을 받는 게 아니라 무척 통제되고, 어색하고, 뻔하다는 느낌을 받는다. 현실에서 우리가 우연에 흥분하는 것은 그것을 기대하지 않았기 때문이고, 가능성이 낮지만 진짜이기 때문이다. 세라 이모가 길에서 5달러를 주운 이야기를 내가 지어내면 전율은 사라진다.

디킨스의 『위대한 유산』 결말에서 주인공 핍은 낭만적인 폐허로 변한 집터에 달이 뜨는 순간 평생 사랑했던 오만한 여인 에스텔라를 우연히 만난다. 에스텔라는 핍에게 그를 사랑하지 않은 자신이 틀렸다고 말하고, 핍은 우리에게 이렇게 말한다. "이제 저녁 안개가 피어오르고 있었고, 안개가 내게 보여 준 고요하고 드넓은 달빛 속에서 그녀와의 또 다른 이별의 그림자는 보이지 않았다." 책은 이렇게 끝난다. 디킨스는 원래 핍과 에스텔라가 아무 가망도 없는 환경에서, 도시의 거리에서 서로를 목격하는 결말을 썼다. 그가 고쳐 쓴 결말(결국 압력에 굴복했다)은 약간 불확실하지만 행복한 미래를 암시하는데, 바로 이런 것이 우연의 평판을 떨어뜨린다. 19세기 소설에 나오는 우연을 즐기려면 현대문학을 읽을 때와는 다른 비판적 기준을 적용해야 한다. 내 마음속에서, 그리고 아마 당신의 마음속에서도, 지극히 희박한 우연에 의존하는 결말은 책의 수준을 떨어뜨리고 이야기를 실없게 만든다.

나는 디킨스를 비롯한 작가들이 어떻게 그러한 평판을 모면할 수 있었는지 궁금하다. 그의 독자들은 소설의 플

행동을 취하는 인물

롯에 개연성을 기대하지 않았을지도 모른다. 어쩌면 영적인 이유로 우연을 받아들였을지도 모른다. 우연이 신의 섭리에 따라 일어난다면 그것은 게으른 장치가 아니라 주제의 선언이다. 어쩌면 당시 독자들은 우리보다 의심이 적었을지도 모르고, 더 순진했을지도 모른다. 가끔 소설이 창작이라는 사실을 이해하지 못하는 사람들이 있다. 『위대한 유산』이 소설이라는 사실을 자꾸 잊으면, 소설과 비소설의 차이에 대한 감각이 흐릿하다면, 마지막 장면의 우연을 보고 현실에서 당신 친구에게 똑같은 일이 있어났을 때와 마찬가지로 오싹한 전율을 느낄까? 디킨스의 첫 독자들은 익숙한 형식에 대한 즐거움과 관대함만이 아니라 무척 기뻐하면서 이부분을 읽었을까?

이미 알고 있겠지만, 당신의 소설에 디킨스의 소설과 같은 우연을 넣으면 아마추어처럼 보인다. 나는 학생들의 소설에서 우연을 거의 보지 못했다. 우연을 서툴게 이용하다 보니 (흥미진진한 사건을 멜로드라마적으로 이용할 때처럼) 몇몇 작가들은 지레 겁을 먹고 우연을 아예 회피하게 되었다. 참 안타까운 일이다. 우연에도 전혀 놀라지 않는 세라 이모나 자기 삶에서 중요한 문제를 상징하는 말도 안 되는 상황을 맞닥뜨린 내 룸메이트 같은 이야기를 소설에 넣고 싶지 않은가? 어떻게 하면 넣을 수 있을까?

우연을 어색하지 않게 이용하는 한 가지 방법은 무엇도 우연에 기대지 않게 만드는 것이다. 우연이 문제를 해결하면 규칙을 어기는 느낌이 든다. 이야기가 우연에서 아무 이득도 얻지 못하면 산뜻한 느낌을 주며 무언가를 암시할 뿐이다. 또 다른 방법은 우연으로 이야기를 시작하는 것이다. 애초에 우연 때문에 이야기가 시작되게 하자. 세 번째 방법은 소설의 배경에서 우연이 풍경의 일부를 차지하도록 만드는 것이다. 내가 사는 코네티컷 뉴헤이븐 사람들은 우연을 무척 좋아하고, 우연이 항상 일어난다고, 어떤 사람과 한 가지 이상의 방식으로 연결되어 있다고 주장한다. 어쩌면 특정 크기의 모든 도시가 그럴지도 모른다, 알고 보니 당신에게 커피를 파는 바리스타가 같은 사무실 동료의 딸일 정도로 작지만 그 사실을 알았을 때 깜짝 놀랄 만큼 큰 도시 말이다.

우연을 별로 야단스럽지 않게 만들어도 도움이 된다. E. M. 포스터의 1910년 소설 『하워즈 엔드』에는 독자 대부분의 신경을 거스르지 않는 말도 안 되는 우연이 등장한다. 소설의 주인공인 두 자매 중에서 헬렌 슐레겔은 어쩌다 친해진 노동자 계급 커플을 복잡한 이유 때문에 결혼식 피로연에 초대한다. 그런데 알고 보니 그녀가 데리고 온 여자 재키는 신부의 아버지인 헨리 윌콕스의 정부였고, 헨리 윌콕스는 헬렌의 언니 마거릿의 약혼자이다.

우리는 이 모든 일을 마거릿이라는 인물을 통해서 겪는다. 재키가 술에 취하자 헨리는 그녀를 돌려보내려 하고, 재키가 그에게 "헨 아니야!"라고 아는 척을 한다. 재키의 말이 무슨 뜻인지 전혀 모르는 마거릿은 헨리가 서툴게 끼어든 것을 대신 사과한다. 재키를 알아본 헨리는 마거릿과 헬렌이 자신의 과거를 폭로하려고 미리 짠 것이 아닐까 의심하고, "이제 만족하오?"라고 말한다. 그러자 마거릿은 더욱 당황한다. 결국 괴로운 한 페이지가 지난 다음 헨리는 "이제 명예롭게 당신을 약혼에서 해방시켜 주겠어"라고 말하고, 포스터는 마거릿에 대해서 이렇게 설명한다. "그녀는 아직도 상황을 종잡을 수 없었다. 그녀에게 인생의 어두운 곳에서 벌어지는 일들은 그저 이론일 뿐 현실로 이해되지 않았다. 재키의 말, 모호함도 없고 부정의 여지도 없는 말을 더 들어야 했다." 마거릿이 말을 하려다가 갑자기 멈추고, 결국 헨리에게 말한다. "저 여자가 당신의 정부였군요?"

등장인물들은 모두 무슨 일인지 영문을 알지 못하고, 이러한 혼돈 때문에 등장인물과 독자 모두 작가가 우리를 조종하고 있음을 깨닫기 힘들다. 작가는 마거릿의 심리에 집중함으로써 우리의 주의를 그쪽으로 쏠리게 했다. 마거릿은 무슨 일이 벌어지고 있는지 파악하지 못하는데, 여동생과 친해진 하류층의 비혼 여성이 자기 약혼자의 옛날 정부라는 것이 있을 수 없는 일이라서가 아니라 그녀가 인생과 섹스를 이해하지 못하기 때문이다. **우연**은 마거릿에게 중요하지 않다.

우연을 통하게 만드는 또 다른 방법은 소극에서 주로 그렇듯이 약간 생소한 우주—우연이 일종의 농담 같은 우주—를 이야기의 배경으로 삼는 것이다. 플래너리 오코너의 단편 「좋은 사람은 드물다」는 소극이 아니지만 뻔한 (물론 이야기에는 유용한) 우연이 독자의 신경을 거스르지 않는다. 나는 이 작품의 우연에 대해서 말하는 사람을 한 번도 보지 못했다.

소설 속에서 할머니는 도망친 전과자인 "부적응자" 얘기로 가족에게 겁을 준다. 그녀와 아들 부부, 손자들은 여행을 떠나 부적응자가 숨어 있다고 추정되는 조지아를 지난다. 이들 가족이 교통사고를 당했을 때 다가온 사람이 바로 부적응자였고, 그는 일가족을 모두 죽인다. 할머니는 불만투성이에 비열하고 이기적이고, 부적응자가 등장하기 전까지 가족에게 일어나는 나쁜 일은 전부 그녀의 탓이다. 할머니가 맨 마지막에 "내 아들 베일리, 내 아들 베일리"라고 아들의 이름을 부르면서 울음을 터뜨릴 때 우리는 이 소설에서 처음으로 사랑을 느낀다.

행동을 취하는 인물

이 소설에서는 왜 우연이 통할까? 플래너리 오코너의 종교적 우주와 상관이 있다고 생각할지도 모른다. 부적응자가 할머니를 쏘기 직전, 할머니는 그를 유심히 보면서 "너도 내 아이들 중 하나구나"라고 말한다. 할머니는 자기 가족을 악으로 이끌었고, 악은 그녀에게 기회였다. 신이 주관하는 우주에서는, 그것이 플래너리 오코너의 까다롭고 이해할 수 없는 신이라 해도, 도망친 전과자가 숨어 있는 조지아의 비포장도로로 한 가족이 향하는 데에는 이유가 있다. 그러나 우연이 종교적 메시지와 관련이 있다는 암시는 전혀 없다.

우연을 덜 어색하게 만드는 한 가지 방법은 이런 사건이 실제로 일어날 가능성은 별로 없다고 저자가 인정하는 것이다. 그러나 오코너는 그렇게 하지 않는다. 의견의 보류도, 사과도, 가끔 정말 기묘한 일이 일어난다는 언급도 없다.

그러나 이 소설에서는 우연이 통할 뿐 아니라 현실에서 일어나는 우연과 비슷한 즐거움을 준다. 즉 기쁨을 준다. 우연은 모든 일이 반드시 익숙한 규칙에 따라 일어나지는 않는, 약간 일그러진 세상에 우리가 살고 있음을 오코너가 우리에게 알려 주는 방법이다.

그러나 이 소설에서 우연이 통하는 주된 이유는 등장인물들이 너무 멍청해서 우연이 놀랍다는 사실조차 모르기 때문일지도 모른다. 할머니는 부적응자를 만날 것이라고 예측

하고, 가족은 일기 예보에 따라 비를 만나는 것처럼 실제로 부적응자를 만난다. 화자의 목소리는 항상 인물들만큼이나 멍청하다. 여기 차에 탄 할머니를 설명하는 부분이 있다.

그녀는 운전하기 좋은 날이 될 거라고, 너무 덥지도 너무 춥지도 않다고 말했고 베일리에게 제한 속도는 시속 55마일이며 경찰이 광고판과 작은 수풀 뒤에 숨어 있다가 속도를 줄일 기회도 없이 쫓아올 것이라고 말했다. 그녀는 풍경의 흥미로운 부분들을 지적했다.

나중에야 다른 종류의 문장이 등장한다.

숲속에서 권총 소리가 나고, 곧이어 다시 한 발이 울렸다. 그러고는 정적. 노부인이 머리를 홱 돌렸다. 길고 만족스럽게 숨을 들이마시는 것처럼 우듬지들 사이를 통과하는 바람 소리가 들렸다. "내 아들 베일리야!" 그녀가 외쳤다.

화자는 부적응자와 우연히 마주칠 가능성이 무척 낮다고 지적할 만큼 영리하겠지만 그렇게 하지 않는다. 그러므로 오코너의 우연은 포스터의 우연과 비슷하다. **등장인물들이 우연을 인식하지 못하거나, 그것을 우연이라고 생각하지**

행동을 취하는 인물

않는다. 이 단편소설에서 등장인물들은 너무나 많은 것을 이해하지 못하기 때문에 우연이 일어날 가능성이 낮다는 사실조차 이해하지 못한다. 길바닥에서 5달러를 줍는 것이 놀라운 일인지 몰랐던 세라 이모처럼, 이들은 우연을 알아차릴 만큼 문학을 잘 알지 못한다. 그들은 그저 현실이라고 생각한다. 현실에서는 우연이 일어나고, 우연은 문학에서만 의심을 산다.

지금까지 나는 인물들에게 행위를 주어야 한다고, 소설이 인물의 감정과 내면에서 벌어지는 일들만 설명하면 독자를 완전히 몰입시키지 못한다고 주장했다. 반대로 외부의 사건에서 내면의 경험에 해당하는 것을 찾음으로써, 또는 감정과 공명하는 외부의 사건을 찾음으로써 내적 경험을 명확하게 만드는 것은 끝없이 흥미롭다. 우리는 내면의 투쟁을 구체화하는 상황을 수없이 많이 생각해 낼 수 있고, 내적 드라마의 구현처럼 느껴지는 사건은 무척 많기 때문이다. 직장에서 수행 불가능한 업무를 떠맡은 날에 집에 왔더니 식기세척기가 넘쳐서 부엌이 물바다가 되는 사건은 평범한 일상에서도 일어난다. 어떤 사건을 단편소설에 넣을 가치가 있는지 없는지는 내면을 반영하는지 아닌지에 따라 결정되지 않을까? 때때로 실패한 소설을 보면 등장인물이 자동차 창문을 닦는 등 평범한 행동을 하는 장면이 길고 지루하게 설명되어 있다. 문제는 아무 일도 일어나지 않는다는 것이 아니라 행위가 강렬한 감정과, 내면과 아무 상관이 없다는 것이다. 물론 앤드리 듀버스(Andre Dubus)의 「겨울 아빠」(The Winter Father) 같은 단편은 예외이다. 이 단편에서 남자 주인공은 이혼한 부인과 함께 사는 아이들을 데리고 저녁을 먹으러 나갔다가 돌아와서 전 부인의 집 앞에 차를 세워 두고 아이들과 대화를 나눈다.

다음 날 아침 그가 자동차로 나가 보니 앞 유리창 안쪽에 얼음이 끼어 있었다. 그는 글러브박스에서 작은 플라스틱 긁개를 꺼냈다. 그는 중간과 오른쪽 얼음을 긁어내면서 둥그렇게 말려 유리에서 떨어지는 회색 얼음이 자기 아이들의 얼어붙은 숨결임을 깨달았다.

선과 악 같은 추상적인 속성이 인물의 형태를 취하는 교훈극을 생각해 보자. 15세기 영국 희곡 『에브리맨』에서는 죽음이라는 인물이 어떤 남자에게 돌아오지 못할 여행을 떠나야 한다고 말한다. 그의 친구들(우정, 친족 등등)은 모두 동행을 거부하고, 결국 지식과 선행이 그의 길동무가 되어 준다. 우리가 여행에 대한 책을 쓰는 것은 내면의 여행에 관심

행동을 취하는 인물

이 있기 때문이고, 갈등에 대한 책을 쓰는 것은 내적 갈등을 감지했기 때문이다. 우리가 행위를 싸구려 소설의 증거가 아니라 소설이 우리 내면을 구체화하는 방식으로 생각하면 그 어떤 행위도 다른 행위보다 우월하지 않음이 분명해진다. 분노와 갈등을 전쟁소설이라는 방식으로 표현할 수 있지만 직장이나 가정에서의 갈등을 다룬 소설로 표현할 수도 있다. 아무 일도 일어나지 않는 단편이나 장편소설도 물론 존재한다. 그러나 그것은 독자가 어떤 꽃이 꺾일지 말지 굉장히 신경을 쓰게 만든 다음 꽃을 몰래 꺾는 인물을 보여 주는 단편이나 장편과 분명히 다르다.

그러나 꽃이 꺾일지 말지 독자가 신경 쓰게 만드는 것은 무엇일까? 꽃을 아름답게 설명하는 것으로는 충분하지 않고, 꽃이 꺾이지 않길 바라는 사람을 측은하게 설명하는 것으로도 충분하지 않다. 우리가 신경을 쓰게 만드는 것은 꽃을 꺾는 행위와 동시에 일어나는 다른 행위나 갈등, 즉 우연에 의해 연결된 사건이다. 『웹스터 뉴 인터내셔널 사전』 제3판에 따르면 우연이란 "서로 중요한 관계가 있거나 관련이 있지만 분명한 인과관계는 없는 사건 또는 상황이 동시에 발생하는 것"이다. 이것은 내 룸메이트가 종이 리본 장식 밑에서 가스 회사 직원을 맞닥뜨리는 것을 의미할 수도 있지만 제임스 조이스의 『젊은 예술가의 초상』에서 스티븐 디

딜러스가 아직 어리고 무방비할 때 적대적인 환경에서 안경을 깨뜨리는 것을 의미할 수도 있다. 즉 관련성이 전혀 없을 수도 있지만 흥미로우면서 무언가를 암시할 수도 있다. 우연은 누군가의 내적 슬픔이 대공황의 궁핍과, 또는 베트남, 이라크, 아프가니스탄 전쟁의 고통과 동시에 발생하는 것을 의미할 수 있다. 그것은 플래너리 오코너의 소설에서 부적응자가 할머니, 즉 다른 종류의 부적응자를 만나는 것을 의미할 수도 있다. 본질적으로 우연은 두 사건이 하나가 되는 것이다. 물론 우연이 어색하고 억지스러울 때도 있다.

우리가 하나의 사건으로 이야기를 시작하면서 또 어떤 사건이 일어나고 있을지 스스로에게 묻는다면 뻔한 우연에 빠질 위험을 무릅쓰는 셈이지만 신나는 기회도 생긴다. 우리의 이야기에 개연성만이 아니라 흡인력을 주는 사건을 넣을 기회 말이다. "이 인물의 인생에서 또 무슨 일이 일어날까?"라는 질문은 대답하기 어렵지 않다. 작품의 강렬한 감정에 열린 자세로 글을 쓰면 머릿속에 떠오르는 가능성들이 소설에 활기를 불어넣고 소설 속에서 벌어지는 일들에 대해서 우리가 미처 몰랐던 것까지 알려 줄 것이다.

우연은 소설이 무언가를 의미할 기회를 준다. 두 가지 일이 하나가 되면 개연성이 있든 없든 불꽃이 튄다. 그러한 일들이 동시에 일어난다는 것은 조금만 파고 들면 의미가

행동을 취하는 인물

있다는 뜻이다. 우리는 대부분 의미에 저항한다. 무작위성은 멋지고 나머지는 — 머그잔에 작은 무지개와 함께 새기거나 페이스북에 게시할 수 있는 심오하고 철학적인 문구 같은 것들은 — 역겹다. 작가가 우연을 일으키려고 애쓰는 모습을, 의미에 지나치게 신경 쓰는 모습을 들킬 위험이 있기 때문이다. 우연은 위험하다.

물론 우연은 위험하지만, 우리 모두 알고 있듯이 위험은 좋은 것이다. 내 아들은 고등학교에서 작문 수업을 들을 때 위험을 감수했다는 이유로 **추가 점수**를 받았다. 나는 누구를 만나든 "제이콥은 위험을 감수해서 A 마이너스를 받았어요"라고 말하고 다녔다. 규칙과 공식의 가르침과 다른 안전하지 않은 글쓰기의 길잡이야말로 우리가 찾고 있는 것이 아닌가? 물론 본인의 고난과 고통에 대해서 공개적으로 쓰는 것은 종종 감탄스럽긴 하지만 위험하다. 이야기를 지어내는 것 역시 위험하다. 글쓰기의 공식이 안전하고 제한적이라면, 어떤 사건을 일으키면서 또 어떤 사건이 일어날 수 있는지 생각해 보라는 가르침은 위험할 뿐만 아니라 자극을 준다. 연이 솟구치고 아이디어가 떠오른다.

우연을 이용하는 것은 이야기에, 그리고 이야기가 의미와 위안과 기쁨을 제공하는 방식에 초점을 맞출 기회라고 할 수 있다. 연달아 일어나는 사건과 동시에 일어나는 사건은 그 규모가 크든 작든 멋지다. 우리가 무엇을 묘사하든─예술이든 음악이든 섹스든 세찬 폭우든─그것은 이야기 속에 존재하지만, 이야기는 그 자체로, 무엇을 담고 있든 아름다운 것으로 존재한다. 우리는 한 번에 한 단어씩 읽기 때문에 글은 항상 직선적일 수밖에 없지만 삶에서는 그 어떤 일도 단독으로 일어나지 않는다. 우연은 이야기에 동시성을 준다. 우연을 신중하게 이용하면 내러티브가 더욱 풍성하고 깊어진다. 당신이 만든 등장인물들의 좌우를 살펴보자. 행위를 통해 우리가 그토록 사랑하는 내면을 표현하려면 인물들이 무엇을 더 할 수 있는지, 무엇을 해야 **하는지** 살피자. 이야기는 꿈과 마찬가지로 감정을 구체적인 것으로 만든다.

5장   다른 사람이 되자

Become Someone Else

내가 당신인 척해도 될까요?

내가 아는 어떤 작가는 작업 중인 단편에 대해서 이야기할 때 항상 "내가 여자인 이야기"라고 말했다. "내가 여성의 시점에서 쓰는" 이야기도 아니고, "내가 여자인 척하는" 이야기도 아니었다. 그는 일시적으로 여자가 되었다. 나는 그런 태도가 필요하다고 생각한다.

   "시점"이라는 용어를 문자 그대로 이해하자. 예를 들어 당신은 브렌던이라는 사람으로서 글을 쓰고 있고, 브렌던은 죽음을 피할 수 없을지도 모르지만 그래도 수술을 하고 싶어 한다. 또는 브렌던은 아내가 종교를 싫어하지만 딸들이 교회에 다녀야 한다고 생각한다. 또는, 애초에 그를 당신의 주인공으로 만든 의견을 가지고 있다. 브렌던이 단순히 그 의견의 주인만은 아니고 문자 그대로의 시점을 가진 사람이라는 사실을 잊기 쉽다. 그가 창문을 마주 보고 있기 때문에 눈에 태양이 비친다. 브렌던은 바깥 건물들 사이를 지나가는 헬리콥터를, 또는 다른 배경이라면 포치의 고양이를 보고 있을지도 모른다. 그는 미란다의 얼굴을, 우아하게 구부러진 그녀의 눈썹을 본다. 미란다가 그의 목사님을 놀릴 때 그녀의 한쪽 눈썹이 꿈틀거린다. 그는 문에 기대어 서 있고 문고리가 허리에 닿는다. 그는 배가 고프다. 미란다의 말에 긴장해서 뜨거운 커피를 너무 빨리 마시는 바람에 혀가 아프다. 이런 식으로 브렌던의 복잡한 경험을 있는 그대로 우리에게 전달하자.

다른 사람이 되는 것은 간단한, 그리고 자유를 주는 행동으로 시작할 수 있다. 예를 들어 발볼이 넓다면 발볼이 좁은 사람의 시점으로 써 보자. 당신 자신이 아니라 당신이 만든 인물로서 가게 진열장의 신발을 보자. 그러면 갑자기 여섯 가지쯤 되는 다른 일들 역시 달라진다. 평소에 본인과 거의 비슷한—그러나 자신의 삶과 성격을 소설에 그대로 넣고 싶지는 않으므로 (또는 그러고 싶지만 너무 어려우므로) 종이 위에서 생생하게 살아 있지는 않은—사람에 대해서 소설을 쓰는 습관이 있다면 덜 비슷한 사람에게 당신 경험을 줌으로써 자유로워질 수 있다. 그 인물은 당신이 지하철에서 겪은 경험을 가지고 있지만 치아 건강이 더 나쁘거나, 옷고르는 취향이 다르거나, 살이 찌거나 빠지는 양상이 다를 것이다. 좁은 발볼에 삶을 지배당하는 인물에 대해서 써야한다는 뜻은 아니다. 사소한 특징을 만들어 냄으로써 중요한 특징에 다가갈 수 있다. 소설 속 인물이 당신과 어느 정도 비슷할 수는 있지만 현재의 당신과 달리 내일 결혼식을 올리거나 이제 곧 직장을 잃는 등 인생이 바뀔 상황에 처해 있다. "어떤 사람에게 이런 일이 일어날 수 있을까?"라는 질문은 현실을 소설로 바꾸어 주는 질문이다.

나는 "캐릭터화"라고 불리는 것을 이해하기가 항상 힘들었다. 인물이란 당신이 만들어 내는 사람이 아니라 점차적으로 이해하다가 결국 하나가 되는 사람이다. 당신은 모르는 사람의 집 안을 걸어 다니면서 단서를 하나씩 모을 때처럼 이 인물의 독특한 점이 무엇인지 서서히 파악한다. 나의 경우에는 인물에 대한 한 가지 사실을 임의로 정하면 그인물 안으로 들어가거나 인물의 안에서 다른 사람을 보기가더 쉬워진다. 이야기의 주제와 상관없는 사실을 하나 정하는 것이다. 브렌던이 독실한 신자라면 차분하고 철학적이고온순한 인물로 만들지 말자. 유형을 거스르자. 브렌던을 단어 만들기 게임에서 여덟 살과 열 살인 두 딸이 세 글자 단어로 점수를 내려고 할 때 항상 방해하는 사람으로 만들자.

인물을 찾을 때 그들이 현실 세계에서, 또는 현실 세계를 상대로 무엇을 할지 생각하자. 브렌던은 어디 출신일까? 미란다는 못하지만 브렌던은 어렸을 때부터 할 수 있었던 것은 무엇일까? 새로운 인물을 찾을 때 우선 사소한 특징을 정한 다음 중요한 특징을 만들어 나가면 도움이 되는 경우가 많다. 자신의 직관을 믿자. 항상 팔을 때리듯이 로션을 바르는 사람에 대해서 쓰고 있다고? 좋다, 그렇게 해보자. 어떤 로션을 쓸까? 팔은 어떨까, 겨울에도 항상 짧은 소매를 입을까? 혹시 병원이 아무리 추워도 짧은 소매만 입어야 하는 간호사일까? 회고록을 쓰고 있다면 그 사람에 대해서 써야겠다고 결심한 이유와 상관없는 그 사람의 진짜 특징을 먼저 떠올려 보자.

상상의 자유를 누려 조금 다른 사람이 되어 보자. 작품 속에서 인종이나 성적 지향이 다른 사람이 되어서, 면밀히 살펴보아야 하지만 항상 제대로 살펴보지 못하는 삶의 부분들을 전반적으로 점검해 보자. 유색 작가들은 때로 자신의 인종 공동체에 대해서만 써야 한다고 느낀다. 또 백인 작가들은 대부분 감히 흑인의 시점에서 글을 쓰지 못한다. 사회적 소수자에 대해서 쓰는 것은 그들의 시점에서 쓰든 아니든 두려울 수 있다. 나는 다른 사람들의 기분을 해칠까 봐 소설에 유색인을 등장시키지 않는다고 말하는 백인 작가들을 본 적이 있는데, 그러면 사회 구성원이 모두 백인인 기분 나쁜 소설이 나온다. 한계를 정하면 본인의 상상력에도 좋지 않다. 이야기를 만들 때에는 자유롭게 누구든 될 수 있어야 한다. 이 문제의 도덕성은 잠시 제쳐 두고 말하자면, 어떤 인물을 흑인으로 상상했다가 오로지 당신이 백인이라는 이유로 글을 쓰기 직전에 백인으로 바꾸는 것은 슬픈 일이다.

물론 어떤 사람들은 다른 사람의 시각에서 글을 쓰면 안 된다고, 특히 인종, 성적 지향, 장애에 대해서는 그렇다고 생각한다. 나는 동의하지 않는다. 분명 상상의 자유가 먼저이다. 언젠가 석사 수업에서 흑인, 백인, 라틴계 인물이 일하는 직장에 대해서 내가 쓴 작품을 낭독한 적이 있다. 어리석지만 마음씨 따뜻한 젊은 여성인 주인공은 백인이었고, 화자로서 모든 등장인물의 인종, 뚱뚱하거나 날씬한 체형, 성적 지향에 대해서 언급했다. 나는 그녀가 이러한 차이를 무척 의식할 것이라고 확신했고, 독자가 인물의 생각과 소설의 입장이 어떻게 다른지 즐기는 것이 나의 부분적인 의도였다. 그러면 (내 바람으로는) 주인공을 어느 정도 반어적으로 보여 줄 수 있었다. 내가 낭독을 마치자 어느 흑인 학생이 작품에 등장인물들의 인종이 언급되기 때문에 인종주의적이라 생각하는 사람이 있을지도 모른다고 말했다. 자신이 그렇게 생각한다고 말하지는 않았지만 어쩌면 그랬을지도 모른다. 그러나 그렇게 생각했던 것 같지는 않고, 자신은 재미있게 들었지만 즐겨도 되는지 확신하지 못한 것이 아닐까 싶다. 그가 소설을 쓸 때 등장인물의 인종을 밝히는지 아닌지는 나도 잘 모르겠다.

지금까지 내가 가르친 유색인종 학생들 중에서 등장인물의 인종을 밝히지 않은 학생이 두 명 있었다. 한 명의 주인공은 흑인이었고 또 한 명의 주인공은 라틴계였다. 그들은 백인이 등장하는 소설에서는 인종을 밝힐 필요가 없다고 지적하면서 그런데 왜 자기들은 밝혀야 하냐고 말했다. 나는 이 말에 동의하지만, 그 학생들도 인정했듯이 이는 곧 인종을 언급하지 않으면 독자가 백인을 상상한다는 뜻이다. 적어도 많은 백인 독자들은 그렇게 생각할 것이다. 흑인 학생은 "흑인"이라는 표현 없이 인물들을 더욱 자세하게 소개함으로써, 즉 피부 톤, 체형, 머리카락, 출신 국가나 지역을 언급함으로써 이 문제를 해결했다. 물론 흑인임이 분명히 드러나지만 그 밖의 다른 면에서도 어떤 사람인지 밝히는 정보였다(수많은 소설에서 금발에 초록색 눈, 빨강 머리를 가진 여자가 등장하면 백인임을 짐작할 수 있듯이 말이다). 현실에서도 그렇듯이 인종은 인물 속성의 일부에 불과하지만, 엄연

행동을 취하는 인물

히 한 부분이다. 라틴계 학생은 내가 그의 작품을 마지막으로 읽을 때까지도 라틴계 성을 쓰는 것 이상의 장치는 거부했지만, 그것 역시 흥미로웠다. 그의 소설은 문화적 특징이 두드러지지 않는 사람들조차 — 스페인어를 쓰지 않고, 섬나라에 사는 아부엘로˙도 없고, 특정한 음식을 먹지도 않는다 — 라틴계일 수 있음을 조용히 지적했다. 또 어떤 흑인 학생들은 내가 약간만 의문을 제기해도 등장인물이 흑인임을 금방 밝혔다. 그런 학생들은 등장인물이 흑인임을 밝히고 싶지만 흑인이라는 표현을 쓰는 대신 정보를 슬쩍 끼워 넣어야 한다고 생각했고, 그래서 "갈색 발가락"이나 그 비슷한 표현을 넣고 독자가 알아서 파악하기를 바랐다.

다양한 인종의 작가들이 자기 소설에 진실하기 위해서 때로 다른 인종인 척해야 하는데, 우리 모두 종종 그것을 두려워한다. 무척 다양한 주제가 우리에게 열려 있다. 우리는 고국의 문화와 언어로 가득한 일상을 보내는 이민 가족에 대해서, 또는 원래 다른 나라 출신임을 거의 의식하지 못하는 이민 가족에 대해서 쓸 수 있다. 우리는 항상 "타자"로 인식되는 사람들을, 또는 다른 사람들에게 알리고 싶지만 겉

• 스페인어로 할아버지라는 뜻이다.

으로 드러나지 않기 때문에 스스로 "타자"라고 설명해야 하는 사람들을 그릴 수 있다. 우리 모두가 이 모든 이야기를 써도 괜찮지 않을까? 우리가 당사자일 때도 그렇지만 당사자가 아닐 때에도 말이다. 예를 들어 흑인 작가가 흑인 여성과 백인-중국인 혼혈 남자가 사랑에 빠지는 소설을 쓴다고 할 때 이야기 흐름상 3장은 남자의 시각에서, 또는 그의 중국인 아버지의 시각에서 써야 한다면 쓸 수 있어야 하지 않을까? 나는 그럴 경우 일단 소설을 쓴 다음 중국인이나 중국인 혼혈 친구에게 보여 주면서 잘못 쓴 부분이 없는지 물어봐야 한다고 생각한다.

여러 세대에 걸친 유대인 가족에 대한 소설은 대부분, 혹은 전적으로 유대인이 쓰고, 여러 세대에 걸친 아이티 가족에 대한 소설은 아이티인이나 아이티인 후손이 쓴다. 나는 단지 언론의 자유를 증명하기 위해서 우리가 전혀 모르는 주제에 대해서 써야 한다고 주장하는 것이 아니다. 그러나 우리에게는 언론의 자유가 있고, 필요할 때는 그것을 이용해야 한다. 상상이 마음대로 움직이도록 놔두자. 최대한 용감하게 글을 쓰면서 좀 더 정확한 묘사를 위해 알아야 하는 것을 파악하자. 그리고 경험은 대부분 보편적임을 기억하자. 내가 소설 쓰는 법을 배우던 어느 날, 자전거를 타고 다가오는 십 대 흑인 소년이 보였다. 나는 그를 대변할 만큼

행동을 취하는 인물

그 아이를 충분히 알 수 없다는 사실에 절망했다. 그러나 내가 절대 그를 대변할 수는 없지만 적어도 어떤 면에서는 그가 되어서 말할 수 있음을 깨달았다. 나는 그 아이가 자전거를 탈 때 엉덩이가 어떤 느낌일지 알았고, 뒤를 돌아보면 무엇이 보일지 알았다. 기억하자, 어떤 인물의 시각에서 쓰는 것, 그 사람의 안으로 들어간다는 것은 무엇보다도 육체적이다. 차별과 편견을 겪는 것이 어떤 느낌인지는 모를 수 있지만 창문을 열거나, 모기 물린 곳을 긁거나, 비를 맞는 것이 어떤 느낌인지는 안다. 거기에서 시작하자.

소수인종이나 장애인, 비만인, 동성애자 등 소수자에 대해서 쓸 때의 도전이자 설렘은 인물을 묘사할 때든 그들에게 일어나는 사건을 만들 때든 익숙하고 정형화된 유형을 피하는 것이다. 당신이 소수자든 아니든, 처음에는 정형화된 유형을 거부하고 싶었을 것이다. 소설에 욕심 많은 유대인이나 음악적 재능이 뛰어난 흑인이 필요하다면 복잡한 성격을 가진 개인으로 만들려고, 또 무엇보다도 그들이 속한 집단을 대표하지 않도록 신경 쓸 것이다. 마찬가지로 피해야 하는, 더욱 미묘하게 정형화된 유형이 있다. 바로 소수자를 자기 집단에 대한 소속감밖에 생각하지 않는 사람처럼 그리는 것이다. 이러한 유형은 너무나 익숙하다. 흑인이라고 해서 개를 산책시키거나 빵에 버터를 바를 때에도 항상 미국 흑인의 역사를 생각하지는 않는다. 게이와 레즈비언도 이성애자들과 똑같이 감기에 걸린다. 소수자를 그리면서 그것을 주제로 내세우지 않아도 괜찮다.

　이야기 형태에도 피해야 하는 정형화된 유형이 있다. 소수자에 대한 소설은 문학사와 사회사 때문에 주인공이 속한 집단의 정당성에 대한 이야기로 쉽게 변질된다. 일반적인 패턴을 따르는 좋은 소설들이 너무나 많다. 먼저, 주인공이 차별받는 집단의 일원으로서 정체성을 발견하고 사회로부터 거부당하면서 그 집단에 속하는 것이 정말 괜찮은지 확신하지 못한다. 결국 주인공은 위기를 겪은 다음 계속 살아갈 자신감을 찾거나 사회에 패배한다. 이러한 구조는 무척 유혹적이고 효율적일 수 있고, 우리 대부분은 차별당하는 집단의 일원에 대해서 쓰다가 차별에 관한 플롯에 소용돌이처럼 끌려갔던 경험이 있을 것이다. 그러나 정말로 원하는 것이 아니라면 차별에 대한 플롯을 쓰지 말자. 그리고 독자로서 책을 읽을 때에도 작가가 차별에 대해 쓰고 있다고 단정 짓지 말자. 나는 얼마 전에 어느 워크숍에 참가했는데, 어느 작가가 단편을 낭독할 때 참가자 모두 그것이 동성애혐오에 대한 이야기라고 생각했지만 작가의 의도는 그게 아니었다. 주인공은 게이였고 다른 인물들은 그를 거부했지만, 그 원인은 동성애혐오가 아니었다.

　　　　　　　행동을 취하는 인물

어쩌면 작가가 소수자에 대해서 쓸 때 맞닥뜨리는 가장 큰 어려움은 이야기와 인물에게 진실하기 위해서 주인공이 적어도 부분적으로는 자신의 잘못으로 인해 불행한 결말을 맞이하도록 써야 할 때일 것이다. 소수자인 주인공이 잘못을 저지르거나 무언가를 망치면 피상적인 독자들은 소설 자체가 반페미니즘적이거나 반흑인적이라고 생각할지도 모른다. 그러나 불행한 결말을 쓸 자유와 용기가 없다면 복잡한 인간성에 대해서 깊이 생각할 자유도 없고 진지한 책을 쓸 수도 없다. 소수자에 대해서 진지한 글을 쓰려면 애초에 그 인물의 행동을 정당화할 필요가 없어야 한다. 그러한 책을 쓰는 것은 두렵지만 무척 가치 있는 일이다.

"음, 그 여자는 어떻게 할까?"

많은 픽션에서 생략되거나 등장해도 중요한 역할을 맡지 못하는 소외된 인물 중에는 일하는 여성, 일이 본인과 주변 사람들에게 중요한 여성, 일이 단순한 배경이 아니라 이야기를 움직이는 동력인 여성도 있다. 몇 세기 동안 허구의 여성에 대한 소설들은 ─ 심지어는 『미들마치』의 도러시아 브룩처럼 세상에 진지한 관심을 가진 여성에 대한 소설조차도 — 거의 필연적으로 남자들과의 관계에 대한 이야기였다. 1908년에 헨리 제임스는 1881년에 발표했던 소설 『여인의 초상』의 서문을 쓰면서 남성을 통하지 않고 혼자서 "자신의 운명에 과감히 맞서는" 복잡하고 지적인 젊은 여성에 대해서 쓰고 싶었다고 말했다. 이 서문에서 그는 다른 작가들, 예를 들어 셰익스피어나 조지 엘리엇도 "중요한" 여성에 대해서 썼지만 그들의 행위는 중요한 관계의 남성에게 초점이 맞춰져 있었다고 인정했다. 헨리 제임스는 이 책을 쓰겠다는 계획을 세운 다음 "음, 그 여자는 어떻게 할까?"라는 질문에 답해야 했다.

우리는 헨리 제임스가 주인공 이저벨 아처를 군인, 변호사, 또는 정치가로 설정하지 않은 점은 용서할 수 있다. 『여인의 초상』에는 여기자가 등장하지만, 제임스는 그녀에게 작은 역할만 맡기고 종종 놀림감으로 삼는다. 이저벨이 누군가의 구혼을 거절한 다음 그가 정치 개혁을 하느라 바빠서 자신을 잊었으리라 생각할 때 제임스는 이렇게 말한다. "그녀는 언제나 행동이라는 치유의 물에 자유롭게 풍덩 뛰어들 수 있는 훨씬 더 행복한 남자들을 부러운 마음으로 떠올렸다." 이저벨은 중요한 일을 하고 싶어 하지만, 소설이 끝날 때 그녀가 자기 운명에 맞서는 방법은 사생활에서의 선택이다. 즉 못된 남편으로부터 멀리 떠났다가 그의 힘

행동을 취하는 인물

없는 딸과 함께 연대하여 돌아온다. 사람들은 이저벨이 문제에 영웅적으로 맞선 것인지 패배한 것인지 아직도 설전을 벌인다. 악을 판단할 능력을 힘들게 얻었지만 여전히 그 악과 함께 사는 것이 그녀의 삶이다.

버지니아 울프는 『자기만의 방』— 여성은 자기 돈과 글을 쓸 자기 방이 있어야만 소설을 쓸 수 있다고 주장하는 필독 에세이 — 에서 오랜 세월 동안 여성이 쓴 책은 전통이 부족할 뿐 아니라 차별과 가난 때문에 한정되어 왔는데, "여성은 어머니들을 통해서 과거를 생각하기 때문"임을 깨닫는다. 그녀는 과거의 책들에 대해서 논한 다음 책장에서 현대의 (상상 속) 책 『인생의 모험』(Life's Adventure)을 꺼내 보고 놀라운 것을 발견했다고 말한다. 바로 "클로이는 올리비아를 좋아했다"라는 문장이었다. 울프는 이렇게 쓴다. "나는 그동안 독서를 하면서 두 여성이 친구로 등장한 적이 있는지 기억해 보려고 애썼다." 상상 속의 책에서 여자들은 남자와의 관계가 아니라 서로와의 관계 속에서 드러난다. 게다가 클로이와 올리비아는 "실험실을 같이 썼다". 그들은 과학자이다. 울프는 이 책에 단점과 장점이 모두 있다고 말하지만 마지막에는 이렇게 선언한다. "그녀에게 100년이라는 시간을 더 주자."

내 생각에 울프는 무엇보다도 우선적으로 여성이 여성

과 관련된 여성에 대해서 쓴 책을 요구하고 있다. 그녀가 말하는 것은 레즈비언 관계가 아니지만 물론 그러한 관계도 포함된다. 요즘에는 여자들의 우정과 사랑에 대한 소설들이 있다(물론 더 많이 필요하고, 남녀 주류 독자 모두를 마케팅 대상으로 삼아야 한다). 그러나 남성과의 관계에 의지하지 않고 여성에 대한 책을 쓰는 것은 여전히 힘들다. 우리 모두 결혼 플롯에 너무나 익숙하기 때문에 어느새 그러한 내용이 슬금슬금 들어와 이야기를 장악해 버린다. 소수자에 대한 소설에서 차별에 관한 플롯이 그런 것처럼 말이다.

울프는 일하는 여성에 대한 책도 요구한다. 이제 남녀 작가 모두가 일하는 여성에 대해서 쓸 때가 되었지만, 여성의 일에 대해 언급하는 수많은 책에서 똑같은 일이 벌어진다. 즉 일이 사생활의 배경이 되어 버리는 것이다. 나는 직업적 열정을 가진 여성들에 대한 소설과 회고록을 원한다. (일하는 여성에 대한 단편소설들도 있지만 대부분은 단조롭고 지루한 직업을 가지고 있다.) 나는 여성 인물이 도덕적으로 복잡하고 흥미롭기를, 선행도 악행도 모두 하기를, 자신이나 타인의 삶을 개선하거나 망치기를 바란다. 이제 실제로 여성 정치가, 의사, 군 장교, 판사, 기자, 경찰이 존재하므로 우리는 이저벨 아처보다 선행과 악행을 행할 기회가 훨씬 더 많다. 그러나 연인과 가족만이 아니라 타인에게도 영향을 끼

행동을 취하는 인물

치며 어렵지만 충만한 삶을 살아가는 여성을 보여 주는 진지한 글은 찾기도, 쓰기도 힘들고 다른 사람들에게 그런 책을 쓰라고 충고하기도 힘들다.

물론 문학이 제일 잘하는 것은 개인적인 관계를 맺거나 관계 맺기에 실패하는 사람들을 그리는 것일지도 모른다. 그러나 문학은 큰 사건을 겪는 인물들을 보여 주는 것도, 또 공적인 삶이나 역사를 사적으로 그리는 것도 잘한다. 그리고 대부분의 책에서 사랑과 증오는 활동적인 삶과 그 결과가 만들어 낸 틀 속에서 형태를 갖춘다. 전쟁은 연인과 가족을 갈라놓고, 부와 가난은 절개를 지키기 더 어렵게 만들고, 직장은 성적 기회를 제공하며, 일에 지나치게 몰두하면 결혼생활이 망가진다. 또는, 주인공이 일과 사랑 중 하나를 택해야 한다.

우리가 읽는 대부분의 책에서는 남성의 일, 또는 권력과 돈, 영향력에 대한 남성의 욕망이 이야기를 만들어 간다. 셰익스피어의 모든 비극과 사극, 대부분의 희극, 『돈키호테』부터 『모비 딕』까지 모험을 찾아 떠나는 남자들에 대한 책들, 그리고 더욱 최근에 나온 대부분의 책이 그렇다. 애증의 지루한 사무직에서 고군분투하면서 결혼생활을 유지하려 애쓰는 『레볼루셔너리 로드』의 프랭크 휠러, 19세기 미시시피에서 화려한 성공을 거두겠다는 집착 때문에 여성들을 학대하고 악행을 저지르는 『압살롬, 압살롬!』의 토머스 서트펜, 돈을 벌고 소비하는 것으로 스스로를 표현하는 『위대한 개츠비』의 등장인물들을 생각해 보자.

진정한 자신으로 성장하는 젊은 남녀에게 초점을 맞추는 소설이나 회고록은 성장담이라고 부를 수 있다. 성장담은 섹스와 사랑뿐만이 아니라 일과 행위에 대한 책이다―나에게는 그래야만 한다. 그러나 우리 무릎에 제일 쉽게 놓이는 여성의 성장담은 아이가 자라서 일찍부터 그녀의 삶을 억압하는 것으로부터 벗어나는 순간까지, 주인공이 진정하고 복잡한 성인이 되기 위해 독립적인 행동을 취하는 순간까지의 이야기를 자세히 들려주지만 정작 그 미래는 나오지 않는다. 그런 책은 무척 많다. 내가 제일 좋아하는 것은 1944년에 "자전적 소설"로 출판된 돈 파월(Dawn Powell)의 『우리 집은 멀다』(*My Home Is Far Away*)인데, 오하이오주에 사는 소녀와 그 자매들에 대한 이야기이다. 자매들은 어머니가 세상을 떠난 후 매력적인 아버지의 방치 속에서 계모에게 잔인하게 학대받고, 계모는 결국 열네 살의 여주인공 ― 장차 작가가 되는 창의적인 소녀 ― 을 집에서 내쫓는다. 돈 파월은 뉴욕으로 이주하여 냉소적인 사람들을 풍자하는 매력 넘치는 책들을 쓰지만 이 소설에는 그런 이야기가 나오지 않는다.

행동을 취하는 인물

『젊은 예술가의 초상』, 『데이비드 코퍼필드』, 『위대한 유산』과 같은 익숙한 남성 성장 소설들에서 대개 예술가로 성장하는 주인공은 성인이 되자마자 실수를 저지르지만 해결책을 찾아내고 선행이나 악행을 저지른다. 1904년에 출판된 하워드 스터지스(Howard Sturgis)의 성장소설 『벨체임버』(Belchamber)에는 실제로 성인식이 등장한다. 이 책은 젊은 영국인, 남자라면 당연히 좋아해야 하는 남성적인 활동을 혐오하며 꺼리는 귀족, 게이라고 뚜렷하게 밝혀진 청년에 대한 소설이다. 그는 실패한 성인이 되지만, 그래도 성인이다. 주인공은 잘못된 결정을 내리고 자기 인생을 망치지만 소설의 주인공에게는 당연한 권리이다. 19세기 영국처럼 동성애자 귀족에게 적대적인 사회에서 인물의 타고난 성격과 불운까지 더해지면 한 개인이 실패할 수 있음을 충분히 복합적으로 보여 주는 소설이다. 이 책에서 차별의 희생자는 실패를 하도록 허락받는다.

소녀가 자라서 여인이 되고 행동을 통해 다른 사람들에게 영향을 끼치는 문학작품은 더욱 찾기 힘들다. 물론 젊고 강력한 여성에 대한 환상소설이나 여성 탐정이 등장하는 탐정소설도 있다. 장르소설을 읽고 싶다면 그것도 나쁘지 않지만 장르소설의 특징 — 즐거운 모험, 뒤얽힌 플롯, 현실과의 짜릿한 괴리 — 때문에 비극의 가능성을 가진 인물 탐구는 될 수 없다. 예를 들어 P. D. 제임스의 소설『여자에게 어울리지 않는 직업』은 갑자기 탐정사무소 대표가 된 젊은 여성의 이야기이다. 주인공은 자기 일을 하고, 그 결과가 좋을 때도 있고 나쁠 때도 있다. 그러나 그녀는 감정적으로 복잡하지 않다. 무언가를 배우거나 성장하지 않는다.

소설 속의 일하는 여성들은 교사나 가정교사인 경우가 많다. 샬럿 브론테가 쓴『빌레트』의 주인공 루시 스노, 제인 에어, 제인 오스틴이 쓴『에마』의 등장인물 제인 페어팩스가 그러한 경우이다. 그러나 이들이 가르치는 모습은 별로 등장하지 않고, 보통 자기 일에 열정적이지도 않다. 더욱 최근 소설에서는 여성 교사의 직업이 이야기를 끌고 나가는 경우가 많다. 뮤리얼 스파크의『진 브로디 선생의 전성기』는 학생들에게 좋은 영향과 나쁜 영향을 모두 끼치는 복잡한 여성에 대한 이야기이다. 또 다른 예로는 조이 헬러(Zoë Heller)의『그녀는 무슨 생각이었지?』(*What Was She Thinking?*)가 있는데, 영국에서는 2003년에『스캔들에 대하여』(*Notes on a Scandal*)라는 제목으로 발표되었다. 나이 많은 교사 — 도덕적으로 복잡한 여성으로, 숨겨진 면을 점차 드러낸다 — 가 학생과 연애하는 젊은 여성 교사의 이야기를 들려주는 소설이다. 배경 묘사가 훌륭하기 때문에 — 학교의 직원들과 절차, 물리적 설정이 무척 자세하고 흡인력 있다 — 우리는 이

선정적인 플롯이 진짜라고 믿고 싶어진다.

또 여성 예술가를 다루는 뛰어난 소설들도 있었다. 1915년에 출판된 윌라 캐더의 『종달새의 노래』(*The Song of the Lark*)는 유명한 오페라 가수로 성장하는 미국 소녀의 이야기이다. 나중에 뉴욕 메트 극장에서 노래하는 유명한 소프라노가 되는 주인공은 힘든 리허설 일정과 밤늦은 공연 때문에 일상생활에까지 지장이 생긴다. 그녀는 젊은 시절 외국에서 활동할 때 어머니의 임종이 다가오는데도 미국으로 돌아가지 않았다. 미국으로 돌아가면 그녀의 성공에 발판이 될 역할을 맡을 수 없기 때문이었다. 주인공은 죄책감을 느끼고, 친구들은 그녀를 비난한다. 캐더는 누가 옳다고 말하지 않는다. 우리의 주인공은 맥베스나 오셀로와 마찬가지로 틀릴지도 모르는 선택을 할 자유를 누린다.

이제는 거의 모든 여성이 일을 하고 몇몇은 상당한 영향력도 가지므로 우리는 현대문학 작품에서 엉뚱한 부하를 해고한 다음 후회하는 여성이나 의원 선거에 출마하여 네거티브 캠페인에 유혹을 느끼는 여성이 등장하리라 기대할 수 있다. 그러나 권력을 가진 여성이 등장하는 영화, 텔레비전 쇼, 장르소설은 수없이 많지만 타인에게 영향을 끼치고 싶다는 성취하기 어려운 야망을 가진 여성, 주변 사람들과의 문제뿐만 아니라 직장과 사회의 문제 때문에 삶이 바뀌는 여성이 등장하는 문학작품은 여전히 찾기 힘들다. 학생들이 쓴 소설을 보면 성인 여성보다는 소녀에 대해서 이야기할 때 더욱 풍성하고 완전한 경우가 많다. 젊은 성인 여성의 삶에 초점을 맞출 경우에는 주로 직장생활보다 애정관계를 보여 준다. 이상한 일이지만 나 역시 작품을 쓸 때 여성의 일을 중심으로 플롯을 짜는 것이 더 어렵고, 당황스럽게도 남성의 일에 대해서 쓰는 것이 더 쉽다.

한 가지 예외를 들자면 폴 마셜(Paule Marshall)의 1991년 소설 『딸들』(*Daughters*)이 있는데, 트라이유니언이라는 가상의 카리브해 국가에서 자랐지만 이제 맨해튼에 살고 있는 어사 맥켄지의 이야기이다. 소설은 어사가 남자친구와 헤어지고, 새로운 일자리를 구하고, 낙태시술을 받고, 아버지가 중요한 정치인으로 일하는 고향으로 돌아가는 몇 달간의 이야기를 자세히 다룬다. 어사의 직업 이야기가 많이 나오지는 않지만 ─ 한 개의 장 정도 분량이지만 무척 훌륭하다 ─ 이 책은 일, 그리고 일을 잘하게 만드는 성격에 대한 이야기이고, 모든 여성 인물의 직장생활이 중요하다. 어사의 가장 친한 친구는 메트로폴리탄 라이프의 부회장이고, 어머니는 교사 출신이며, 아버지의 애인은 호텔을 운영한다. 어사는 주민 대부분이 흑인인 어느 뉴저지 마을의 가난한 사람들에게 도움이 되는 대규모 연구에 참가한다. 직장 이야

행동을 취하는 인물

기가 한 장밖에 안 되는 이유도 이해할 만하다(더 많으면 좋겠지만 말이다). 마셜은 미국과 카리브해 국가 흑인들의 정치적 삶이 얼마나 유사한지 ─ 특히 얼마나 무력한지 ─ 에 대해서 쓰고 있기 때문에 어사의 직업이 등장하는 부분적인 이유는 미국의 상황과 고향의 상황을 비교하기 위해서이다. 이 책의 절정에서 트라이유니언으로 간 어사는 자기 직업과 관계없는 행동을 하지만, 일을 하면서 갖게 된 이상과 자신감이 큰 도움이 된다. 결국 그녀의 일이 사랑하는 아버지의 커리어를 해치게 되지만 어사는 그 자신이 사랑하고 경제적으로도 꼭 필요한 드넓은 시골 땅을 파괴하려는 정부의 비밀 계획을 와해하기 위해 행동을 취한다. 어사는 자신의 운명에 맞선다.

이러한 책을 쓰기 어려운 이유는 쉽게 짐작할 수 있다. 몇 세기 동안 (예를 들어) 여성 의사에 대한 책을 쓴다는 것은 생각할 수도 없었기 때문에 그런 책을 쓰는 것이 가능해졌을 때에도 여전히 어색하게 느껴졌다. 또 여성이 일을 하는 것이 아직 새로운 현상이기 때문에 일하는 여성이 등장하는 책을 쓸 때에도 그것을 당연하다고 상정하고 시작하는 것이 아니라 여성이 일하는 것이 옳다고 주장하는 경우가 많다. 조지 기싱의 1893년 소설 『짝 없는 여자들』에서 로다 년은 당시 남자의 직업이었던 비서의 기술을 젊은 여성들에게 가르친다. 여자들이 분명히 일을 하고, 여성의 일이 적어도 이야기의 일부를 차지하는 소설이지만, 주장을 내세우기 위한 책이다. 인물 탐구라기보다는 논쟁에 가깝다.

이런 책이 나쁘다는 말은 전혀 아니지만 ─ 그런 책도 필요하다 ─ 여기에서 관습이 만들어진다. 일하는 여성에 대한 책은 주인공이 무슨 일을 하는지 보여 주는 것이 아니라 그녀가 일을 해야 하는지 말아야 하는지 주장하는 책이라는 고정관념이 생기면 다른 방향으로 진행되는 이야기를 상상하기 어렵다. 여주인공이 감정적 장애를 겪게 만드는 것은 유혹적일 수 있다. 그녀가 일을 하면서 자기 문제를 해결할 수 있을까? 그러나 그 결과는 역시 일하는 것에 대한 책이 아니라 일을 해낼 수 있느냐에 대한 책이 된다. 모든 소설은 쓰기 어렵지만 주인공이 계속해서 행동을 취하는 책보다 주인공이 결국 어려움을 극복하고 마지막에 의미심장한 미래를 향해 용감한 행동을 딱 한 번 취하는 책을 쓰기가 더 쉬울지도 모른다.

장르소설, 영화, 텔레비전 프로그램, 만화는 보통 행복한 결말로 마무리되기 때문에 소수자나 일하는 여성이 실수를 저지를 힘을 갖는 경우가 문학작품보다 많다. 우리가 용기를 내서 예전에는 행동이 허락되지 않았던 등장인물들에게 나쁜 결말을 맞이하고 비극적인 실수를 저지를 자유를

행동을 취하는 인물

준다면 진지한 문학작품 내의 장애물을 뛰어넘을 수 있을 것이다.

글을 쓸 때 거의 모든 면에서 그렇듯이, 우리 모두 더욱 용감해져야 한다. 잘못되어 봤자 얼마나 잘못되겠는가?

3부

이야기와 책: 처음부터 끝까지

6장   이야기를 파악하고
책을 상상하자

Recognize Stories,
Envision Books

이야기란 무엇인가? 「아버지와 나눈 대화」

어떤 글이 좋을 경우, 즉 인물이 살아 있는 듯하고 사건이 중
대해 보이고 표현이 날카롭고 독창적일 경우, 그것이 **완전**하
다고 우리를 납득시키는 것은 무엇일까? 우리가 책을 읽기
시작해서 계속 읽은 다음 마지막 부분에 가서 멈추고, 참던
숨을 내쉬고, '그래, 이제 끝났구나'라고 생각하게 만드는 것
말이다.

흡족한 한숨을 내쉬게 하는 글을 쓰는 것, 종이 뭉치를
예술작품으로 만드는 것은 어렵다. 언제 끝내야 할지 어떻
게 알까? 이야기가 되기에 **충분**한 것은 무엇일까? 우리가 책

을 한 권 쓸 경우, 어떻게 하면 책 한 권에 걸맞은 인물들과 이야기에 대한 여러 가지 결정을 침착하게 내릴 수 있을까?

취향은 다양하고, 일부 "초단편"(short short story)이 어떤 독자에게는 완전하지만 어떤 독자에게는 부족할 수도 있다. 그러나 때로는 몇 단어에 불과한 "서든 픽션"(sudden fiction)이나 "플래시 픽션"(flash fiction)의 인기는 우리 대부분이 "하나의 이야기"로 인식하는 실체가 있으며, 이야기를 이야기로 만드는 것은 길이와 상관없음을 의미한다. 특정한 예를 들면서 논의할 수도 있겠지만 이야기에 푹 빠져서 한두 시간 후에야 깨어나는 것을 좋아하는 사람들도 "그래, 방금 막 본 52단어짜리 글도 사실은 **이야기야**"라고 동의할지도 모른다. 반대로 과묵한 초단편 작가들도 50단어짜리 자기 작품을 보면서 '아냐, 아직 안 끝났어'라고 생각하고 몇 단어를 더한 다음에야 끝낼지도 모른다.

우리 모두 이야기가 두세 가지 사건을 포함하지는 않더라도 적어도 암시는 해야 한다고 인식하는 듯하다. 이야기가 시작할 때 어떤 사건이 진행 중이라면 내러티브는 보통

• 일반적으로 단편보다 더욱 짧은 소설을 가리키는 말이다. 주로 단어나 글자 수에 따라 나누며 6단어, 280자, 50단어, 100단어 등 종류가 다양하다. 750단어 내외는 서든 픽션, 1000단어 내외는 플래시 픽션이라고 부른다.

최소한 두 걸음 더 나아간다. 상황이 한 번 바뀌고, 처음 상태로 돌아가거나 한 번 더 바뀐다. 한 사람이 욕망이나 두려움을 품고, 구체화된 욕망이나 두려움에 맞서고, 두려워하거나 갈망하던 것이 나타나거나 나타나지 않거나, 예상치 못한 방식으로 나타나거나, 전혀 다른 일이 벌어진다. 즉 이야기에서는 몇 가지 사건이 벌어지고, 마지막 사건은 결말이라고 느껴질 만큼 결정적이다.

이를 제일 쉽게 이해하려면 전형적이지 않은 이야기를 살펴보는 것이 좋을지도 모른다. 그레이스 페일리의 「아버지와 나눈 대화」는 1974년에 나온 두 번째 단편집 『마지막 순간에 일어난 엄청난 변화들』에 수록된 작품이다. 아버지(페일리는 주를 달아 다른 인물들은 허구이지만 아버지는 진짜 자기 아버지라고 설명한다)는 딸에게 왜 "단순한 이야기"를 더 이상 쓰지 않느냐고 묻는다. "알아볼 수 있는 사람들이 나오고 그 사람들한테 무슨 일이 벌어지는지 그냥 적는 이야기 말이다." 화자는 그런 이야기를 쓰고 싶지 않다, 그러고 싶었던 적은 단 한 번도 없었다. 플롯은 "모든 희망을 앗아가기" 때문이다. 그녀는 독자에게 이렇게 말한다. "현실의 인물이든 창작 속의 인물이든 모두 열린 운명을 맞이할 자격이 있다."

결국 그녀는 아버지를 만족시키기 위해, 또는 거역하기

위해 이야기를 지어낸다. 어떤 여자가 약물중독자 아들과 함께 마약을 하지만 아들이 마약을 끊고 어머니와도 멀어지는 내용이다. 그러자 아버지는 세부 사항을, 여주인공의 겉모습과 배경을 빼먹었다고 항의한다. 아버지에게는 인물의 특성이 중요하다. 어떻게 해서 그런 선택을 내리게 되었는지, 무엇 때문에 그렇게 되었는지 알고 싶다. 그래서 딸은 이야기를 확장시킨다. 그러나 두 번째 원고에서도 그녀는 여자의 인생을 설명해 줄 배경을 찾는 것에는 관심이 없어 보인다. 추가된 것은 더 많은 감정, 더 많은 세부 사항이다. 아버지는 납득하지 못한다. 그는 이야기가 너무 비극적이라고 말하고, 딸은 그렇지 않다고, 희망은 항상 있다고 반박한다. 여주인공은 아들을 되찾지 못하지만 결국 그녀의 경험을 높이 평가하는 약물중독 치료소에서 일하게 된다. 아버지는 딸이 비극을 부인하고 있다고, 여주인공은 바뀔 수 없다고 주장한다. "언제쯤 되면 제대로 볼 거냐?" 이야기가 끝날 때 아버지가 묻는다.

아버지와 딸은 그녀가 지어낸 이야기의 구성과 내용에 대해서 이야기한다. 구성에 대해서는 아버지가 옳다. 첫 번째 원고는 시간의 흐름에 따라 진행되지만 — 아들은 한때 약물중독자였지만 더 이상 중독자가 아니다 — "그다음에 어떻게 되는지" 말하지 않는다. "얼마 후 몇 가지 이유로 아들은 모든 것을 포기했고, 진저리를 치며 그 도시와 어머니를 떠났다." 이야기는 보통 그다음에 무슨 일이 벌어졌는지 말하면서 두 사건 사이에 관계가 있음을 암시한다. 아이가 모래성을 쌓았는데 비가 와서 씻겨 내려가는 것으로는 부족하다. 그러나 처음에 어머니나 아버지가 곧 비가 올 거라고 경고하면 활기가 생긴다. 이제 모래성을 쌓는 것은 반항적인 행동이다. 비는 아이의 무력함을 잔인하게 확인시킨다.

두 번째 원고에서는 아들의 변화가 더 자세히 설명되지만(건강식품에 푹 빠진 여자를 만나서 변한다) 두 원고의 희극적인 요소를 제외하면 — 페일리는 자기 아버지뿐만 아니라 독자까지 놀리고 있다 — 이야기에 구조적으로 불완전한 면이 존재하는 것은 사실이다. 그러나 아버지가 어떻게 생각하든 그레이스 페일리의 실제 단편소설들에는 이러한 문제가 없다. 페일리는 딸이 아버지에게 보여 주는 짤막한 소설에서 자기 작품을 보여 주는 것이 아니라 패러디하고 있다.

그러나 아버지는 알아차리지 못한다. 그레이스 페일리의 단편작품들은 전부 조금씩 우습고, 등장인물들은 나쁜 상황에서 빠져나가는 놀라운 방법을 찾지만 삶을 사소한 것으로 취급하지는 않는다. 가슴 아플 때도 많고 강렬할 때도 많지만 그녀의 주장대로 항상 "열린 운명"이 있다.

그러나 「아버지와 나눈 대화」의 이야기 자체는 완전하

다. 이 글을 완성시키는 것은 아버지가 죽어 가는 가운데 이러한 문학 논쟁이 벌어진다는 사실이다. "아버지는 83세이고, 병상에 누워 있다"가 첫 문장이다. 페일리의 설명에 따르면 딸은 "아버지와 논쟁을 벌이면 항상 마지막 말은 아버지가 할 수 있도록 대꾸하지 않겠다고 가족들과 약속했다". 끝부분에서 아버지는 "코에서 산소 튜브를" 빼고 딸을 나무란다. "장난이군, 또 장난이야." 아버지가 말한다. 이 이야기가 벌어지는 시간은 비교적 짧지만 ─ 혹은 각각의 대화를 전부 다른 때에 나눴을지도 모른다 ─ 그동안 어쩌면 딸의 내면에서, 어쩌면 독자의 내면에서만, 무언가가 변한다. 이것은 사랑에 대한 이야기, 사랑하는 방법으로서의 논쟁에 대한 이야기, 죽음에 대한 이야기이다. 딸이 어떤 이야기를 쓰든 아버지가 죽지 않거나 다시 건강해질 수는 없다. 두 사람 모두 그 사실을 알고 있고, 이야기의 끝에서는 독자도 알게 된다. 아버지가 바라는 것은 딸이 체호프와 투르게네프처럼 글을 쓰는 것, 무거운 비극적 주제를 정해서 진지하게 다루는 것이다. 그러나 그가 말을 하려고 코에서 산소 튜브를 뺄 때 딸은 비극적인 주제를 진지하게 다루고 있다. 이것은 부모와 자식의 사랑과 이별에 대한 이야기이며 살아 움직이지 않는 모자(母子)에 대한 이야기 속 이야기보다 더욱 생생하다. 더 많은 일이 일어나고, 우리가 인물을 더 잘 알기 때문이다. 이야기는 짧지만 많은 일들이 일어난다. 맨 처음에 아버지가 부탁을 하고, 딸이 이야기를 쓰고, 아버지가 비평하고, 딸이 이야기를 다시 쓰고, 아버지가 다시 비평한다. 그러는 내내 아버지는 죽음의 병상에 누워 있다. 아버지와 딸은 그들에게 주어진 마지막 순간에 문학에 대해서, 비극에 대해서 논한다.

완전한 이야기에서는 아무리 사소하게 느껴지더라도 우리가 결말을 알지 못하는 일, 결말이 궁금한 일이 일어난다. 새로운 사건은 등장인물을 바꾸지 못하더라도 (어떤 사람들은 절대 변하지 않는다) 독자를 바꾸기에 충분하다. 우리는 어딘가에서 시작해서 일정 거리를 이동한 다음 돌아오거나 다시 일정 거리를 이동해서 어딘가에 도착한다. 등장인물도 때로 변화하지만 완전한 이야기는 무엇보다도 독자를 항상 변화시킨다. 자세를 바꿀 뿐인 변화라고 해도 말이다. 우리는 뒤로 기대어 앉으면서 "아아아"라고 말한다. 또는, 결말이 다가오자 똑바로 앉았다가 우리가 틀렸음을 깨닫고 다시 긴장을 풀기도 한다. 또는, 약간 지루해져서 의자에 축 늘어져 앉은 채 작가의 의도를 다 알겠다고 생각한다. 그런 다음 벌떡 일어나서 다시 똑바로 앉는다. 어쨌거나 우리는 무언가를 겪는다.

「나는 다림질을 하며 여기 서 있다」

틸리 올슨의 완전한 소설집은 단편 네 편을 엮은 『수수께끼
를 내 봐』(*Tell Me a Riddle*)가 유일하다. 이 책은 1961년에 출판
되었지만 나는 그레이스 페일리를 발견했던 70년대 중반에
뉴헤이번 서점에서 낡아 빠진 책을 집어 들면서 그녀를 처
음 발견했다. 그때 나는 아직 어린 세 아이를 돌보면서 시를
쓰는 중이었고, 소설도 쓰고 싶다고 생각하고 있었다.

올슨의 단편은 평범한 삶 — 아이, 부모, 노인, 서로를
견디면서 점잖게 살려고 애쓰는 노력 — 을 다룬다. 깜짝 놀
라게 하는 결말은 없다. 작가가 펼쳐 놓은 힘겨운 진실들이
예상보다 더욱 진실하다는 것을, 그러나 사랑 역시 생각보
다 가능하다는 것을 보여 주는 결말뿐이다. 그녀의 인물들
은 맞는 말보다 틀린 말을 더 잘한다. 그들은 서로에게 상처
를 주지만, 죽음을 맞이할 때까지는 서로의 삶에서 사라지
지 않는다. 올슨의 작품은 정치적이지만 훈계를 늘어놓지도
않고 보편적인 사실을 위해서 특정한 인물을 희생시키지도
않는다. 이 모든 면이 나에게 잘 맞았다. 곧 나 역시 단편소
설을 쓰기 시작했지만 출판할 만한 이야기를 쓰기까지는 몇
년이 걸렸다. 어떤 면에서 올슨이 최고의 본보기는 아니었
다. 그녀의 작품에는 사건이 별로 없다. 나는 올슨을 흉내 내

서 **아무 일도** 일어나지 않는 단편들을 썼지만, 사건이 별로 일어나지 않는 것과 아예 일어나지 않는 것은 무척 다르다.

첫 번째 단편 「나는 다림질을 하며 여기 서 있다」는 내적 독백으로 구성되어 있다. 어떤 어머니가 다림질을 하며, 큰딸에 대해서 이야기를 나누고 싶으니 언제 한번 찾아오라고 했던, 아마도 상담교사인 듯한 인물에게 할 말을 상상한다. 글은 이렇게 시작한다. "나는 다림질을 하며 여기 서 있다, 당신이 내게 요구한 것이 다리미를 따라 몸부림치며 앞뒤로 왔다 갔다 한다." 단편은 그녀가 상상 속에서 하는 말로 구성된다. 그녀는 딸을 설명할 때 묘사에서 그치지 않고 예리하게 관찰한 감정적이고 인상적인 표현("아이는 반짝이는 거품 같은 소리를 냈다", "달랠 수 없는 꽉 막힌 울음")을 종종 쓰지만, 내 생각에 올슨의 가장 유명한 작품인 이 이야기의 매력은 어머니가 자신을 방어하면서 분노하고 후회한다는 점에 있다. 그녀는 자신과 사회를 똑같이 탓한다. 딸 에밀리는 힘든 시기를 겪었고, 어머니는 감상적이지 않을 뿐만 아니라 엄격하다. 우리는 에밀리의 문제가 무엇인지 알게 되지만 그녀가 활기 넘치고 재미있는 아이라는 사실도 알게 된다. 에밀리는 학교에서 희극 공연을 성공적으로 해낸다.

어머니가 계속 다림질을 하며 대화를 상상하고 있을 때 에밀리가 "가볍고 우아한 발걸음으로 계단을 한 번에 두 단씩 뛰어오른다, 오늘은 기분이 좋은 모양이다. 당신이 무슨 일 때문에 전화를 했든, 오늘 있었던 일은 아닌가 보다". 에밀리의 활기가 어머니의 내적 독백으로 뚫고 들어온다. 이 작품에서 실제로 일어나는 일은 다림질을 제외하면 딸이 집으로 들어오는 것밖에 없다. 에밀리는 어머니를 놀리고, 자기가 먹을 식사를 준비하고, 자러 들어가는 길에 절망적인 말을 장난스럽게 내뱉는다. 어머니는 독자에게 (또는 상상 속의 상담교사에게) "오늘밤에는 그것을 견딜 수 없다"라고 말한다. 그녀는 딸의 방에 들어가서 이야기를 나누지 않겠다고 말한다. 작품은 이렇게 끝난다.

내버려 두자. 저 아이가 가진 모든 것이 꽃을 피우지 못하도록. 하지만 그런 사람이 몇이나 될까? 남은 것으로도 충분히 살 수 있다. 다만 아이에게 알려 주자, 아이가 알아야 할 이유를 만들자. 너는 다리미판에 놓인 이 옷보다 다리미 앞에 더 무력하다고.

이 단편은 시각적으로 복잡하다. 이 작품을 읽을 때 우리 마음속에서는 다리미와 다림판을 앞에 두고 서 있는 어머니, 집으로 들어오는 에밀리, 어머니의 뒤로 투명하게 비치는 듯한, 귀를 기울이는 (그러나 이 모든 이야기를 절대 듣지 못할) 상담교사, 그 너머로 어머니가 설명하는 아기였던 에밀리, 어렸을 때의 에밀리, 십 대 시절의 에밀리가 보인다. 단순한 이미지로 끝나는 정적인 이야기라고 할 수도 있지만 — 보통 작품을 이미지로 끝맺으면 사건으로 끝맺을 때만큼 강렬하지 않다 — 우리는 어머니가 이야기하는 내내 앞뒤로 왔다 갔다 움직이는 다리미를 보았기 때문에 마지막 이미지는 단순히 힘없는 비유가 아니다. 소녀가 납작하게 다려지는, 간결하고도 무서운 이미지가 떠오른다. 게다가 작품을 읽는 내내 긴장감이 넘친다. 우리는 어머니가 도움을 줄 (또는 주지 못할) 전문가에게 이 모든 이야기를 털어놓을지 말지 기다린다. 이 이야기는 어떤 의미에서 아무 일도 일어나지 않지만, 확실하지 않은 부분이 무척 많기 때문에 우리는 과거의 에밀리에게 무슨 일이 있었는지, 또 어머니가 이제 어떻게 할지 보기 위해서 계속 읽어 나간다. 어머니의 설명과 아무것도 하지 않겠다는 그녀의 결정은 중요한 사건을 구성한다. 작품이 끝날 때 우리는 슬픔에 젖어 고개를 끄덕이면서 이 어머니가 맞을지도 모른다고 생각할 것이다.

내가 만나는 작가 초년생들은 대부분 플롯이 어렵다고 말한다. 아마도 인물과 상황 — 아픈 어머니와 불행한 두 자매, 상사에게 불공평한 대우를 받는 직장생활 — 은 상상할 수 있지만 상황을 뒤흔들고 이야기를 움직이는 사건, 어떤 변화가 시작되는 순간은 떠오르지 않는다는 뜻인 듯하다. 이런 작가들은 "플롯"과 "인물"을 따로따로 생각하는 버릇이 있다. 그들은 인물이 플롯과는 별개로 존재한다는 듯이, 플롯이라는 것을 더해야 한다는 듯이 "플롯을 못 짜겠어요"라고 호소한다. 그러나 대체로 플롯은 특출난 것이 아니다. 플롯은 독자를 앞으로 나아가게 만드는 것, 독자가 출판사에서 몇 페이지를 빠뜨렸나 생각하지 않게 만드는 것이다. 「나는 다림질을 하며 여기 서 있다」에서 무언가를 자극하는 사건은 기억 속에서만 존재한다. 바로 대화를 나누러 오라는 상담교사의 요청인데, 독자가 에밀리의 생기와 매력을 보고 나면 이 요청이 더욱 중요해진다. 이로 인해 무언가가 시작될 수 있지만, 어머니가 그것을 거절한다. 대부분의 단편소설에는 이보다 파란만장한 사건들이 더 많이 일어나지만 ─ 미묘한 사건을 목표로 삼아서는 안 된다 ─ 내가 몇 년 동안이나 깨닫지 못했던 사실은 올슨이나 페일리의 작품에 등장하는 것과 같은 미묘한 사건들도 여전히 사건이며, 반드시 필요하다는 것이다.

최근에 내 워크숍에 참가한 어떤 학생은 칠십 대 남자가 소유한 식당에서 문제가 연달아 발생하는 단편소설을 썼다. 남자 주인공은 누군가 일부러 방해하는 것이 아닐까 걱정하고, 독자들도 누가 고의로 문제를 일으키고 있을지 모른다고 생각한다. 그러다가 보건조사관이 등장하고, 위반 사항이 너무 많이 적발되어서 주인공의 아들이 불려 오고, 직원들은 그에게 아버지의 기억력이 감퇴하고 있다고 알려 준다. 그것이 문제의 원인이었던 것이다. 원래 독립적이고 유능했던 아버지를 이제 아들이 보살피게 되고, 이야기는 감동적인 결말에 다다른다. 나는 워크숍에서 학생들이 쓴 단편에 대해서 토론할 때 보통 장점을 말해 보라는 말로 시작한다. 나는 학생들이 이 단편을 **좋은** 작품으로 만드는 특징들, 즉 심리적 핍진성, 마음에 드는 인물들, 감동적인 표현 등에 대해서 이야기하리라는 사실을 알았기 때문에 이번에는 내가 먼저 말을 꺼내서 보건조사관의 등장을 칭찬했다. 내가 말하지 않으면 아무도 그 사건을 언급하지 않을 것 같았기 때문이다. 아름답게 꾸민 몇 문장에 불과했지만 그것이 이 작품을 통하게 만들었다. 이 책을 시작할 때 나는 소설을 훌륭하게 만드는 것이 아니라 가능하게 만드는 것에 대해서 쓰겠다고 했는데, 바로 이런 것을 가리키는 말이었다.

틸리 올슨은 말년에 결국 완성하지 못한 중편소설의 첫부분을 「레쿼 아이」(Requa I)라는 제목의 단편소설로 발표했다. 이 작품은 1970년에 잡지를 통해 발표된 다음 『미국 우수 단편선』(*Best American Short Stories*)에 실렸고, 2013년에 출판된 올슨의 작품집 『수수께끼를 내 봐, 레쿼 아이, 그리고 다른 작품들』(*Tell Me a Riddle, Requa I, and Other Works*)에 포함되었다. 설명적인 내러티브가 거의 없는 이 단편은 등장인물들의 생각과 대화를 통해서 1932년을 배경으로 어떤 남자와 열세 살짜리 조카의 관계를 자세히 보여 준다. 삼촌은 고아가 된 조카를 데려와서 하숙집에서 같이 지낸다. 소년은 슬픔에 빠져 축 늘어져 있다. 선의로 조카를 맡은 삼촌은 당황하고 점점 더 초조해진다. 그러다가 소년의 행동에 서서히 작은 변화가 생긴다. 상처를 치유하고 있는 것이다. 이야기는 원래 상대적이다. 모험소설이라면 이 소년과 삼촌의 관계와 같은 미미한 변화가 정체로 여겨질 것이다. 그러나 이 단편에서는 미미한 변화가 다른 소설의 극적인 사건만큼이나 놀랍다.

「어머니날 다음 일요일」

긴장감이 넘치다가 극적으로 끝나는 이야기가 왜 이야기인지는 우리 모두 안다. 그러나 지금까지 살펴본 작품들처럼 작동하는, 삶이 뒤흔들렸다가 결국 해결되는 이야기들은 실제로 사건의 연속이지만 꼬리에 꼬리를 무는 사건들로 묘사하기가 더 힘들다. 에드워드 P. 존스의 첫 책『도시에서 길을 잃다』(Lost in the City)에 실린 「어머니날 다음 일요일」(The Sun-day Following Mother's Day)처럼 길고 얼핏 결론이 없어 보이는 이야기들도 마찬가지이다. 내가 이 단편을 좋아하는 여러 이유 중 사소한 것 하나는 작가가 매디와 매들린이라는 두 인물, 그리고 샘이라는 같은 이름을 가진 인물을 **세 명**이나 넣고서도 잘 써 낸다는 점이다. 이야기는 평범한 사실의 진술로 시작한다. "매들린 윌리엄스가 네 살, 오빠 샘이 열 살이었던 4월 초의 어느 날 밤, 아버지가 어머니를 죽였다." 존스는 살인 사건이 왜 일어났는지 결국 아무도 알아내지 못한다고 바로 밝히기 때문에 우리는 이야기가 그쪽 방향으로 진행되지 않으리라는 사실을 안다. 두 번째 문단부터 우리는 이제 성장하여 컬럼비아대학에 들어간 매들린의 시점으로 사건을 돌아본다. 어른이 된 그녀는 살인 사건에 대한 자료를 모조리 찾아서 읽는다. 이 소설은 살인 직후의 사건들을 자세히 설명하고, 그 뒤 20년을 요약하고, 마침내 속도를 늦춘다. 마지막 다섯 페이지는 하루에 일어난 일, 알고 보면 살인보다는 인종과 계급, 용서, 우정과 관련이 더 많은 날을 설명한다. 이제 매들린은 결혼을 해서 아들이 하나 있는데, 역시 이름이 샘인 아들은 정신장애 때문에 시설에서 지낸다.

살인자 새뮤얼은 감옥에서 풀려난 다음 딸에게 애정 넘

치는 편지를 여러 통 썼다. 어느 어머니날 다음 일요일, 마침 남편이 멀리 간 사이 매들린이 시설의 아들을 찾아가려고 할 때 아버지가 집으로 찾아온다. 여러 해 전 어머니를 살해한 후 처음으로 딸 앞에 모습을 드러낸 그는 운전을 해주겠다고 매들린을 설득한다. 시설에 도착한 그들에게 어느 가족이 친근하게 다가오고, 운 나쁜 사건들이 이어지면서 매들린은 몇 시간 동안 그 가족과 동행하게 된다. 낯선 가족은 장애를 가진 아이들을 이상화하며 역겨울 정도로 친한 척한다. 시설에서 가난한 흑인 수용자들을 제대로 돌보지 않는다는 명확한 서술은 없지만 빤히 짐작할 수 있고, 그렇기 때문에 매들린이 만난 가족이 훨씬 더 거슬린다. 그녀는 이 사람들이 자기 아버지와 같다는 사실을 깨닫는다. 촌스럽고 무지한 흑인, 그녀와는 전혀 다른 사람들이다. 존스만큼의 섬세함을 갖추지 못한 작가가 썼다면 독자들은 이 가족과 아버지에 대한 매들린의 속물적인 혐오에 거부감을 느꼈겠지만, 이 소설에서는 모두 잘못이 있으면서 모두 옳다.

이야기의 결말에서 오래전의 살인 사건은 전혀 중요하지 않다. 결말에서 달라 보이는 것은 낡아 빠진 자동차들, 서툰 사회생활, 또 당황스럽고 바보 같은 예의이다. 이야기는 독자를 살인 사건에서 멀리 떨어진 곳으로 데려가고, 비극을 보는 단순한 시선을 거부하고 상황을 미해결 상태로 남겨 둔다. 비극적인 결말이 되려면 아이들 중 하나가 아버지를 죽이거나 아버지가 다시 살인을 저질러야 했을 것이다. 이 단편은 희극이 된다. 이야기는 시작에서 멀어졌다가 다시 처음으로 돌아와서 어떻게든 해결을 하지만, 거부를 통한 해결이다. 아이들의 삶에 원동력이 된 가혹한 의문 ─ 어머니의 살인자가 아버지라면 용서할 수 있을까? ─ 은 일상의 불편 속에서 사라진다. 이야기는 속도가 느려지고, 무엇이든 천천히 바라보면 복잡해지는 법이다.

어떤 일이 일어난 다음에 또 다른 일이 일어나는 이야기를 쓰는 방법은 무척 많다. 전문 작가의 글을 초심자의 작품과 구분하는 것은 종종 "또 다른 일", 주로 3, 4쪽에서 이야기에 침입하는 새로운 무언가인 경우가 많다. 맨 처음에 어떤 문제가 있고, 작가가 주변을 둘러보다가 "여기서 또 무슨 일이 일어나고 있지? 여기서 또 어떤 일이 벌어질 수 있지?"라고 생각한 것처럼 새롭고 예상치 못한 사람이나 문제, 복잡성이 등장한다. 어떤 사건 또는 사건들이 있고, 그런 다음 **이야기가** 생겼다고 느껴질 만큼 중대한 일이 마침내 벌어진다. 뻔한 말처럼 들리겠지만 당신이 "이야기는 이야기처럼 느껴진다"라고 생각한다면 자신이 생각해 낸 결심과 해결책과 비극과 불확실성이 심리적으로 적절한지(허구적 진실), 또 반드시 필요한 힘을 가지고 있는지 스스로 판단할 수 있을 것이다.

쓰이지 않은 소설

나는 첫 장편소설을 쓰기 시작했을 때 두려움이 너무 컸기 때문에 내가 무엇을 하고 있는지 몇 달 동안 누구에게도 말하지 않았고 소설 쓰는 일을 "그것"이라고 불렀다. 당시 나는 월요일마다 무료급식소에서 점심 배식을 도왔는데, 자원봉사자 중에는 유명한 정신분석가도 있었다. 어느 월요일, 자원봉사자들과 직원들이 한 줄로 늘어서서 접시에 고기나 감자, 야채를 덜어서 전달하고 있을 때 누군가가 내게 물었다. "작가 아니세요? 뭐 쓰세요?"

"글쎄요." 내가 말했다. 나는 접시에 으깬 감자를 푸는 데 집중하느라 잠시 말을 멈췄다. "글쎄요." 나는 사실 그 말을 한 번도 입 밖에 낸 적이 없었다. 다시 한 접시. "제가 쓰는 건… 음, 제가 쓰는 건… 어, 제가 쓰는 건… 소설이에요."

정신분석가가 안 됐다는 듯 중얼거렸다. "그렇군요."

그 뒤에 나는 첫 장편소설이나 책 한 권 분량의 회고록을 쓰면서 불안해하는 것은 흔한 일임을 알게 되었다. **그렇게나** 긴 글을 도대체 어떻게 쓰는 걸까? 단편소설에서 두어

가지 사건이 일어나고 마지막으로 결정적인 마지막 사건이 하나 일어난다면 책 한 권에서는 도대체 몇 가지 사건이 일어나야 할까? 200가지 사건 다음에 결정적인 마지막 사건 하나? 그 많은 사건을 어떻게 따라갈까? 결국 나는 첫 장편소설을 완성했지만 끝내지 못한 장편소설이 수없이 많았다.

「나는 다림질을 하며 여기 서 있다」의 작가 틸리 올슨은 1912년 네브래스카 오마하에서 러시아 이민자인 세속 유대인 부부의 자식 틸리 러너(Tillie Lerner)로 태어났다. 부모님은 좌파 운동가였다. 틸리 러너는 고등학교를 마치지도, 대학에 진학하지도 않았지만 책을 무척 많이 읽었고, 이십 대였던 대공황 시절에 시와 소설을 쓰기 시작했다. 그녀는 이른 나이에 결혼하고, 공산주의자가 되고, 딸을 낳고, 캘리포니아로 이주했다. 1934년에 그녀가 아직 완성하지 못한 장편소설의 일부가 『파티전 리뷰』(Partisan Review)에 실렸다. 러너가 항만 노동자들의 파업을 지원하다가 감옥에 갇혔을 때 『뉴 리퍼블릭』(New Republic)은 프롤레타리아 문학에 대한 기사에서 그녀의 장편소설 발췌본을 언급하며 "때 이른 천재의 작품"이라고 불렀다. 틸리 러너라는 사람을 수소문하던 출판사들은 감옥에서 그녀를 발견했다. 여러 출판사에서 그녀에게 돈을 주겠다고 제안하고, 정치적 삶에 대해 써 달라고 의뢰하고, 장편소설 계약을 제안했다. 이것은 모든 작가의 꿈이다. 그러나 러너는 돈을 받아서 기쁘긴 했지만 출판계라는 머나먼 세상을 썩 진지하게 받아들이지 않았던 모양이다. 그녀는 파업에 대한 글을 썼고 랜덤하우스 출판사 창업자인 베넷 서프에게 보낸 편지에서 장편소설을 거의 끝냈다는 듯이 말했다. 그녀의 전기 작가 팬시아 리드(Panthea Reid)의 『틸리 올슨: 한 여자와 수많은 수수께끼』(Tillie Olsen: One Woman, Many Riddles)에 따르면 틸리는 맥밀런 출판사와 계약서를 썼고 랜덤하우스와도 계약하기로 약속했다. 결국에는 맥밀런 출판사가 그녀를 포기했고, 틸리는 선금 500달러와 인세 15퍼센트의 조건으로 랜덤하우스와 계약을 했는데 당시로서는 매우 높은 금액이었다. 그녀는 8장까지 미리 보내기로 약속했지만 그 뒤 몇 달에 걸쳐 2장까지의 원고를 보내면서 사실 2년 동안 소설을 쓰지 않았다고 인정했다. 틸리가 예전에 써 놓은 메모들은 엉망진창이었다. 그녀는 몇 번이나 앓아 누웠고, 결혼생활은 끝났으며, 운동가들과 함께하는 활동은 격동적이었다.

전기 작가는 확실히 말하지 않지만 틸리 러너가 장편소설을 쓰고 있었다거나 마무리하리라고 생각할 근거가 전혀 없었음은 분명해 보인다. 그러나 출판사들은 그녀의 소설을 원했고, 그래서 틸리 러너와 출판사들은 암묵적인 동의하에 장편소설이 곧 나올 것처럼 굴었다. 1935년과 1936년에 그녀는 각 장의 계획을 세웠고 출판사에 여러 번 돈을 요청해서 총 1200달러를 받았다. 틸리는 더 이상 원고를 보내지 않았다. 공산당에서 정규직으로 일하던 그녀는 밖에 나가 사회의 변화를 위해 싸우는 것보다 혼자 앉아서 소설을 쓰고 또 고쳐 쓰는 것이 이 세상에 더 도움이 된다고 믿기 어려웠을 것이다. 2013년에 출판된 작품집에 수록된 항만 노동자 파업에 대한 글에서 그녀는 경찰이 파업 노동자들에게 폭력을 휘둘렀던 날을 설명한다. 그녀는 피켓 라인에 서 있지 않았다. 그녀의 말에 따르면 밖에서는 끔찍한 일들이 벌어지고 구급차가 급히 달려왔지만 그녀는 공산당 본부에서 타자를 치고 있었다. "나는 여기에 앉아서 허공에 규칙적인 금속성 소리를 흩뿌리고 있다. 내가 할 수 있는 일은 그것밖에 없고, 그것이 내가 해야 할 일이기 때문이다." 타자를 치는 일에 불과할지라도 당을 위한 일을 포기하고 몇 달 동안 집에 가만히 앉아서 장편소설을 쓸 법한 사람의 말은 아니다.

또한, 나는 틸리 러너가 장편소설을 **어떻게** 쓰는지 몰랐고—우리가 이미 살펴보았듯이 장편소설 쓰는 법은 분명하지 않다—소설을 쓰기 위해서 필요한 자유로운 상상과 논리적인 사고의 조합에 저항했다고 추측한다. 틸리는 공산당 기관지와 여러 잡지에 글을 발표했지만 대학을 나오지 않았으니 다른 종류의 글을 계획하고 완성한 경험은 거의 없었을 것이고, 게다가 완벽주의자였다.

그녀는 역시 공산주의자였던 잭 올슨과 동거를 시작했다. 두 사람은 딸을 셋 낳았고, 잭이 군 복무 중이던 40년대에 군인의 부인에게 주어지는 혜택을 받기 위해서 결혼했다. 이제 그녀는 틸리 올슨이 되었다.

틸리 올슨은 마흔두 살이었던 1954년에 아서 포프(Arthur Foff)라는 작가를 알게 되었는데, 샌프란시스코주립대학에서 그녀의 딸을 가르치는 교수였다. 그 뒤 올슨이 「나는 다림질을 하며 여기 서 있다」의 초고를 보여 주자 포프가 그녀를 자기 수업에 넣어 주었다. 올슨은 그의 학생으로서 이 단편소설을 완성했고 나중에 『수수께끼를 내 봐』에 실리게 될 다른 단편들의 메모를 작성했다. 포프는 그녀에게 스탠퍼드대학 연구 장학생에 지원해 보라고 권했고, 스탠퍼드대학 교수이자 소설가인 월리스 스테그너(Wallace Stegner)가 그녀에게 전화를 걸어서 수업 출석이 포함된 연구 장학생을 제안했다. 그곳에서 올슨은 소설가 리처드 스코크로프트(Richard Scowcroft)와 같이 공부하면서 3년 동안 『수수께끼를 내 봐』에 실린 다른 단편들을 완성했다. 그러나 올슨은 대체로 여전히 글을 쓸 수 없었고, 스코크로프트의 기록에 따르면 수업 도중에 울음을 터뜨리기도 했다. 그러나 올슨은 잡지에 단편을 네 편 발표했고 단편집도 계약했다. 다시 한번 출판사들이 올슨을 두고 싸웠고, 이번에는 바이킹 출판사가 장편소설 계약을 제안했다. 올슨은 이런저런 장편소설을 주기로 약속한 출판사가 한두 군데가 아니었지만 하나도 완성하지 못했다.

결국 그녀의 남편이 그동안 분실되었던, 30년대에 쓰다만 장편소설이 담긴 봉투 두 개를 발견했다. 틸리 올슨은 장편소설을 완성할 수는 없었지만 앞부분 몇 장을 말이 되게 고칠 수는 있었고, 이 원고는 1974년에 『요논디오: 30년대로부터』(*Yonnondio: From the Thirties*)로 출판되었다. 괴롭지만 찬란하고 예리한 이 소설은 메이지 홀브룩(Mazie Holbrook)의 어린 시절 이야기를 들려준다. 그녀의 아버지는 와이오밍 광산에서 일하다가 소작농이 되지만 성공하지 못한다. 그는 오마하의 하수도에서 위험한 일을 하다가, 뜨거운 물 때문에 역시 위험하긴 마찬가지인 도축장에서 일자리를 얻는다. 이 이야기는 불공정함과 냉담함, 부족한 기회에 대한 비판이자 대공황 연대기이며 자라나는 아이들에 대한 예리한 관찰이다. 이 책은 『수수께끼를 내 봐』보다 더욱 거세게 분노하지만 일상생활을 그릴 때에도 정확하고 매력적이다. 이 책은 "독자들이여, 원래는 여기에서 끝날 것이 아니었다"로 시작하는 주와 함께 갑자기 끝난다.

30년대로 돌아가서, 당시 틸리 러너는 랜덤하우스 출판사에 장편소설 계획안을 보냈다. 편집자들은 자기들끼리 이야기를 나누면서 그녀가 여러 가지 재난을 차례차례 기술할 뿐이라고 지적했다. 그들은 틸리의 기가 꺾일까 봐 비판하지 않으려 애썼지만, 서프는 그녀에게 보낸 편지에서 주인공을 "중간중간 좀 쉬게" 해주는 것이 어떻겠냐고 제안했다. 이 계획안은 랜덤하우스 출판사에 그대로 남겨졌고, 올슨은 70년대에 『요논디오』를 쓸 때 계획안을 가지고 있지 않았다. 팬시아 리드는 계획안을 부록으로 넣었다.

발표된 부분까지만 보면 『요논디오』에는 수많은 재난이 나오지만 재난을 단순히 열거하지는 않는다. 작가는 사물의 모습과 소리, 냄새, 그리고 사건의 심리적 느낌에 끌리고, 우리는 삶에 대한 진실한 이야기를 읽는다는 전율을 느낀다. 우리가 읽는 것이 고통에 대한 내용일지라도 그것은 행복한 경험이다. 『요논디오』는 모든 것이 정말로 나쁘다고 **약간** 지나치게 주장하지만, 나는 틸리 올슨이 특유의 명확한 시선과 언어감각으로, 인간 심리를 들여다보는 특유의 통찰로 나머지를 썼을 것이라고 생각한다. 앞의 몇 장이 그런 것처럼 나머지 부분들도 괜찮았을 것이다.

그러나 계획안을 보면 한 권의 책으로서, 장편소설로서는 통하지 않았을지도 모른다. 내가 이렇게 의심하는 것은 재난이 너무 많이 나오기 때문이 아니다. 올슨은 등장인물이 무엇을 **할지**가 아니라 무엇을 경험할지, 그들에게 어떤 일이 일어날지, 그리고 그러한 사건이 어떤 느낌일지만 생각하고 있기 때문이다. 그녀는 거의 그림과도 같은 일련의 묘사만 들려줄 뿐이고, 적어도 부분적으로는 앞선 행위가 원인이 되어 생기는 사건이 없다. 그녀가 이 책을 완성했다면 소설을 정적인 초상화 모음 이상으로 만들어 주는 사건이 부족했을 것이다. 각 장에서 올슨은 독자의 마음에 불확실함을 심어 주려는 것이 아니라 각각의 상황이 감정적으로 어떤 의미인지 독자들에게 증명하려는 것 같다. 다음은 계획안에서 올슨이 결국에는 쓰지 못했던 장의 개요를 설명하는 부분이다.

도시: 윌은 도망치려다가 소년원에 간힘. 학교로 가지만 아이들과 학교가 무척 이질적으로 느껴짐. 메이지는 사촌 엘렌과 우정을 쌓고 같이 꿈을 꿈. 이웃, 가난, 짐이 되고 있다는 느낌과 제리의 독설, 주변 남자들. 집세와 식비를 대기 위해서 일을 하고, 학교 수업 시간에 잠이 듦. 수치심….

올슨이 이 소설을 마저 썼다면 단편에서 그랬던 것처럼 힘든 순간들을 무척 생생하게 묘사했을 것이다. 극적이지는 않지만 현실적인 긴장감을 주는 내용 ─ 예를 들면 에밀리의 어머니가 상담교사를 찾아가서 이야기를 할 것인가라는 의문 ― 과 마찬가지로 시간의 흐름과 미묘한 변화, 출발과 도착이 앞으로 나아가는 동력을 제공하기 때문이다. 그러나 한 권의 책이 되기 위해서는 그 이상이 필요했을 것이다. 올슨에게는 욕망을 가지고 행동하려 애쓰는 인물들이 필요해 보인다.

올슨은 소설의 일부를 썼을 때 마음에 들지 않았고, 어쩌면 이 소설이 통하지 않겠다는 그녀의 생각이 옳았을지도 모른다. 그녀에게 필요한 것은 플롯까지는 아니더라도 적어도 독자를 계속 끌어들일 전향적인 에피소드를 만들도록 도와줄 친구들과 책이었다. 어쩌면 아무것도 도움이 되지 않았을지도 모르지만, 그런 친구들과 책이 있었다면 **어쩌면** 자신이 쓰고 있는 글이 마음에 들었을지도 모르고, 계속 써 나갈 용기를 찾았을지도 모른다.

올슨은 자기 사상을 설파할 때 더욱 뛰어났다. 그녀는 평생 정치적 좌파였고, 기존 질서를 파괴하는 거의 모든 일에서 기쁨을 느꼈던 듯하다. 말년에 그녀는 유명한 페미니스트 역사가 되었는데, 늘 주어진 것보다 더 많은 시간을 쓰고 여러 가지 주제를 오가면서 일관성과 논리에 대한 모든 요구에 저항했다. 페미니즘과 30년대에 대한 그녀의 열정적인 이야기는 많은 사람들에게 감동을 주었다. 나는 올슨이 우리 집에서 1마일 떨어진 예일대학에 초청받아 왔을 때 그녀의 연설을 들었다. 그녀는 즉흥적으로 「형제여, 10센트만 빌려 주겠나?」(Brother, Can You Spare a Dime?)를 불렀고(항상 그 노래를 즉흥적으로 불렀을지도 모른다), 나는 올슨에게 완전히 매료되었다. 그녀는 2007년에 세상을 떠났다.

틸리 올슨의 일생은 슬프다. 그녀는 놀라운 단편소설들과 미완성의 『요논디오』뿐만 아니라 『침묵들』(Silences) — 의미심장하게도 여성이 글을 쓰는 것이 왜 어려운지에 대한 책이다 — 이라는 논픽션 저서도 썼고 모범적인 페미니스트가 되었지만, 그 사실은 변하지 않는다. 그녀의 젊은 시절 노력이 허사였던 것은 아니다. 1930년대에 윤리적인 젊은 여성이 공산당에 시간을 바치는 것은 충분히 그럴 만한 일이었다(불행히도 그녀에 대해서 무척 비판적인 전기 작가는 이를 이해하지 못하는 듯하지만 말이다). 그럼에도 불구하고 침묵은 비극적이다. 올슨은 소설을 더 많이 썼어야 한다.

장편소설 상상하기

나는 장편소설을 쓰는 방법이 두 가지라고 생각한다. 하나는 책의 중심 행위(범죄, 사고, 오해)에 대한 아이디어가 떠올라서 장편소설을 쓰는 것이다. 아이디어에서 그 뒤에 이어질 행위들, 또는 아이디어로 이어지는 행위들이 피자의 모차렐라 치즈처럼 죽 늘어진다. 이 방법으로 소설을 쓸 때에도 나름대로 어려움이 있지만, 이야기의 개요—독자를 끌어들이고, 책을 계속 읽게 만들고, 상황을 복잡하게 만들고, 그 상황을 해결하는 것—는 비교적 명확하다.

그러나 당신은 제일 먼저 마음속에 떠오르는 극적 행위에 의지하는 소설을 쓰고 싶지 않거나 쓰지 못할지도 모른다. 나의 경우 장편소설은 마음속에 떠오른 행위에서 시작하지 않고, 어쩌면 당신 역시 그럴지도 모른다. 나의 경우에는 어떤 상황에 놓인 인물에서 시작한다. 마음속에 떠오른 결말에서부터 시작한 장편소설도 있는데, 엄청난 일이 벌어진 후 서로 아는 사이의 네 여자가 몇 시간 만에 혼자만의 시간을 갖기 위해 여자 화장실의 다른 칸에 각자 들어가는 결말이었다. 나는 그 고독한 순간에 그들이 어떤 기쁨을 느낄지 설명하는 책을 써야 했다. 특히 주인공이 어떻게 해서 결국 혼자 생각할 기회를 갖게 되는지, 어떤 생각을 하는지 말이다. 나는 결말에서부터 거슬러 올라가면서 이 순간으로 이어지는 일련의 사건들을 서서히 상상했다. 장편소설을 이런 식으로 시작하면 당신이 떠올린 상황에서 인물들이 느끼는 감정과 특성으로 잘 이어지면서 마지막 장면으로 인물들을 데려가기 좋은 커다란 의문과 사건을 생각해 내야 한다.

인물들과 그들의 관계를 먼저 상상함으로써 장편소설을 구상할 수도 있다. 예를 들어 당신이 쓴 단편소설을 보고 친구나 선생님이 "이건 장편소설로 써도 되겠어!"라고 말하거나 당신이 발표한 단편소설을 에이전트가 보고 **"장편소설**은 없습니까? 이 단편은 **장편소설**의 일부인가요?"라고 편지를 보내 문의하는 경우이다. 그러면 '못 할 것도 없지'라는 생각이 들 것이다. 이 형제에 대해서라면 끝없이 상상할 수 있다. 두 사람의 사이가 멀어질 수도 있고, 둘의 여동생이 사랑에 빠질 수도 있고….

인물과 관계를 먼저 생각하면 —실존 인물을 바탕으로 하든 그렇지 않든 마찬가지이다— 꼬리에 꼬리를 무는 사건들을 지어낼 수 있지만, 책 한 권 분량을 끌고 나가 결말을 지을 만큼 중심이 되는 큰 사건은 떠오르지 않을 수도 있다. 당신은 이 형제에게 무엇이 가장 중요한지, 무엇이 이들을 인생의 다음 단계로 데려갈지 결정하기 위해서 한참 애를 써야 할 것이다.

이 모든 과정은 7장에서 더욱 자세히 살펴보기로 하자. 지금 우리가 합의해야 하는 것은 장편소설에서는 큰 사건이 일어나야 한다는 것이다. 우리가 쓰는 장편소설이 범죄 미스터리는 아닐지도 모르지만, 어떤 면에서는 **모든** 소설이 범죄에 대한 미스터리이다. 이때 범죄란 엉뚱한 남자에게 입을 맞추거나 우정을 망치는 것이고 미스터리는 "이 인물이 자기 인생을 바로잡을 수 있을까?" 정도겠지만 말이다.

당신은 결말을 아직 모를 수도 있지만, 무엇 — 결혼인지 이별인지, 성취인지 실패인지, 서로를 새롭게 이해하는 순간인지 더욱 절망적인 증오의 순간인지 — 에 관한 결말인지는 짐작하고 있을 것이다. 당신을 결말로 인도하고, 정확한 결말을 찾아 줄 사건들을 생각해 내는 데 몇 주 또는 몇 달이 걸릴 수도 있지만, 시간이 조금 지나면 당신은 장편 소설의 한 조각을 손에 쥐고 있을 것이다.

그다음에는 어떻게 될까? 소설가들은 종종 이런 질문을 받는다. "개요를 쓰시나요?" 쓰지 않을 수도 있다. 나는 현실적인 인물들 대신 공식만 존재하는 예측 가능한 소설이 아닌 이상 완벽한 계획을 미리 세울 수 없다고 생각한다. 가상의 이야기를 꾸며 내는 사람들은 엄격한 논리와 정밀한 계획에 서툰 경우가 많다. 우리가 잘하는 것은 자유 연상처럼 생각이 쉽게 흘러가도록 도와주는 느슨한 기법을 이용하는 것이다. 그러므로 우리는 더듬더듬 길을 찾아 나가면서 그다음에 일어나는 사소하지만 개연성 있고 감정적으로 진실한 일이 무엇인지 느낄 수 있다. 우리 대부분에게 개요는 지나치게 논리적이고, 우리는 길을 찾아 나가다가 이야기를 발견한다. 직관과 감정을 이성과 함께 이용해서 (날아가는 연을 튼튼하고 좋은 실로 가끔 잡아당기듯이 말이다) 소설의 중요한 요소들을 구성할 방법이 있을까?

『미들마치』 자료집

몇 년 전, 하버드대학 휴튼 도서관에서 시인 에이미 로웰 (Amy Lowell)이 수집한 원고를 전시했을 때 나는 조지 엘리엇이 내가 제일 좋아하는 소설 『미들마치』를 쓸 때 사용했던 "자료집"이라는 작은 공책을 보았다. 『미들마치』는 가상의 영국 중부 마을과 그곳에 사는 두 인물 도러시아 브룩과 터티우스 리드게이트에 대한 소설이다. 이상적이고 야심만만한 두 인물은 다른 사람들에게 도움이 되고 싶어 하지만 결혼 상대를 잘못 선택한다. 두 사람 모두 강력하고 똑똑하지만 때로는 어리석다. 이 소설은 스스로 바라는 사람 ─ 좋은 일을 하는 사람 ─ 이 되기가 얼마나 어려운지, 세상이 얼마나 맹렬하게 방해하는지, 그러나 사랑이 어떻게 변화를 불

• quarry는 원래 채석장이라는 뜻이지만 비유적인 의미에서 자료집이라는 뜻으로도 쓰인다.

러올 수 있는지, 그리고 사랑이 없으면 삶이 얼마나 지옥 같은지 장엄하게 선언한다. 똑같은 이상을 품고 당신을 이해하는 사랑의 대상이 있어도 시골생활의 편협한 편견 때문에 좌절할 수 있다. 『미들마치』는 1871년부터 1872년까지 연재 형식으로 발표되었다가 1874년에 책으로 나왔지만, 배경은 1832년 선거법 개정으로 선거구가 확대되고 시골이 더욱 민주화되기 직전인 1830년, 1831년이다.

　내가 본 자료집은 엘리엇이 소설 5부의 장면 목록을 적어 둔 페이지가 펼쳐진 채 유리 상자 속에 진열되어 있었다. 정말 놀라운 순간이었다. 나는 자기 소설을 구상하는 조지 엘리엇을 보고 있었다. 나는 공책을 꺼내서 눈에 보이는 모든 것을 적었다. 선을 그어 지운 행도 있고 읽기 어려운 행도 있었다. 나는 "커소번 씨가 죽다. 브룩이 부침을 반복하다. 리드게이트가 곤경에 빠지다. 래플스가 등장하다. 미들마치의 스캔들" 등 짧은 요약을 스무 개 정도 베껴 적었다. 나는 모든 메모가 감정이 아닌 행동이나 사건에 대한 것임을 알아차렸다. 조지 엘리엇은 등장인물의 감정을 상기할 필요가 없음을 알았던 것이다.

　『옥스퍼드 영어 사전』에 따르면 "채석장"은 "절단, 폭파 등의 방법으로 건축이나 다른 목적을 위해 사용할 석재를 떼어 내는 노천 작업장"이다. 다시 말해서, 채석장은 아무렇게나 널려 있는 것에서 정형화되고 기능성을 갖춘 무언가를 만들어 낸다. 조지 엘리엇은 『미들마치』 외에도 『로몰라』 (Romola) 자료집 두 권, 이탈리아어 자료집 한 권, 결국 쓰지 못한 소설의 자료집 한 권 등 다른 "자료집"을 몇 번 만들었지만 『미들마치』 자료집이 가장 상세하고 복잡하다. 1950년에 캘리포니아대학 출판사에서 애나 테리사 키첼(Anna Theresa Kitchel)이 편집한 자료집이 출판되었고, 나는 그것을 빌려 볼 수 있었다.

자료집은 두 부분으로 나뉘어 있다. 엘리엇은 공책을 처음부터 중간까지 쓴 다음 거꾸로 뒤집어서 뒤표지에서부터 다시 쓰기 시작했다. 하버드대학이 자료집을 소장 중이며, 인터넷에서 열람할 수 있다. 두 번째 부분은 거꾸로 되어 있다. 첫 번째 부분은 엘리엇이 젊은 의사인 터티우스 리드게이트에 대해서 쓸 때 도움을 얻기 위해 1830년대 의술에 대해서 읽은 정보를 메모한 것이고, 두 번째 부분은 책을 쓰기 위한 계획서이다.

엘리엇은 일기도 썼지만 상세하지는 않다. 그녀는 짧은 여행, 손님들의 방문, 집필 중인 글에 대해서 짤막하게 기록하고 독서 중인 여러 언어의 책들을 적는다. 두통이 있다거나 몸이 아파서 하루를 허비했다는 언급도 종종 등장한다. 엘리엇은 오랫동안 동거한 남자인 조지 헨리 루스와 얼마나 행복한지 이야기하면서 "점점 커지는 우리의 사랑"에 대해서 언급한다.

1868년 11월에 엘리엇은 이런 일기를 쓴다. "이번 성 세실리아 축일에는 지난 6개월의 그 어느 때보다 훨씬 건강하다. 그러나 더욱 고귀한 삶 — 비록 다른 삶에서는 늙고 쇠퇴하고 있을지라도 아직 젊고 계속 성장하는 삶 — 을 살게 해줄 어떤 작품도 쓰고 있지 않다. 결의와 결심의 날이다."

한 달 뒤인 1869년 새해 첫 날, 그녀는 이렇게 쓴다. "올해에는 많은 계획을 세웠다, 얼마나 이룰 수 있을까?" 그녀는 시 몇 편과 "미들마치라는 장편소설"을 쓰겠다고 계획한다. 1월 23일에는 "새로운 이야기 구성에 약간의 진전이 있었다"라고 쓴다. 6개월 뒤 장편소설을 두 번째로 언급했을 때 그녀는 "미들마치의 도입부를 쓰고 있다". 일주일 뒤 그녀는 "미들마치에 등장시킬 인물들에 대해서 계획을 세웠다". 그녀는 8월 2일에 책을 쓰기 시작했다고 기록하지만, 완성된 소설에서는 두 번째로 등장하는 부분을 먼저 시작했다. 9월 1일에 그녀는 "3장 시작 부분에서 멈춘 미들마치의 등장인물들과 상황에 대해서 계획을 세웠다". 그런 다음 9월 10일에 "지난주에는 의학 자료만 읽었을 뿐 거의 아무것도 하지 못했다"라고 쓴다. 다음 날 그녀는 이렇게 쓴다.

내가 미들마치를 만족스러운 작품으로 만들 수 있다는 자신이 별로 없다. 다른 작품들도 처음에는 비슷한 먹구름 아래에서 시작했음을 기억해야 한다. G가 로몰라를 다시 읽고 있는데, 대단하다며 감탄한다. 기운이 난다. **50쪽 쓰는 중—3장 끝.**

몇 주 뒤에는 "작업은 **임 슈티체 게라텐**(im Stiche gerath-een)이다"라고 썼는데, 독일어로 "막혔다"라는 뜻이다. 그리고 사흘 뒤, 이렇게 쓴다.

기운이 크게 꺾였음을 기록하는 것은 가치 있는 일이다, 그러면 우울의 구렁텅이에서 다시 한번 부활했음을 기억할 수 있을 테니 말이다. 하지만 나는 얼마나 사랑받고 있는지! 좋은 것들이 얼마나 많은지 모른다. 나의 모든 환경은 축복이다. 결함은 나의 육체밖에 없다. 용기와 노력!

이즈음 루스의 아들이 와서 몇 달 동안 함께 지내고 있었다. 그는 아프리카에서 살다가 병에 걸려 돌아왔다. 엘리엇은 짤막한 기간에 걸쳐 그의 병세를 매일 기록했지만 그가 세상을 떠나자 7개월 동안 일기를 쓰지 않았다. 일기를 다시 쓰기 시작했을 때는 자료집처럼 공책을 뒤집어서 뒤에서부터 써 나가면서 시 창작, 여행, 병에 대해서 이야기한다. 『미들마치』는 아직도 제자리걸음이다.

뛰어난 다작 소설가 조지 엘리엇은 작가라면 누구나 겪는 문제 때문에 괴로워했다. 그녀는 몸이 아프고, 우울하고, 다음 작품은 무엇을 써야 할지 알지 못했다. 엘리엇은 파트너와 행복하게 살았지만 (루스가 유부남이었기 때문에 그들은 사회적으로 인정받지 못했다. 루스 부부는 개방적인 결혼생활에 합의했고 그의 아내는 다른 남자와의 사이에서 아이들까지 낳았음에도 말이다) 사랑은 그들을 슬픔과 상실감에서 구할 수 없었다. 가끔 작가 초년생들은 이런 문제에 발목이 잡혀서 스스로에게 문제가 있다고 생각한다. 하지만 절대 그렇지 않다.

마침내 1870년 12월, 『미들마치』를 쓰기 시작한 지 16개월 후에 엘리엇은 일기에 이렇게 쓴다.

단편소설을 시험 삼아 쓰는 중인데, 길게 써야겠다는 진지한 생각 없이 시작했다. 내가 소설을 쓰기 시작한 이후 앞으로 쓸지도 모르는 주제들 중 하나로 정해 놓은 것이지만 전개하는 과정에서 아마 달라질 것이다. 오늘은 44쪽까지 썼다.

12월 31일에는 이렇게 쓴다.

이야기와 책: 처음부터 끝까지

11월 초에 시작한 단편을 제대로 인쇄된 페이지로 100쪽밖에 못 썼는데, 지금으로서는 「브룩 양」(Miss Brooke)이라는 제목을 붙일 생각이다. 시는 현재 멈춤 상태이다.

사적인 면에서는 사랑하고 사랑받으며 말할 수 없을 만큼 행복하다. 그러나 다른 사람들을 위해 하는 일은 거의 없다.

어느 순간 이 단편은 장편소설의 일부가 되었다. 바로 소설의 두 중심인물 중 하나인 도러시아 브룩의 이야기이다. 그런 다음 1871년과 1872년 일기에서 엘리엇은 『미들마치』의 진전 상황을, 그리고 출판과 성공을 기록한다.

책이 처음 시작할 때 터티우스 리드게이트는 다른 의사의 뒤를 잇기 위해 미들마치로 이주한다. 막혔던 부분은 아마 전체 8권 중에서 2권에 해당하는 부분 — 리드게이트가 의사로 일하면서 마을에서 자리를 잡으려 노력하고, 아름답지만 까다로운 여성 로자먼드 빈시와 사랑에 빠지는 부분 — 이었을 것이다. 그는 자신이 운영하게 될 새 병원 이사회에서 어떤 결정을 내려야 하는데, 이 결정 때문에 적이 생긴다. 이로써 리드게이트의 갈등이, 사랑과 일, 돈과 관련된 고군분투가 시작된다.

엘리엇이 몇 달 동안 진전이 없는 상태에서 무심코 쓰기 시작한 단편소설 「브룩 양」은 『미들마치』의 단순한 일부가 아니라 책의 도입부, 그리고 많은 사람들이 이 소설을 생각할 때 가장 뚜렷하게 기억하는 부분이 되었다. 엘리엇은 장편소설이 써지지 않았기 때문에 시와 단편소설을 썼는데 그렇게 쓴 단편이 장편소설을 구원한 것이다. 도러시아 브룩은 이상적이고 열렬하고 지적 호기심이 많은 젊은 여성으로, 사소한 일에 인생을 낭비하는 차가운 학자 커소번과 결혼한다. 도러시아는 커소번이 명석하다고 생각하고 그의 일을 돕고 싶어 하지만 결국 진실을 깨닫는다. 그녀는 이 부분을 쓰기 시작했을 때의 조지 엘리엇과 마찬가지로 다른 사람들을 위해 아무 일도 하지 않기 때문에 불행하다. 이야기가 진행되면서 도러시아는 남편의 사촌 윌 래디슬로를 알게 되고, 두 사람의 이야기가 결국 책을 지배한다. 조지 엘리엇은 이미 마음속에 품고 있던 다른 이야기가 지금 집필 중인 소설에 속해 있음을 깨닫고 나서야 책을 완성할 수 있었다. 지금 『미들마치』를 읽어 보면 두 이야기는 연결될 수밖에 없다는 느낌이 든다.

조사와 독서는 실수를 막아 줄 뿐만 아니라 이야기를 제시할 수도 있기 때문에 장편소설을 쓸 때 무척 중요하다. 실제 채석장에는 잘라서 쓰지 않을 바위가 무척 많다. 조지 엘리엇은 40년 전에 일했던 젊은 의사에 대한 소설을 쓰기 위해서 의학 관련 자료를 조사하면서 다양한 책을 읽고, 나중에 이용할지 아닐지 모른 채 흥미가 가는 것들을 적었다. 가끔 이용하지 않을 때도 있었다. 그녀는 진료비를 얼마나 청구해야 하는지, 또 의사가 약을 조제해도 되는지 등에 대한 논란을 자료집에 적었다. 개혁주의자인 리드게이트는 새로운 의료 행위를 옹호하면서 약 조제를 거부하고, 같은 지역 의사들은 그를 무능한 속물이라고 생각한다.

엘리엇은 또한 원래 같은 질병으로 여겨지던 발진티푸스와 장티푸스에 대해서 새로 밝혀진 사실을 메모했다. 그녀는 파리에서 자료 조사를 했는데, 리드게이트는 파리에서 공부했다.

책 초반에 젊은 프레드 빈시가 장티푸스로 쓰러진다. 미들마치의 또 다른 의사가 프레드를 진찰하지만 병을 심각하게 여기지 않는다. 리드게이트가 불려 가고, 그는 무엇이 잘못되었는지 깨닫고 치료한다. 그는 프레드 빈시를 여러 번 찾아가서 그의 여동생 로자먼드와 치료에 대해서 의논하고, 두 사람은 사랑에 빠진다. 리드게이트는 결국 로자먼드와 결혼한다. 엘리엇은 자료집에 적어 두었던 장티푸스에 대한 지식 덕분에 정확한 내용을 쓸 수 있었을 뿐 아니라 이야기를 진전시킬 수 있었다. 플롯에 대한 아이디어가 먼저 떠올랐고 장티푸스에 대한 정보를 나중에 알게 되었는지, 아니면 엘리엇이 조사한 정보에서 이야기의 전개 방향을 떠올렸는지 우리는 알지 못한다. 그러나 엘리엇은 새로 얻은 정보를 전부 이용하지는 않았고 이미 결정한 주제에 대해서뿐만 아니라 의학 저널 몇 권을 전부 다 읽었으므로 이때 얻은 정보가 적어도 가끔은 창작에 도움이 된 듯하다. 익숙하지 않은 삶의 방식에 대해서 더 많이 배울수록 등장인물이 겪을 문제와 재미를 상상하기가 더 쉬워진다.

자료집 편집자는 조지 엘리엇이 『미들마치』 집필 기간 중 정확히 **언제** 자료집을 썼는지 말하지 않는다. 적어도 내가 휴튼 도서관에서 본 각종 목록 ── 장면별 계획 ── 이 실린 자료집 2부는 소설 집필을 시작한 다음에 쓴 것이 분명해 보인다. 이 목록에는 도러시아가 처음부터 언급되어 있는데, 우리는 엘리엇이 리드게이트가 나오는 부분을 어느 정도 쓴 다음 소설에 도러시아를 등장시키기로 했음을 알고 있다. 그러므로 자료집 2부는 그녀가 막힌 부분을 해결한 뒤에 쓴 것이 분명하다. "지난주에는 의학 자료만 읽었을 뿐 거의 아무것도 하지 못했다"라는 일기장 내용은 그녀가 자료집 1부에 적어 둔 메모를 의미할지도 모른다. 이것은 그녀가 소설 집필을 시작한 **후에** 자료집을 쓰기 시작했다는 의미가 된다. 엘리엇은 그 이후 1년 넘도록 일기장에서 도러시아를 언급하지 않았다. 어쩌면 그녀는 일기장을 뒤집어서 뒤에서부터 쓰기 시작했을 때 자료집도 똑같이 뒤집어서 쓰기 시작하면서 도러시아를 포함시킨 소설을 쓰기로 계획하고, 그렇게 썼을지 모른다.

엘리엇은 의학 외에 정치사, 학생 생활, 병원 일 등 다른 주제들에 대해서 얻은 정보를 적는 것으로 자료집 2부를 시작했는데, 그중 대부분은 소설에 넣지 않았다. 그 뒤 페이지 한가운데에 "미들마치"라고 썼고, 그 이후로는 거의 전부 소설 『미들마치』의 내용이다. 그녀는 주변 등장인물의 이름과 직업을 쭉 적는다. 또 작은 지도를 그리고 점을 찍어 미들마치 시내와 주변 마을들을 표시한다. 인터넷에서 열람할 수 있는 자료집을 보면 저자가 계속해서 엑스 자로 지워 나가는 것을 알 수 있는데 때로는 마음이 바뀌어서, 때로는 해당 부분을 끝내고 지운 것 같다.

엘리엇은 지도를 그린 다음 도러시아와 커소번 씨, 리드게이트와 로자먼드 등 "발전시킬 관계들" 목록을 작성하고 누가 누구를 알아야 하는지를 적는다. 어쩌면 이러한 목록은 플롯상 필요할 때 어떤 인물들이 서로 얽힐 수 있도록 그들이 서로를 알게 되는 장면을 미리 써야 함을 알려 주었을지도 모른다. 설령 내가 이 자료집을 읽으면서 소설가로서 아무것도 배우지 못했다 해도 이 목록만으로도 도움이 되었을 것이다.

다음으로 책 속에서 사건이 발생하는 연도들을 정리한

"개별 날짜" 목록이 등장한다. 처음에는 아무렇게나 적혀 있지만 그 뒤에는 목록을 다시 만들어서 몇몇 사건을 시간 순서대로 적고 세부 사항을 추가했다. 이렇게 목록을 만든 다음 세부 사항을 추가하여 다시 목록을 만드는 방식은 자료집 내내 반복되는 그녀의 습관이 된다. 목록을 여러 번 작성하면 상황을 정리하면서도 언제든지 마음을 바꿀 수 있다.

자료집의 나머지 부분은 대체로 여덟 권이나 되는 책 내용을 요약하는 장면이나 장 목록이다. 내가 자료집 원본을 보았을 때 알아차렸듯이, "제임스 경이 주임 목사에게 호소하다" 또는 "페더스톤이 이상한 요청을 하다" 등 거의 모든 요약문이 행위를 설명한다

엘리엇은 계속 마음을 바꾸었는데, 3권이 제일 많이 바뀌었다. 완성된 소설을 보면 몇몇 장면의 순서가 목록과 다르다. 그녀가 처음으로 목록을 취합할 때에는 다른 중요한 장면들이 아직 떠오르지 않았던 것 같다. 도러시아가 나중에 사랑하게 되는 남자를 알게 되는 장면도 목록에는 나오지 않는다. 몇몇 장면은 세 번 바뀌고, 실제 책에서는 사건 순서가 다시 바뀐다. 엘리엇은 유동적인 계획을 여러 번 세운다. 글을 쓰는 과정의 직관적이고 무질서한 특성을 인정하는 계획이다.

3권의 계획이 끝난 다음에는 "동기" 목록을 작성하는

데, "페더스톤 매장. 래디슬로 도착" 등 아직 장면으로 세분화되지 않고 넓게 정의된다. 그런 다음 "동기"가 장으로 나뉜다. 엘리엇은 이런 식으로 동기 목록을 만든 다음 장의 목록을 만드는 방식으로 자료집을 써 나간다. 앞에 물음표가 붙은 항목도 있다. 엘리엇은 소설 끝까지 이런 식으로 계획을 세운다.

그런 다음 일부 등장인물의 나이를 목록으로 정리하면서 다시 전체적인 계획을 세운다. 그다음으로는 지금까지한 번도 하지 않았던 일을 하는데, 바로 어느 인물의 이력을 정리하는 것이다. 책의 끝부분에서 서서히 밝혀져 이야기에 긴장감을 주는 사실들이 여기서는 독립적인 이야기처럼 정리된다. 엘리엇은 그런 다음 다시 책 중간과 끝부분을 위한 목록을 만든다. 어느 순간 계획이 전혀 마음에 들지 않게 되어서 전체적인 것부터 자세한 내용까지 다시 계획을 세우는 듯하다. 소설을 처음부터 끝까지 생각하고 또 생각하면서 스스로에게 이야기를 들려주고 그것을 공책에 적는 것처럼 말이다.

6권의 경우 계획을 여러 번 세우면서 사건 목록이 점점 더 구체화된다. "프레드 빈시가 직업을 선택하다"는 "3. 프레드 빈시가 이상한 사건을 겪는다. 4. 그 결과 가스 씨 밑에서 일하게 된다"로 바뀐다. 이전과 마찬가지로 자료집에 적혀 있던 내용이 이야기를 끌고 나간다.

실제 책에 등장하는 장면은 생생하고 즉흥적이다. 측량 기사이자 부동산 관리자인 가스 씨는 실용적이고, 젠체하지 않고, 양심적인 사람이다(조지 엘리엇의 작품에서는 선함이 중요하다). 프레드 빈시는 신학교에 다녔지만 세속적이고 실내에서만 지내는 것을 답답하게 여기기 때문에 그가 사랑하는 여자인 가스 씨의 딸은 프레드가 목사가 되면 결혼하지 않겠다고 말한다. 그래서 프레드는 무엇을 해야 할지 깨닫지 못하다가 현장에서 일하는 가스 씨를 만난다. 무지한 농부들이 쇠스랑을 들고서 철도 공사라는 새롭고 무시무시한 현상을 위해 일하는 측량 기사들을 위협하고 있다. 프레드와 가스 씨가 측량 기사들을 구해 주고, 가스 씨는 농부들을 나무란다. 가스 씨의 조수가 발목을 삐자 프레드가 측량을 돕는다. 이를 계기로 그는 결국 가스 씨의 조수가 되어 행복하게 잘 산다.

엘리엇은 이제 소설 끝에 다다른다. 자료집의 장면 목록 다음에는 "각 부를 어떻게 끝낼 것인가"—각 부 마지막에서 일어나는 중요한 사건들—와 "6부의 남은 장면들"이 적혀 있고 또 다른 사건들이 요약되어 있다.

결말과 가까운 7권이 되면 자료집이 약간 무질서해진다. 엘리엇은 스스로에게 질문을 던진다. "부동산, 특히 스톤

코트를 불스트로드가 어떻게 정리할까?" 그녀는 메모를 하지만 완전히 설명하지는 않는다. "도러시아의 돈에 대해서, 그녀의 한 해 수입 700이상."

결말인 8권에 이르면 엘리엇이 생각을 소리 내어 말하는 것처럼 느껴진다. "도러시아가 리드게이트를 즉시 만나지 않는 이유들." 그녀는 여느 때처럼 번호를 붙여서 장면들을 설명하지만, 이 숫자는 장을 가리키는 것이 아니다. 순서대로 소설을 써 나가기 위해 사건에 번호를 붙였을 뿐이다.

나는 조지 엘리엇의 『미들마치』 자료집에 적힌 계획이 익숙하게 느껴진다. 그것은 바로 당신과 내가 생각하는 전개 과정, 내가 장편소설을 쓸 때 만드는 목록들 — 책의 서로 다른 뼈대들 — 과 비슷하다. 목록이 더 이상 도움이 되지 않으면 파기한다. 엘리엇이 이러한 과정을 거치는 것은 개요를 짤 때처럼 큰 덩어리를 작은 부분들로 쪼개기 위해서만이 아니라 큰 부분들도 계속 다시 생각하면서 큰 덩어리에서 작은 부분을, 또 작은 부분에서 큰 덩어리를 만들어 내기 위해서이다.

엘리엇이 자료집에서 사용하는 방법은 유기적이고 유동적이며, 한꺼번에 책 전체를 구상하는 것보다 훨씬 더 쉽다. 이것은 마음속으로 어떤 생각을 철저히 검토하는 방법이다. 즉 연상하고, 아이디어를 얻고, 새롭게 이해하고, 그 이해를 거부하고, 또 다른 방식으로 이해하려고 시도하는 것이다. 이 모든 과정이 거대한 지적 프로젝트를 위한 것이다. 엘리엇은 이성적 사고와 비이성적 사고를 모두 이용한다. 이야기의 흐름이나 인물의 특성 때문에 계획이 맞지 않게 되면 논리적인 진행이 멈춘다. 이것을 자료집이라고 부르는 것은 엘리엇이 원할 때 사용할 수 있는 소재가 들어 있기 때문이기도 하지만 정돈을 하기 위해서 일부러 엉망으로 만들고 있기 때문이다. 엘리엇은 거친 땅을 파헤치고 있다. 바위산에서 건물을 지을 석재를 잘라 내는 사람들처럼 그녀는 채석장에서 알맞은 조각을 구해서 언어로 표현하기 위해 정확히 무엇을 찾아야 할지, 또는 어떤 각도에서 접근해야 할지 미리 말할 수 없다. 조지 엘리엇은 열심히 생각하고, 자기 생각을 너무 진지하게 여기지 않고, 다시 생각함으로써 모든 페이지가 살아 있고 예측 불가능하게 느껴지는 책을 쓴다. 이것이 장편소설을 쓰는 유일한 방법은 아니지만, 한 가지 방법이다.

7장   누가 왕비를 죽였을까?
독자가 책을 계속 읽게 하는 불확실함들

What Killed the Queen? and Other
Uncertainties That Keep a Reader Reading

길이는 충분하지만 이게 장편소설일까?

장편소설을 쓰는 것은 (내가 듣기로는) 장거리 항해나 애팔래치아 등산처럼 재미있지만 힘든 경험이다. 조지 엘리엇은 아픔과 슬픔에도 불구하고 『미들마치』를 썼고, 우리가 살펴보았듯이 소설을 시작할 때 더욱 평범한 문제도 있었다. 마음에 딱 드는 이야기가 아직 없다는 문제 말이다. 그녀는 소설의 시대적 배경을 조사하고 같은 소설에 넣을 생각이 아니었던 두 아이디어를 결합한 다음에야 이야기를 풀어 나갈 수 있었다.

그렇게 해서 조지 엘리엇은 위대한 소설을 썼다. 이야

기—리드게이트, 도러시아, 불스트로드, 커소번, 윌 래디슬로 모두의 이야기—는 매혹적이고, 감동적이고, 의미심장하다. 그런데 어쩌다 보니 당신이 얼핏 보면 장편소설 같지만 **엄밀히 말하면** 소설이 아닌 원고를 완성했고, 아무도, 어쩌면 당신조차도 그것을 읽고 싶어 하지 않는다면 어떨까? 미안한 말이지만 너무나 쉽게 손에서 내려놓을 수 있다면 말이다.

우리가 살펴본 바와 같이 엘리엇은 소설 안에서 일어나는 행위에 따라 각 부분을 목록으로 만들었다. 그녀의 소설에 행위가 가득하다는 뜻은 아니고, 실제로 그렇지도 않다. 그러나 장편소설에서 일어나는 일을 활력이 넘치든 정적이든 꼬리에 꼬리를 무는 행동으로 생각하면 유용한데, 이것이 대다수의 작가 초년생들에게는 어려운 일이다. 내가 만나는 작가들은 인물을 만들어 낸 다음 그 인물에게 가장 중요하고 심오한 욕구나 갈등, 심리적 장애를 선택하고, 그런다음 소설이 시작하기 이전의 경험을 만들어 내서 주인공이 어떻게 해서 그런 특징을 갖게 되었는지 보여 주어야 한다고 생각한다. 친밀한 관계를 두려워하는 인물은 부모에게 방치당한 경험이 있고, 화가 많은 사람은 학대당한 경험이 있다는 식으로 말이다. 창작 수업에서 인물의 과거에 사연을 만들어 내라는 말을 들은 학생들은 어린 시절 경험에 대한 심리학적 이력을 내놓는 경우가 많다.

그런 다음 소설에 그 인물이 등장하면 작가는 어린 시절에서 비롯된 특징적인 성격에만 생각이 쏠려 있기 때문에 내가 "다음 장면에서 어떤 일이 벌어지지요?"라고 물으면 "저는 그레고리의 ~에 대한 불안감과 ~에 대한 두려움을 증명할 거예요" 같은 말로 대답한다. 인물들을 개인사의 결과물로 생각하는 것이 아무리 흥미롭다 해도, 심리에 지나치게 집중하면 작가는 앞이 아니라 뒤를 보게 된다.

나 역시 복잡한 인물을 좋아한다. 나 역시 긴장감 넘치는 플롯보다 인물에게 더 흥미가 간다. 그러나 소설을 통하게 만들려면 무엇보다도 일련의 행위들을 통해 복잡한 심리를 표현해야 한다. 등장인물들이 무언가를 해야 한다.

내 생각에 창작을 가르치는 강사들이 작가 초년생들에게 인물의 전사(前事)를 만들어 보라고 제안할 때 기대하는 것은 인물의 행동을 설명하여 상황을 단순하게 만드는 것이 아니라 사건의 실마리를 제공하고 **이야기**를 복잡하게 만드는 과거의 사건들을 만드는 것이다. 결국 단편소설에서 필요한 것, 그리고 장편소설에서 더욱 필요한 것은 수많은 행위와 불확실함이다. 과거를 창작한다면 인물의 특징이 아니라 상황과 행위를 제시하도록 만들자. 어떤 사람, 과거의 사연 때문에 돈은 거의 없지만 물려받은 보트를 가지고 있거나, 급료를 줄 형편도 안 되면서 청소부를 쓰거나, 말썽꾸러기 조카를 돌봐야 하는 사람이 무엇을 **할까**?

당신은 물론 그녀의 성격에 대해서도 생각할 것이다. 그녀가 어떤 사람인지, 그녀에게 어렵거나 쉬운 일은 무엇인지, 그녀를 움직이거나 움직이지 못하게 하는 것은 무엇인지, 그리고 과거에 그녀에게 무슨 일이 일어났는지 당신이 결정을 내려야 한다. 중요한 순간마다 그녀의 성격과 과거가 중요하다. 그러나 중요한 순간이, 즉 사건이 필요하다. 소설을 그녀의 성격에 대한 **증명**으로 만들어서는 안 된다. 작가가 인물에 대해서 많이 생각하는 것은 아무 문제도 없다. 문제는 작가가 인물에 대해서만 생각할 때 발생한다. 그렇게 되면 다음 장면이 그다음에 와야 하는 특별한 이유가 없다.

(저자를 포함한) 독자들이 읽다 말 구실을 끊임없이 찾게 되는 장편소설의 경우 사건들이 특별한 순서 없이 연달아 일어나는 경우가 많다. 각 사건은 꽤 흥미롭고 인물들의 심리를 어느 정도 드러내지만 이제부터 어떻게 될지 궁금하게 만드는 사건은 하나도 없다. 에피소드가 흥미로울지는 모르지만 우리는 그 에피소드가 나오는 이유를 알지 못한다. 소설은 아무 이유 없이 과거와 미래를 오가고, 독자들은 이 어지러운 혼돈이 언젠간 멈추리라는 확신을 갖지 못한

이야기와 책: 처음부터 끝까지

다. 우리는 책을 한참 읽었지만 이야기가 어디로 가는지 아직도 알지 못한다.

초고를 시작할 때 머릿속에 떠오르는 대로 쓰는 것이 별로 나쁜 방법이 아니라는 점은 나도 잘 안다. 훌륭한 책을 그런 방법으로 시작했다는 이야기도 가끔 들린다. 글을 잘 쓰려면 고통스러운 주제를 건드리지 않을 수 없는데, 대체로는 글을 한참 쓴 다음에야 숨겨 둔 고통스러운 생각들을 깨울 수 있다. 계획 없이 글을 쓰면 무언가를 발견할 수 있다. 운이 좋으면 타자를 치는 손가락 밑에서 매혹적인 이야기가 만들어진다.

그러나 운이 좋지 않으면 어떻게 될까? 내가 말하는 완성되지 못한 책의 저자들은 번뜩이는 영감을 받은 이후 지금까지 쓴 글이 장편소설로 변하지 않으면 어떻게 해야 하는지 전혀 알지 못한다. 또한 작가 초년생들은 방향도 없이 때로는 수백 페이지나 쓰면서 인물과 순간적인 느낌만 생각하다가 소재가 금방 떨어진다. 우리는 200쪽에서 어떤 장면을 쓸 때 지금까지 계속 알고 있었던 그 인물의 버릇과 열정을 이용한다. 그러나 우리가 그 인물이 무엇을 **하고 있는지** 아는 이유는 200쪽에 등장하는 사건이 부분적으로는 100쪽, 150쪽, 180쪽에서 일어난 사건들의 결과이기 때문이다. 사건의 목적 중에는 나중에 작가에게 다른 사건을 제시하는 것도 있다. 책 앞쪽에서 누군가 마감에 대해서 언급했다면 뒤에서는 그 마감을 지키거나 지키지 못해서 어떤 일이 벌어져야 한다.

문제는 해결되거나 해결되지 않는다. 혼란은 사라지거나 더 심해진다. 원고를 잔뜩 써 놓은 소설가 지망생들에게 필요한 것은 멈출 때를 알고, 소설이 어디로 가고 있는지 ─ 가장 중요한 행위는 무엇인가? ─ 결정하고, 아무리느슨할지라도 이야기에 어떤 구조를 부여하는 것이다. 즉이미 쓴 사건들을 구성해서, 또는 새로운 사건들을 생각해내서 독자가 계속 몰두하게 만들어야 한다.

왕비의 죽음

장편소설에는 처음 읽을 때 몇몇 부분이 뜬금없어 보이더라도 전체적인 방향감각이 **어느 정도** 필요하다. 전진과 일탈을 구분하는 무언가가 분명 존재한다. 우리는 장편소설이 결말에서 시작이 아니라 시작에서 결말로 나아간다고 생각한다. 우리가 생각하는 소설은 그 안에 수많은 여담, 일탈, 묘사 ─ 우회로, 대안 경로, 휴게소 ─ 도 있지만 초원이 아닌도로이다. 장편소설은 뉴욕 지하철처럼 서로 교차하거나 보스턴 지하철처럼 중심에서 사방으로 뻗어나가는 연작 단편과는 다르다. 단편소설은 보통 순서 없이 읽을 수 있지만 장편소설은 5장부터 시작하지 않는 것이 좋다. 장편소설(실험적인 장편소설은 예외이다)에는 독자가 책을 집어 들고 띄엄띄엄 아무 데나 읽다가 중간에서 멈추는 것이 아니라 한 방향으로 읽어 나가면서 계속 책을 읽게 만드는 무언가가 필요하다.

장편소설에서는 첫 번째 사건이 두 번째 사건을, 두 번째 사건이 세 번째 사건을 일으키면서 우리를 이끌어 가는 경우가 제일 많다. 우리가 또 다른 사건으로 이어지는 사건에 대해서 생각한다면 플롯을 생각하고 있는 것이다. 우리 대부분은 플롯이 정확하게 무엇인지 말하기 힘들고, 플롯을 만들기도 전부터 너무 깔끔하거나 너무 부자연스러울까 봐, 못 만든 영화의 멍청하고 현실성 없는 플롯처럼 가짜 같을까 봐 걱정한다. 그러나 앞서 살펴보았듯이 플롯은 간단해도 괜찮다, 독자가 이야기에 계속 몰두하게 만들기만 하면 된다. 내가 대학교 때 들었던 창작 수업에서 기억나는 것은 토끼에 대한 교수님의 말씀밖에 없다. 하루의 사냥을 위해 토끼를 풀어 주는 사냥꾼처럼 소설가는 대답 없는 질문들을 떠올리는 것으로 시작한다. 토끼가 너무 많으면 어두워지기 전에 다 잡을 수 없고, 너무 적으면 점심때쯤 사냥이 끝나 버린다. 소설도 마찬가지이다. 잔인하지만 무척 도움이 되는 직유이다.

1927년에 E. M. 포스터가 케임브리지트리니티칼리지에서 했던 강의는 『소설의 이해』(Aspects of the Novel)라는 책으로 출판되었는데, 여기에서 그는 내가 아는 한 플롯(과 이야기 ─ 포스터는 둘을 구분한다)을 가장 잘 설명했다. 포스터는 이야기란 시간의 흐름에 따라 사건과 사건이 연달아 일어나는 것으로, 가장 기본적인 서사적 즐거움을 제공한다고 말한다. 재미있는 순간이 연달아 나오기 때문에 독자나 청자는 다음 순간을 기다리기만 하면 된다. (셰에라자드의 이야기처럼) 연속된 사건에 불과한 이야기는 긴장감을 조성하기 위해서 아직 해결되지 않은 순간에 멈춰야 한다. 플롯은 없고 이야기만 있는 소설은 마지막 모험이 끝나기 전에 다음 모험을 언급함으로써 이를 해결할 것이다("그러나 늑대가 살며시 달아날 때, 라이어널은 한 줄기의 연기를 알아차렸다…").

포스터의 말에 따르면 플롯은 그 이상이다. 플롯은 놀라움과 충격뿐만 아니라 기억력과 지성에 호소한다. 독자는 앞서 무슨 일이 있었는지 생각하면서 그것을 바탕으로 다음에 벌어지는 일을 이해한다. 포스터는 이렇게 썼다.

우리는 이야기를 시간 순서에 따라 배열한 사건들의 내러티브라고 정의했습니다. 플롯 역시 사건들의 내러티브이지만, 인과관계가 강조됩니다. "왕이 죽었고, 그런 다음 왕비가 죽었다"는 이야기입니다. "왕이 죽었고, 그런 다음 왕비가 슬픔을 이기지 못해 죽었다"는 플롯입니다.

나는 이 왕과 왕비에 대해서 오랫동안 생각했다. "왕이 죽었고, 그런 다음 왕비가 슬픔을 이기지 못해 죽었다"는 단편이나 장편소설의 플롯일 수가 없기 때문이었다. 포스터에 따르면 왕의 죽음이 플롯의 사건이 되려면 우리는 그것이 왕비에게 어떤 영향을 끼칠지 궁금해해야 한다. 그러나 포스터의 말은 이 문장이 플롯이라는 뜻이 아니라 플롯에 필요한 것을 가지고 있다는 뜻이다.

그는 계속해서 이렇게 말한다. "또는, '왕비가 죽었고 아무도 그 이유를 알지 못했지만, 왕의 죽음으로 인한 슬픔 때문이라는 사실이 밝혀졌다'. 이것은 미스터리가 첨가된 플롯, 복잡하게 전개할 수 있는 형식입니다." 뒤에서 그는 플롯에 "미스터리가 반드시 필요하다"라고 말하는데, 물론 그의 말이 옳다. 소설의 미스터리는 반드시 머리카락이 쭈뼛 서게 할 필요는 없고 독자에게 "이 불행한 사람들이 이 기회에 달라질 수 있을까" 정도의 궁금증을 느끼게 하면 된다.

"왕비가 죽었고, 아무도 그 이유를 알지 못했다"라는 문장에서 플롯이 시작된다. 왕비 주변 사람들이 처음부터 영문을 모르기 때문이다. 또한 플롯은 이야기를 끌어가는 힘이기도 하다. 독자는 왕비의 죽음에서부터 시작해서 그녀가 무엇 때문에 죽었는지 알아내기 위해서 책을 계속 읽는다. 왕비의 병으로 소설을 시작해서 탐정 소설처럼 과거를 살펴볼 수도 있다. 탐정이 등장해서 그전에 무슨 일이 일어났는지 추적하는 것이다. 또는, 소설이 왕의 죽음으로 시작한다면 누군가는 일찍부터 이렇게 말할지도 모른다. "이 일이 왕비에게 어떤 영향을 끼칠지 걱정이군."

마찬가지로 허리케인 직후 실시되는 선거는 이야기, 사건과 또 하나의 사건이지만, 정부의 허리케인 대응이 이후의 선거에 영향을 끼친다면 잠재적인 플롯이 된다. 특히 태풍으로 꼼짝 못 하게 된 사람들이 발밑의 물을 찰박이며 정부의 부적절한 대응에 대해서 말하기 시작한다면, 또는 화자가 앞으로 무슨 일이 벌어질지 암시한다면 더욱 그렇다.

나는 여러 해 동안 학생들을 가르치면서 아직 끝내지 못한 장편소설들을 많이 보았는데, 그중 일부는 "왕이 죽었고, 왕비가 슬픔을 이기지 못해 죽었다"의 형식이었지만 암시가 부족했다. 나는 왕의 죽음에 대한 기나긴 설명을 읽었지만 110쪽에서 왕비가 마침내 정기 검진을 받기 전까지는 내가 그것을 왜 읽고 있는지도 몰랐다. 플롯이라면 다시 읽을 때 이해가 가는 것이 아니라 우리를 아주 미세하게라도 앞으로 떠밀어야 한다. 체호프는 1막에서 총이 언급되면 3막에서는 발사되어야 한다고 말했다. 3막의 발포가 효과적인 플롯 요소가 되려면 1막에서 총을 언급해야 한다고 해도 말이 될 것이다.

그렇다면 플롯이란 독자에게 호기심을 일으켜서 이야기를 끝까지 읽게 만들도록 배치된 일련의 사건들이라고 말할 수 있을까? 그러나 호기심을 일으키는 것은 사건만이 아니며, 구불구불하고 뒤죽박죽인 이야기도 우리가 계속 읽어 나가게 만드는 방향성을 가질 수 있다. 7장의 나머지 부분에서는 우리를 궁금하게 만드는 것, 앞으로 나아가게 만드는 힘의 예를 살펴보기로 하자. 먼저 우리는 다른 사건을 일으키는 극적인 사건, 또는 다른 사건으로 이어지는 매혹적이지만 조용한 사건이 독자를 몰두시키는 일반적인 방법임을 인정해야 한다. 그 외의 방법으로는 반복, 변주, 해결을 약속하면서 감질나게 만드는 형식, 앞으로 일어날 일의 부분적인 폭로(암시와 전조), "그녀는 불안해지기 시작했다" 또는 "그녀는 생각을 바꾸어 그를 말리지 않기로 했다"와 같은 감정 변화의 신호 등이 있다. 소설에서 이러한 문장은 정교하게 구성된 행위와 우연, 복수와 똑같은 역할을 한다. 이 모든 것이 우리에게 앞으로의 내용을 기대하게 만들 수 있다.

어떤 방법을 이용하든 배치가 중요하다. 나는 독자를 궁금하게 만드는 것에 대해서 이야기할 때 작가가 아주 어렴풋하게나마 독자를 의식하고 있다고, 이다음에 어떤 문장이나 어떤 장면을 쓰겠다는 결정은 어느 정도 정보를 주면서도 독자를 계속 궁금하게 만드는 것과 부분적이나마 관계가 있다고 상정한다.

우리는 좋은 소설을, 또는 어떤 내러티브를 읽을 때 독자가 계속 흥미를 갖게 만드는 문장이나 대화, 사건을 알아볼 수 있다. 우리는 원고를 고치면서 그러한 부분을 계속 넣는다. 이 모든 것을 주관하는 사람이 있다고, 어딘가에 작가가 있고 그는 우리가 한 방향으로 움직이고 있다고 생각한다고 상기시키기만 하면 독자는 계속 관심을 기울여야 한다고 생각한다. 친구가 우리에게 무슨 이야기를 할 때 "참고 들어 봐, 내가 이 이야기를 하는 데에는 이유가 있어" 같은 말을 하면 우리는 이야기가 한참 엇나가도 끝까지 자리를 지킨다. "하지만 그날 왜 그런 난리가 났는지 알려면 우리 오빠의 과거에 대해서 알아야 해" 같은 말을 들으면 아무 상관없어 보이던 정보가 의도적인 정보처럼 보이고, 적어도 이야기하는 사람의 약속이 과장이라는 사실을 깨달을 때까지는 그 사람을 믿게 된다. 시인 윌리스 스티븐스가 테네시의 언덕에 항아리를 놓아두자 "너저분한 대자연이/그 언덕을 둘러싸게" 된 것처럼, 평범한 말이 두서없어 보이던 문장들을 논리적으로 만들 수 있다.

그러나 우선, 또는 우선은 아니지만 결과적으로 그리고 가장 중요하게도, 소설가에게는 수백 페이지에 걸쳐 독자를 끌고 갈 커다란 문제, 아직 끝나지 않은 일이 있어야 한다. 우리는 장편소설에 대해서 논할 때 장편소설을 쓰는 사람이라면 그러한 문제를 하나 가지고 있다고 전제한다. 부차적인 의문들도 생각해 내야 할지 모르지만 주된 의문이 분명히 하나는 있어야 한다. 당신이 지금 장편소설을 쓰고 있지만 주된 의문이 없다면 잠시 멈춰서 그것이 무엇인지 파악하는 것이 좋겠다. 가족에 대한 책을 쓰고 있다면 당신의 이야기를 초상화가 아니라 한 가족이 어떻게 변화하는지 보여 주는 **연대기** — 시간을 따라 진행되는 설명 — 라고 생각하자. 어떻게 해서 가난해지거나 부유해지는지, 어떻게 해서 고결함을 포기하거나 회복하는지, 어떻게 해서 문제를 해결하거나 해결하지 못하는지, 어떻게 해서 가족의 일원이 스스로를 구하거나 구하지 못하는지 말이다. 여행에 대한 책이라면 그것을 원정으로 만들자. 갈등에 대한 소설이라면 갈등으로 인해 독자가 좋아하는 인물이 이기거나 지도록 만들자.

넓고 곧은 도로

허먼 멜빌의 『모비 딕』은 1851년에 출판되었다. 중심 이야기는 모두가 기억한다. 자신을 이슈마엘이라고 불러 달라는 어떤 남자가 매사추세츠 뉴베드퍼드에서 출발하는 포경선에 선원으로 들어간다. 다리가 하나밖에 없는 선장은 자기 다리를 뜯어낸 흰 고래 모비 딕을 찾아서 죽이는 것에 집착한다. 선원 대부분은 이 원정에 똑같이 몰두하게 되고, 포경선 피쿼드호는 몇 년 동안이나 항해를 계속하다가 마침내 모비 딕을 만난다. 모비 딕은 배를 부수고 이슈마엘을 제외한 모든 선원을 죽인다. 나는 여러 해 전에 『모비 딕』을 처음 읽었고, 최근에 다시 읽기 시작하면서 내가 잊어버린 서브플롯이 여러 개 있을 것이라고 생각했다. 하지만 아니었다. 이 책은 시작한 지 얼마 안 돼서 하나의 질문 — 도대체 그 고래는 어디 있을까 — 을 던진 다음 몇백 페이지를 지나 마침내 대답을 찾는다. 이야기의 도식을 그린다면 **일방통행** 표지판이 눈에 잘 띄게 붙어 있는 하나의 길이 될 것이다.

물론 이 책에는 그보다 더 많은 것들이 있고, 내가 이야기하는 모든 소설에는 우리를 궁금하게 만드는 것 이상의 무언가가 있다. 우리가 호기심을 느낀다 해도 글이 진부하고 인물들이 심리적으로 단순하고 믿을 만하지 않다면, 사

220 　　　이야기와 책: 처음부터 끝까지

건이 그럴듯하지 않다면 ― 저자가 실제 세상에서 일이 돌아가는 방식에 대해서 거짓말을 하거나 등장인물들이 개연성 없는 일을 하게 만든다면 ― 소설이 순간적으로는 재미있을지 모르지만 결국에는 만족스럽지 않다. 일반적으로 좋은 소설이나 훌륭한 소설을 만드는 것은 독자를 계속 궁금하게 만드는 무언가가 아니다. 독자를 궁금하게 만드는 것이 없으면 소설이 아닐 뿐이다. 종이컵 자체는 별 가치가 없지만 종이컵이 없으면 커피는 바닥에 쏟아져 버린다.

이슈마엘은 독자에게 직접적으로 말을 건다. 그는 이야기를 들려줄 때 일반적으로 필요한 것 이상으로 자세한 이야기를 생생하고 열정적으로 들려주는 매혹적인 인물이다. 소설이 시작할 때 그는 포경선에 탄 이유를 다음과 같이 설명한다. 멜빌은 이슈마엘의 호기심을 설명함으로써 우리의 호기심을 일깨운다.

다른 사람이었다면 아마 이런 것들이 유혹이 아니었을지 모르지만, 나는 머나먼 것들을 향한 끝없는 열망으로 괴로워하는 사람이다. 나는 금지된 바다를 항해하고 야만적인 해안에 상륙하고 싶다. 나는 좋은 것을 외면하지 않으면서 공포에 민감하고, 그러면서도 상대가 허락만 해준다면 그들과 어울릴 수 있는데, 자신이 사는 세상의 모든 거주민과 우호적으로 지내는 것은 좋은 일이기 때문이다.

『모비 딕』이 가진 매력의 일부는 이슈마엘의 친근하면서도 의기양양하고, 자신에게 푹 빠져서 약간 우왕좌왕하는 독백이다. 그리고 그들이 찾는 고래가 단순한 고래 이상이라는 느낌도 있다. 이 소설은 포경과 바다에 대한 것이기도 하지만 악과 그것에 다가가고자 하는 인간의 무시무시한 욕망, 즉 금지된 것의 유혹에 대한 이야기이기도 하다. 책 속에 등장하는 모든 것이 적어도 두 가지 의미에서 중요하다는 느낌이 들기 때문에 이야기가 늘어질 때에도 흥미가 사라지지 않는다.

이야기는 정말 많이 늘어진다. 이 소설은 포경과 고래에 대한 여담, "향유고래의 머리"와 "참고래의 머리" 같은 주제에 대한 장황한 에세이로 가득한데, 어떤 독자에게는 매력적이지만 어떤 독자에게는 지루할 것이다. 중간에 튀어나오는 어떤 이야기보다도 중요하고 우리 마음속에 항상 남아 있는 것은 물론 이 책의 확고부동한 질문 ─ 고래는 어디 있는가, 고래는 어디 있는가? ─ 이다. 여담은 이야기를 움직이지 않고, 어떤 사람들은 그 부분을 건너뛰기도 한다. 전체로서의 책이 넓고 곧은 도로라면 여담은 막다른 골목이고, 독자는 막다른 골목마다 돌아 나와야 하는 UPS 배달원처럼 도로의 속도와 움직임을 기억하고 있음에도 보통은 그 도로가 아닌 다른 곳에 서 있다. 이 소설에 서브플롯——부차적인 연쇄 사건들——은 없지만 나름대로 매혹적인 드라마는 있다. 바로 피쿼드호가 모비 딕이 아닌 고래나 다른 배를 만날 때이다. 고위 선원과 승무원 들은 나름의 성격과 열정이 있고, 우리는 그들에게 신경을 쓰게 된다. 그러나 그들의 행위는 책의 주요 사건, 즉 흰 고래에 대한 집착을 바꾸지 못한다. 다시 말해서 포스터의 관점으로 보면 이야기는 있지만 플롯은 없다.

탐정소설을 제외한 소설 중에서 『모비 딕』처럼 단순한 추진력을 분명하게 밝히는 책은 많지 않고, 탐정소설과 달리 고래를 찾는 여정은 그다지 복잡하지 않다. 잘못된 목격도, 괴로운 기다림도, 결국 아무것도 아니라고 밝혀지는 단서도 없다. 그러나 이 소설이 단순한 이야기 이상의 무언가를 제공하지 않았다면 훌륭한 작품이 될 수 없었을 것이다. 이 책을 훌륭하게 만드는 것은 설득력 있게 그려지는 에이해브 선장의 무시무시한 집착, 소설이 과감하게 다루는 폭넓은 범위와 그 강렬함, 풍부한 설명, 고래와 바다에 대한 자세한 내용이 항상 바다보다 더욱 거대한 무언가를 암시한다는 점이다. 멜빌은 더 거대한 것이 무엇인지 말하지도 않고, 도덕적으로 고찰하지도 않는다. 그의 과묵함 덕분에 고래는 신비롭고 강렬하며 더욱 효과적인 상징이 된다. 마지막 부분에서 이슈마엘이 「욥기」를 인용할 때—"나는 다만 여러분에게 이야기를 하기 위해 홀로 도망쳤다"—멜빌이 평범한 경험을 넘어서는 사건들에 대해 쓰고 있다는 암시가 설득력 있게 다가온다.

이것은 모험 이야기, 즉 흥미로운 에피소드들이 꼬리에 꼬리를 물고 이어지면서 가장 재미있는 에피소드가 맨 마지막에 등장하는 이야기이다. 당신의 소설이 이 형식에 해당한다면, 당신의 이야기 역시 하나의 목표를 가지고 탐색해나가면서 흥미로운 사건들이 벌어지는 이야기라면, 멜빌이 그랬던 것처럼 무슨 일이 있었는지 단순하게 진술하면 된다. 극적인 결말이 필요하겠지만 당신은 이미 알고 있을 것이다. 그러나 이러한 형식에는 플롯이 거의 없기 때문에 이야기가 아주 매혹적이고 글이 무척 뛰어나야 한다.

경치 좋은 길

우리는 조지 엘리엇의 『미들마치』를 작가의 프로젝트로서 살펴보았다. 그러나 독자에게는 어떻게 통할까? 『미들마치』에는 책 전체를 지배하는 하나의 커다란 문제뿐만 아니라 커다란 이야기에 속하는 개별적인 이야기들이 있고, 각각의 이야기는 나름의 긴장감을 빚어낸다. 한 문제가 해결될 때쯤이면 또 다른 문제가 우리의 관심을 사로잡는다. 『모비 딕』을 읽는 것이 뉴욕과 샌프란시스코를 잇는 고속도로를 운전하는 것이라면 『미들마치』 같은 소설을 읽는 것은 웨스트코스트를 향해서 차를 몰고 가다가 사촌을 만나려고 피츠버그에 잠시 들렀는데, 사촌이 "시카고 미술관에 꼭 가봐"라고 말하는 것과 같다. 미술관에 간 당신은 에드워드 호퍼의 그림에 일생을 바치기로 결심하고, 우연히 만난 대학 친구의 권유로 로키산에 등산을 간다. 그곳에서 당신은 길을 잃는데, 당신을 구하러 온 자원봉사 구조대에 마침 명석한 미술사학 교수가 있었고, 결국 그가 호퍼에 대한 당신의 박사 논문을 지도한다. 이처럼 제각각이면서도 서로 관련된 사건들이 독자를 계속 몰두하게 만드는데, 각각의 사건은 여러 페이지에 걸쳐서 벌어지고 하나의 문제가 해결될 때쯤이면 언제나 또 다른 문제가 등장한다.

같은 유형이라 해도 『미들마치』보다 사건이 더 적을 수도 있다. 토마스 만의 『마의 산』은 한스 카스토르프가 알프스의 결핵 요양원에 문병을 하러 갔다가 환자가 되어서 머무는 이야기를 무자비할 만큼 자세하게 들려준다. 그는 처음에 3주 — 이 기간이 200쪽 이상에 걸쳐서 시간의 흐름에 따라 서술된다 — 예정으로 방문하지만 결국 7년 동안 그곳에서 지낸다. 시간이라는 개념에 심취한 토마스 만은 아무 일도 일어나지 않을 때는 몇 달, 심지어는 몇 년이 얼마나 빨리 흐르는지, 시간이 어떻게 형태를 바꾸어 1년과 한 시간을 똑같은 수의 단어로 설명할 수 있는지 보여 준다. 토마스 만은 시간이라는 개념을 능숙하게 가지고 놀기 때문에 독자는 무엇보다도 그가 시간을 어떻게 쪼개고 늘리는지 호기심을 안고 지켜본다. 전체적으로 이 소설은 아무 일도 일어나지 않는 이야기이다. 한스 카스토르프는 외딴 요양원에 틀어박혀서 먹고(요양원에서는 하루에 다섯 끼를 먹는다), 산책하고, 발코니에 누워 있다가 추워지면 — 거의 항상 춥다 — 담요로 몸을 감쌀 뿐, 거의 아무 일도 하지 않는다. 그러나 이 느리고 웅장한 일상 속에서 어떤 사건이 일어나면 다른 소설의 더욱 극적인 사건들만큼이나 흥미롭다(게다가 한스 카스토르프가 눈 속에서 스키를 타다가 길을 잃는 에피소드, 결투, 몇 명의 자살도 등장한다). 이 소설은 어떤 사상의 설명에 지나지 않을 때가 많지만, 토마스 만은 등장인물들의 극심한 의견 차이에서 나오는 힘뿐만 아니라 소설가라면 누구나 독자의 관심을 유지하기 위해서 사용하는 장치들도 이용한다.

소설이 시작한 다음 4분의 1이 지날 때까지 우리는 내내 카스토르프가 결핵 진단을 받아 방문객이 아닌 환자가 되리라 짐작하면서 (모두를 병자 취급하는) 요양원 의사들의 기준으로 보면 그 역시 병자라는 사실을 주인공이 언제 깨달을지 점점 더 커지는 기대감을 안고 기다린다. 마침내 카스토르프가 체온을 재는 장면에서 온도계를 입에 물고 기다리는 7분은 무척 긴장감이 넘친다. 그는 진단 결과가 나올 때쯤 어느 환자와 사랑에 빠지고, 독자는 두 사람이 서로를 보기를, 복도에서 지나치기를, 그리고 결국에는 대화하기를 기다린다. 두 사람이 연인으로 하룻밤을 보낸 다음 여자는 떠나지만 또 다른 문제들이 생긴다. 그리고 결국 그녀가 돌아온다.

『마의 산』은 소위 말하는 철학소설이다. 그러나 등장인물이 어떤 사상을 이해할 것인가 이해하지 못할 것인가는 다른 사건들만큼이나 긴장감 넘칠 수 있다. 이 소설의 대부분은 이탈리아 인문주의자와 권위적인 예수회 수사가 영혼과 육체, 삶과 죽음에 대해 벌이는 논쟁을 한스 카스토르프가 지켜보는 내용이다. 어리석은 한스 카스토르프는 두 남자의 말이 똑같이 흥미롭다고 주장하고, 독자는 그를 보며 애를 태운다. 우리는 요양원이 죽음을 나타내며, 인간의 삶은 가치가 없다고 주장하는 예수회 수사도 죽음을 나타낸다고 느낀다. 또 두 사람 중 하나는 맞고 하나는 틀리다는, 우리에게는 명백해 보이는 사실을 카스토르프가 과연 깨달을 수 있을지 무척 궁금해진다.

이 책에서도 하나의 불확실함은 적어도 다음 불확실함이 등장할 때까지 우리의 관심을 끈다. 한스 카스토르프가 사랑하는 여자는 페퍼코른이라는 얼간이와 함께 돌아온다. 한스 카스토르프는 (페퍼코른과 한 여자를 사이에 두고 경쟁하는 상황임에도 불구하고) 지금까지 자신의 관심을 끌려고 애썼던 인문주의자와 수사보다 그에게 훨씬 더 매료된다. 그런 다음 화자는 페퍼코른의 "체류가 끝났다"라고 말하고, 내러티브는 저자와 독자의 대화로 이어진다.

—그의 체류가 끝났다고? 그렇다면 그 후에는 더 이상 그곳에 없었다는 말인가? — 그렇다, 더 이상 그곳에 없었다. — 떠났다는 말인가? — 그렇기도 하고 아니기도 하다. —그렇기도 하고 아니기도 하다고? 제발 그런 수수께끼 같은 말은 하지 말기 바란다. 직설적으로 말해도 된다. … 그렇다면 우리의 애매모호한 페퍼코른이 악성 말라리아열로 급사라도 했단 말인가? —아니, 그렇지는 않다. 하지만 무엇 때문에 그렇게 초조하게 구는가? 모든 일을 바로 알 수는 없다. 그 사실을 삶과 이야기의 조건으로서 받아들여야 한다. 인간 인식의 여러 형태는 신이 주신 것이며, 이에 반발할 사람은 분명 없을 것이다.

이러한 불확실함과 만의 심리적 통찰은 각각의 사건에 생기와 흥미를 부여한다. 또한 대학교나 기숙학교, 선박, 예술가 집단에 대한 소설들처럼 이 책은 소우주에 대한 이야기이다. 요양원은 하나의 세계, 죽음을 너무나 사랑하기 때문에 그 누구도 움직일 수 없는 세계를 암시한다. 결국 책의 끝부분에서 제1차 세계대전이 발발하자 깜짝 놀란 환자들이 자기 삶으로 돌아갈 때까지는 말이다.

고가 고속도로

플롯과 상관없는 내용이 많이 나와도 처음부터 끝까지 플롯이 독자의 마음속을 떠나지 않는 소설도 가끔 있다. 헤밍웨이의 첫 소설 『태양은 다시 떠오른다』는 『모비 딕』이나 『마의 산』보다 더욱 발달한 플롯을 가지고 있지만 플롯을 설명하는 데 긴 말이 필요하지 않다. 이 책은 이야기를 끌고 나가는 사건들도 있고 이야기 흐름과 상관없는 긴 설명도 있다는 점에서 『모비 딕』과 『마의 산』이나 『미들마치』 같은 소설들과 마찬가지이지만 구성이 다르다. 등장인물은 제1차 세계대전 이후 파리에서 살고 있는 미국인과 영국인 들이다. 파리에 며칠이라도 가본 적 있는 사람이라면 인물들이 술을 마시고 서로 우연히 만나는 지역이나 유명한 시설이 익숙하기 때문에 이 책은 완벽한 여행자 소설이다. 얼마 후 소설의 배경은 산악 낚시 여행과 팜플로나의 투우 축제로 옮겨 간다. 이야기는 대체로 여행 일지에 가깝지만 꼬리에 꼬리를 무는 사건들, 인물의 내적 갈등을 보여 주는 사건들의 긴장감 넘치는 시퀀스를 중심으로 진행된다. 등장인물들은 술을 마시고, 황소들이 죽는 것을 보고, 소외감을 느끼면서 돌아다니기만 하는 것이 아니라 행동을 취함으로써 자신의 감정과 욕망을 이야기로 만들어 나간다. 거의 모든 장면이 어떤 장소와 그곳의 즐길 거리에 대한 설명에 불과하지만, 전부 소설에 등장하는 이유가 있다. 각 장면에 등장하는 어떤 말이나 사건, 의문은 몇 문단에 불과하지만 이로 인해서 술을 마시고 투우를 보는 일은 배경으로 물러나기 때문이다.

제이크 반스는 전쟁에서 부상을 당해서 성기능을 잃는데, 헤밍웨이는 이것을 단순한 "발기부전"이 아니라 비극으로 엮어 낸다. 제이크는 영국 여성 브렛 애슐리를 사랑하지만 그녀는 사랑하지도 않는 남자와 약혼한다. 브렛 역시 제이크 반스를 사랑하지만 섹스 없이는 살 수 없다. 나중에 제이크의 친구 로버트 콘 역시 브렛을 사랑하게 된다. 세 사람이 스페인에서 만났을 때 로버트가 브렛에게 구애하는 내용이 플롯의 대부분을 차지한다. 그러다가 브렛이 젊은 투우사에게 반하는데, 그는 일종의 희망을 상징한다. 육체적으로 우수하고, 용감하고, 전통을 지키는 투우사는 부상을 입고 환멸에 빠진 주요 인물들에게는 불가능해 보이는 명예로운 삶의 가능성을 암시한다. 소설이 거의 끝나갈 때 브렛은 투우사와 함께 도망치지만 제이크에게 연락해서 마드리드에서 만나자고 말한다. 브렛은 연인과 헤어져 제이크와 함께 파리로 돌아간다. 그들은 원하는 것을 가질 수 없지만 적어도 브렛이 투우사의 삶을 망치는 것은 막을 수 있었다.

헤밍웨이는 술을 마시고, 낚시를 하고, 투우를 보러 갔던 자신의 경험에 플롯을 더해서 독자의 마음속에 떠오르는 의문이 각 장면을 지배하도록 만든다. 당신이 소설을 쓰고 싶지만 아침 식사를 하고, 출근을 하고, 점심 식사를 하고, 아이들을 돌보는 본인의 하루밖에 떠오르지 않는다고 생각해 보자. 그러한 장면에 어떤 의문이나 불확실함을 포개어 놓으면 평범한 일상에 어떤 요점과 방향이 생긴다. 아침 식사를 하고 있는데 아직 어린 당신의 아이가 시리얼을 바닥에 쏟고, 바로 그때 전화가 울린다. 동료가 병원에 입원했다는 소식이다. 그런 다음 통근 열차에서 회사 회계사를 만나는데, 그녀는 당신이 가지고 있는 재무 기록이 필요하다고 말한다. 당신은 열차 밖 풍경을 감상하려고 하지만 회계사의 요청 때문에 초조해진다. 회사에 도착해서 장부를 보니 맞지 않는 부분이 있지만 그것을 설명할 사람은 아픈 동료 밖에 없다. 당신은 서류를 라디에이터 뒤에 재빨리 숨긴다. 그런 다음 상사와 느긋하고 맛있는 점심 식사를 하고, 상사는 크렘브륄레를 먹으면서 아픈 동료가 긴급 수술에 들어갔다고 말한다. 그날 오후, 당신이 아이와 함께 놀이터에 나갔을 때 전화가 울리고….

헤밍웨이의 소설처럼 이 이야기는 대체로 당신의 하루를 설명하지만 그 위에 포개진 몇 단어에 불과한 위기들이 당신의 행동을 전경에서 배경으로 밀어내고, 점심 식사는 갑자기 미식가의 일기에서 절제되고 긴장감 넘치는 장면으로 바뀌며, 이 장면에서 유일하게 중요한 문제는 거의 언급되지도 않는다. 장편소설을 이런 식으로 쓰려면 꼬리에 꼬리를 무는 사건들을 만들어 내야 하지만, 그러한 사건들이 주목을 충분히 끈다면 평범한 일상도 많이 넣을 수 있다. 대부분의 내러티브에는 디너파티에 참석하거나 자동차를 타고 갈 뿐 별다른 일이 벌어지지 않는 긴 장면이 등장한다. 그러나 어느 순간 우연한 만남이나 걸려 온 전화, 뜻밖의 문자 메시지, 우회로, 방심의 순간을 통해 새로운 사실이 밝혀지거나, 미스터리가 시작되거나, 깜짝 놀랄 일이 벌어진다. 이러한 소설에서 플롯은 어느 마을 위를 지나가는 고가 고속도로나 동물원에서 동물들을 내려다볼 수 있는 모노레일과 같다. 동물들은 우리 안에서 어슬렁거리지만 모노레일은 한 방향으로만 움직인다.

스위치백

내가 가르치는 작가들은 장편이든 단편이든 시간 순서가 뒤죽박죽인 소설을 즐겨 쓴다. 부분적으로는 과시하기 위해서이고 — 나와 달리 그들은 모든 내용을 질서 정연하게 파악할 수 있다 — 또 부분적으로는 독자들이 뒤엉킨 순서를 따라가면서 내용을 파악하느라 바빠서 거의 아무 일도 일어나지 않는 사실을 깨닫지 못하면 좋겠다는 생각 때문이다. 긴장감을 유발하는 것은 벌어지는 사건이 아니라 모든 등장인물이 처음부터 알고 있는 어떤 사실을 저자가 언제 드러내느냐이다. 공정하게 말하자면 더 나은 이유로 시간 순서를 어길 때도 있다. 생각은 시간 순서를 따르지 않기 때문이다. 현실에서 우리는 어제 여동생과 함께한 점심 식사를 생각하다가 동생의 여덟 번째 생일 파티를, 또 동생의 결혼식을, 다시 어제 점심 식사 전에 있었던 일을 생각하므로 책이 현실 같으면 좋겠다는 정당한 바람 때문에 그렇게 쓸 때도 있다. 시간 순서를 어기면 멋지고 세련되고 섹시해 보이고, 우리의 마음 역시 순서 없이 사건들을 떠올리기 때문에 쓰기도 쉽다. 이러한 작가들은 사건을 시간 순서대로 나열하고 바보처럼 따라가는 것은 지루하다고 생각한다.

그러나 나는 동의하지 않는다. 이 모든 이유에도 불구하고 일반적으로는 시간 순서에 따라서 쓰는 것이 (가끔 과거의 사건을 적당한 위치에 잘 배치할 수도 있다) 제일 명확하기 때문에, 또 현실에서 그렇듯이 다음에 무슨 일이 벌어질지 궁금해지기 때문에 가장 좋다. 가장 최근에 누군가 — 당신의 잃어버린 개를 발견한 사람이나 검사 결과를 가진 의사, 화가 난 연인 — 의 전화를 기다렸던 때를 떠올려 보자. 시간 순서를 어기면 결말을 미리 알게 될 뿐 아니라 다른 곳에 정신이 팔린다. 그러면 독자는 이야기가 아니라 작가를 생각하게 된다. 보통은 저자가 얼마나 똑똑할까 생각하는 것보다 누가 무엇을 했는지 생각하는 것이 더 바람직하다.

또는 그렇지 않을 수도 있다. 시간 순서를 어기는 것이 무작위적인 사고를 흉내 내는 것 이상일 때도 있다.『댈러웨이 부인』이나『율리시스』에서처럼 시간을 무척 교묘하게 뛰어넘음으로써 미스터리와 폭로의 시퀀스가 만들어지기도 한다. 또는 적절한 순간에 정보를 숨기거나 드러내기 위해서 시간을 뛰어넘기도 한다. 무너진 시간 순서가 짜릿한 플롯을 대신할 수 있다.

나는 앞서 조이 헬러의 소설 『그녀는 무슨 생각이었지?』를 교사라는 직업에 대한 소설의 예로 언급했지만 소설의 구조 역시 흥미롭고 시간 순서를 따르지 않는다. 책의 화자는 두 교사 중 나이가 더 많은 바버라로, 서로 얽혀 있는 이야기를 각각의 시간 순서에 따라 들려준다. 이것은 젊은 교사 시바와 어느 학생의 연애와 그 결과에 대한 소설이다. 두 여자가 처음 만나고 1년 이상 지난 시점인 책의 첫 부분에서 우리는 바버라와 시바가 같이 살고 있음을 알게 되지만, 왜 그렇게 되었는지는 모른다. 바버라는 자신이 글을 쓰는 현재에 벌어지고 있는 일로 내러티브를 시작하고, 또 그녀가 몇 년 동안 아이들을 가르치고 있던 학교에 남편과 두 아이와 함께 살던 시바가 교사로 왔던 시점부터 과거의 이야기를 들려준다. 때로 바버라는 이야기를 건너뛰어 자신이 글을 쓰고 있는 지금 무슨 일이 생겼는지 우리에게 이야기한다. 저자가 제시한 두 가지 타임라인의 추진력이 독자의 마음속 추진력이 되는 『그녀는 무슨 생각이었지?』는 스위치백을 여러 번 하면서 산에 올라가는 여정으로 설명할 수 있다. 즉 가끔은 한쪽 방향으로, 또 가끔은 반대 방향으로 나아가지만 결국은 항상 정상에 가까워지고 있다.

이 구조를 더욱 복잡하게 만드는 것은 바버라가 들려주는 과거가 두 가지 내러티브로 구성되어 있다는 사실이다.

하나는 시바와 바버라의 이야기 —두 사람이 어떻게 만났
는지, 시간이 지나면서 그녀가 시바를 어떻게 생각하게 되
었는지, 시바와 학생의 연애를 어떻게 알게 되었는지— 이
고 또 하나는 당시 바버라는 몰랐지만 시바에게 사실 무슨
일이 벌어지고 있었는지(이제는 바버라도 안다)이다.

그럼에도 불구하고 별로 혼란스럽지 않은데, 시간 순서
의 끊김이 우리가 말을 할 때 자연스럽게 일어나는 끊김과
비슷하기 때문이다. 예를 들어 식당 계단에서 만난 친구가
당신에게 이렇게 말한다. "남자친구 스티브랑 점심 먹으러
왔어. 그래, 앵거스는 6개월 전에 나갔어. 아, 저기 스티브 왔
네. 와서 인사해." 헬러는 세 가지 이야기를 동시에 엮어 가
고 있기 때문에 두 이야기를 동시에 할 수 있다. 바로 시바
와 학생의 연애, 그리고 점점 더 중요해지는 바버라와 시바
의 관계에 대한 이야기이다. 여기에서 헬러는 얼핏 보기에
는 무작위적으로 끼어드는 이야기처럼 보이는 것을 이용해
서 바버라의 동기와 성격에 대한 독자의 점점 커지는 인식
을 통제한다. 알고 보면 그것이 이 소설의 진짜 주제이다. 바
버라는 중립적인 정보원처럼 보이지만 다른 인물들만큼이
나 사건과 크게 관계된 주요 인물임이 밝혀진다. 예를 들어
어떤 장면은 이렇게 시작한다. "내가 마지막 문장을 쓴 직후
에 시바가 베퀴스 부부의 집에서 전화를 걸어 리처드에 대

해 알아들을 수 없는 말을 외친 다음 와서 도와 달라고 부탁했다." 바버라는 서둘러 가서 시바와 헤어진 남편이 관계를 정리하는 데 적극적으로 개입하고, 그래서 상황은 더욱 악화된다. 이 장면이 조금 더 앞이나 뒤에 나왔다면 효과가 달랐을 것이다. 소설의 구조 덕분에 헬러가 이 장면을 어디에 넣든 독자는 화자가 무엇을 알고 있는지 밝히지 않는 저자에 의해 조종당한다는 느낌을 받지 않는다. 시간 순서를 따르지 않는 책을 쓸 때에는 각각의 사실을 언제 드러낼지 정해서 하나씩 폭로할 수 있다. 이것은 장편소설을 쓰는 좋은 방법이지만, 주된 장점은 작가가 사실을 언제 밝힐지 조정할 수 있다는 사실이다. 단순히 방황하는 생각을 흉내 내기 위해서 시간 순서를 어기면 그로 인해 포기하는 것 —명확성과 추진력—을 만회하지 못할 경우가 더 많다.

이 소설에서 어긋난 시간 순서가 통하는 또 다른 이유는 우리가 맨 처음에 알게 되는 이야기의 결말이 충분히 복잡하기 때문에 독자가 처음에 어떤 사실(두 여성이 같이 산다는 것)을 알게 되어도 모든 사실(도대체 어쩌다가 같이 살게 되었을까?)을 알지는 못하기 때문이다. 처음에 노년의 등장인물들을 보여 준 다음 과거로 돌아가 그들이 어떤 과정을 거쳐 그러한 노년을 맞이했는지 설명하는 소설도 많다. 이 방법은 첫 장에서 밝혀진 결말 외에도 긴장감을 유발하는 요인이 있을 때, 그리고 어쩌다가 이런 결말로 이어졌는지 독자가 궁금하게 여길 만큼 그 요인이 낯설 때 통한다. 또는, 결정적인 사건이 독자가 가장 관심을 쏟는 사건이 **아니**라면 그것으로 시작하는 것이 좋다.

그러나 시간 순서에 따라 쓰지 않을 때에는 상식적으로 몇 가지 주의해야 한다. 독자가 뒤섞인 순서로 일어나는 사건들을 처음에는 완전히 이해하지 못하더라도 차차 이해할 수 있도록 정보를 눈에 띄지 않게 계속 제공해야 한다. 사건의 윤곽만 밝혀서 독자가 자세한 내용을 알고 싶게 만들 수도 있다. 시간을 건너뛸 때마다 우리가 어느 시점에 있는지 처음 몇 단어로 정확히 알려 주어야 한다. 독자가 당혹스러움을 어디까지 즐길 수 있는지 생각하자.

아이들과 함께하는 물건찾기 게임

가족에 관한 장편소설은 내가 보는 작가 초년생들의 짜임새 없는 원고와 가장 비슷하다. 사실 내용도 가족에 관한 것일 때가 많다. 가족소설의 짜임새가 느슨한 데에는 이유가 있다. 삶, 특히 가정생활은 플롯이 잘 짜인 소설과 다르기 때문이다. 삶은 종종 혼란스럽고, 아무 관련 없는 사건들이 불쑥 일어난다. 또는, 아무 일도 일어나는 것 같지 않지만 어느새 아이들이 자라서 어른이 된다. 독자가 몰두할 수 있을 만큼 날카롭고 능숙하게 구성되면서도 우리가 아는 삶, 특히 오랜 세월에 걸친 가족의 모습을 충실하게 보여 줄 만큼 뒤죽 박죽인 장편소설을 쓸 수 있을까?

여기에서는 장편소설 한 권과 5부작 소설을 살펴볼 텐데, 바로 리베카 웨스트(Rebecca West)의 『샘은 흘러넘친다』(*The Fountain Overflows*)와 패트릭 멜로즈가 주인공으로 등장하는 에드워드 세인트 오빈의 『괜찮아』, 『나쁜 소식』, 『일말의 희망』, 『모유』, 『마침내』이다.

가족소설에서는 일주일마다 많은 일이 벌어지지는 않지만 강렬한 격정이 등장한다. 고통이 있고, 소설의 주된 의문은 여행소설과 달리 등장인물들이 목적지에 도착할까가 아니라 이 아이들이 살아남아 어른이 되어서 행복 비슷한 것을 찾을 수 있을까이다. 아이들이 살아남을까 죽을까, 절망에 굴복할까 즐거운 삶을 살까? 많은 경우 가족이 가난하거나, 주변 어른들이 별나거나, 병이나 음주, 집착에 시달리거나, 아이들을 잔인하게 대하거나 방치한다. 또는 가족이 편견이나 불공평한 대우에 시달릴 수도 있다. 역사적 사실이 교묘하게 끼어들기도 한다. 지금까지 그랬던 것처럼 길에 비유를 하자면, 앞으로 나아가긴 하지만 지그재그를 그리며 아주 천천히 나아가는 이런 소설들은 물건찾기 게임과 같다. 아이들은 기발한 지시(버스표를 찾으시오, 떡갈나무 잎을 찾으시오, 빨간 모자를 찾으시오)에 따라 사방으로 뛰어다닌다. 각각의 임무를 완수하면 다음 임무로 넘어가야 하고, 아이들은 분명한 목적을 가지고 움직이지만 지나가던 사람의 눈에는 두서없이 이리저리 뛰어다니는 것으로 보일지도 모른다. 플롯은 미묘하고, 독자는 책을 다 읽고 난 다음에야 자신이 호기심 때문에 소설에 계속 몰두했음을 깨닫는다.

문제는 사건 안에 있다. 가족이 가난할 경우 일상적으로 궁핍할 뿐만 아니라 돈이 들어올 것이라는 약속이 지켜지지 않거나, 직장이나 집을 잃을 위험에 처하는 등 돈과 관련된 위기가 발생한다. 부모의 방치가 문제인 경우 아이가 다치거나 병든다. 방치는 다양한 결과를 불러올 수 있다. 처음 시작할 때 플롯이 금방 떠오르지 않는다 해도 소설이 곧 플롯을 찾아간다. 여러 가지 위협과 약속, 마감 기한이 있고, 어쨌거나 시간은 흐르기 때문이다. 독자는 누가 살거나 죽을지, 사랑에 빠지거나 사랑이 깨질지, 성공하거나 실패할지 궁금하게 여기고, 충분한 시간이 지나면 그 결과를 알게 된다. 그뿐만이 아니다. 이러한 책의 작가들은 가정생활에 존재할 수밖에 없는 부조리, 어리석은 격정과 분노에 대해 쓰는 것을 즐기므로 이렇게 쓴 책은 적어도 부분적으로는 웃긴다. 우스꽝스러움을 받아들이기 두려워하는 사람은 좋은 가족소설을 쓰지 못한다. 자멸적인 인물을 지나치게 진지하게 받아들이면(좋은 가족소설에는 항상 자멸적인 인물이 등장한다) 인물뿐만 아니라 독자까지 지쳐 버린다.

리베카 웨스트의 1956년 소설 『샘은 흘러넘친다』는 20세기 초 어느 영국 가족의 이야기로, 로즈 오브리라는 아이의 시선에서 여러 해에 걸쳐 진행된다. 책은 이렇게 시작한다. "침묵이 너무 길었기 때문에 나는 엄마와 아빠가 두 번 다시 대화를 하지 않는 게 아닐까 생각했다." 독자는 이 문장에서 이미 문제가 있음을 파악한다. 우리는 매혹적인 낙천성 때문에 가망성 없는 투자로 가족의 돈을 도박하듯 날려 버리는 이상주의자 아빠가 문제임을 곧 깨닫는다. 아이들은 아빠를 무척 사랑하고, 아내는 남편 때문에 미칠 지경이지만 여전히 충실하고 헌신적이며, 독자(역시 그를 좋아한다)는 그가 구제불능이며 가족을 파멸시킬지도 모른다는 사실을 항상 알고 있다. 이 책에서 가장 뚜렷하게 드러나는 길은 재정적 파탄과 아빠와의 피치 못할 이별을 향한다. 무책임한 행동으로 아빠가 파멸하자 오브리 부인이 본인과 아이들이 굶어 죽지 않기 위해서 소중한 재산 하나를 남편에게 숨기고 있었음이 드러난다. 그녀는 그것을 유용하게 쓰지만 남편을 속인 것에 죄책감을 느낀다. 『샘은 흘러넘친다』에는 양면성이 많이 등장한다.

이 책에는 포스터가 말하는 플롯―아버지의 경솔함으로 인한 사건들―과 두 개의 서브플롯이 있다. 웨스트는 사건을 느긋하게 묘사하듯이 들려주지만 사건이 꼬리에 꼬리를 물고 이어지다가 결국 해결되고 엄청난 일이 벌어진다. 이들은 음악가 가족이다. 로즈와 쌍둥이 자매 메리는 피아니스트이고 어머니는 결혼 전에 유명한 콘서트 피아니스트였다. 장녀 코딜리어는 바이올린을 연주하지만 꼼꼼함도 음악적 감각도 부족하다. 로즈와 메리, 어머니는 코딜리어의 연주를 참고 들어야 하는데, 그들의 예의 바른 태도와 고뇌는 우스우면서도 가슴이 아프다. 그때―여기서 웨스트는 코딜리어의 부족한 재능을 잘 보여 주는 사건을 만들어 낸다―마찬가지로 음악적 재능이 없는 교사가 코딜리어와 친해지더니 그녀에게 연주자가 되라고 부추기고, 코딜리어는 그녀를 대단한 음악가라고 생각하는 무지한 사람들을 위해서 연주한다. 우리는 소설을 읽어 나가면서 코딜리어가 바이올린에 재능이 없음을 깨닫기 바라면서도 두려워한다. 내가 아는 한 이 책은 형편없는 예술은 성공을 거두고 훌륭한 예술(로즈와 메리의 피아노 연주)은 아무 보상을 받지 못하는 것을 지켜보는 기분이 어떤지 가장 잘 보여 주는 소설이다.

　두 번째 서브플롯에는 살인 사건이 등장한다. 로즈와 같은 학교 학생의 어머니가 남편을 죽인다. 살인범은 붙잡혀서 재판을 받고 사형당할 뻔하고, 그동안 오브리가의 사람들은 살인자의 가여운 여동생을 사람들의 질타 어린 시선에서 숨겨 준다. 정치 기자인 오브리 씨는 기소된 여성이 무죄라고 생각해서가 아니라 재판이 불공정하기 때문에 그녀의 편을 든다. 이 이야기는 다른 이야기들과 함께 엮여 혼돈스러운 삶을 지나치게 질서 정연하고 예측 가능하게 다듬지 않으면서도 독자로 하여금 소설을 계속 읽게 만든다. 하나로 엮인 여러 가지 이야기들뿐만 아니라 주변 사람들에게 분통을 터뜨리는 로즈를 비롯해서 사랑스럽지만 견디기 힘든 인물들 덕분에 우리는 책에 계속 몰입한다. 이 책에는 또한 폴터가이스트나 다른 사람의 미래를 보는 로즈 오브리의 능력처럼 리얼리즘에서 벗어난 부분들도 등장하는데, 플롯의 요소는 아니지만 윤리적인 문제를 제기한다. 로즈는 미래를 알 수 있지만, 사람들에게 그것을 말해 주어야 할까? 이 소설은 한 페이지, 한 문단마다 우리를 현혹하는 책이고, 앞으로 나아가는 추진력도 있지만 우리가 이 책에서 가장 사랑하는 점은 그 다른 부분이다.

　에드워드 세인트 오빈의 5부작 소설은 패트릭 멜로즈

라는 영국 상류층 남성의 다섯 살부터 중년까지의 삶을 다루는 이야기 — 세인트 오빈에 따르면 자전적 이야기 — 로, 가족소설의 모든 특징을 극단까지 밀어붙인다. 처음 세 권인 『괜찮아』, 『나쁜 소식』, 『일말의 희망』은 짧다. 처음 두 권은 1992년, 세 번째 권은 1994년에 거의 연달아 발표되었고, 『모유』는 2005년에(세인트 오빈은 그사이 다른 책들을 썼다), 『마침내』는 2012년에 나왔다. 다섯 권을 한 번에 읽으면 한 편의 기나긴 소설을 읽는 듯한 느낌이 든다.

플롯은 『샘은 흘러넘친다』보다도 단순하다. 많은 사건이 일어나지만 행동으로 이어지는 사건은 거의 없고, 현실의 삶이 그렇듯 시간이 흐른다. 패트릭 멜로즈 5부작은 기막힌 대조와 부조리가 등장하기 때문에 재미있지만 유머가 너무 어둡기 때문에 어떤 사람에게는 유머로 느껴지지도 않을 것이다. 마지막 권에서 어떤 인물이 패트릭 멜로즈의 아버지가 유머감각이 뛰어났다고 말하자 패트릭이 아버지는 재미있는 것이 아니라 잔인했다고 말한다. 독자가 이야기에 계속 몰두하게 만드는 것은 가족소설이라면 반드시 등장하는 문제 — 이 아이가 자기 가족을 견디고 살아남을까? 스스로를 구원할 수 있을까? — 이다.

소설이 시작할 때 패트릭은 다섯 살이고 멜로즈 가족은 프랑스의 집에 머물고 있는데, 이 시리즈에 계속 등장하는 장소이다. 아버지인 데이비드 멜로즈는 단순히 재미를 위해서 습관적으로 가학 행위를 한다. 술에 빠진 어머니는 아들의 고통이나 문제를 깨닫지 못한다. 데이비드가 순간적인 변덕으로 아들을 때리고 강간하는 사건은 어떤 전조도 없이 담담하게 진행되기 때문에 독자만 이 사건을 중대하게 생각하는 것처럼 느껴질 정도이다. 절정은 절정처럼 취급되지 않는다. 등장인물들의 마음속에서 되풀이되는 중요한 문구가 미묘한 강조를 빚어내지만 전체적으로는 담담한 어조로 이런저런 일이 있었다고 서술할 뿐이다. 두 번째 책 『나쁜 소식』에서 어른이 된 패트릭은 약물중독자이다. 첫 번째 페이지에서 그는 뉴욕으로 간 아버지가 죽었다는 소식을 듣고, 뉴욕으로 가서 약을 하고 아버지의 유해를 찾는다. 『일말의 희망』에서 패트릭은 약을 끊고 친구에게 어린 시절 사건을 털어놓는다. 강간 사건을 잊지 못하고 등장인물들이 그 사건에 대해서 말하기를 기다려 온 독자는 마침내 만족한다. 3권에서는 드디어 화자와 등장인물들의 발언이 허락된다. 기억과 회상이 등장하고, 등장인물들은 과거에 대해서 이야기한다. 책이 끝날 때 패트릭은 "자신의 마음 중에서 말하고 싶다는 욕구에 지배되지 않는 부분이라고밖에 표현할 수 없는 영혼이 놓여나기를 갈망하는 연처럼 꿈틀거리며 솟아오르는 것을 느꼈다. 그는 아무 생각 없이 발치에서 죽은 나뭇가지를 집어 들고 호수의 흐릿한 회색 중심을 향해 힘껏 던졌다".

『모유』에서 패트릭(이제 알콜중독자가 되었지만 책이 거의 끝날 때 갑자기 술을 끊는다)은 결혼을 해서 아들이 둘이다. 그는 두 어머니 — 자기 어머니와 아내 — 와의 관계 때문에 힘들어한다. 아내 메리는 둘째 아들을 보살피는 일에 푹 빠져서 성적인 관계를 더 이상 원하지 않고, 패트릭의 요구와 감정을 알지 못한 채 항상 자신에게만 매몰된 어머니 엘리너는 패트릭이 어린 시절 매년 여름을 보냈던 프랑스의 집을 수상한 영적 단체를 이끄는 사기꾼에게 기부한다. 어머니는 아직도 패트릭을 내키는 대로 좌지우지하면서 변호사인 패트릭이 본인의 상속권을 박탈하는 공식적인 절차를 밟게 한다. 소설이 진행되는 내내 엘리너는 아들에게 각종 요구를 하고, 독자는 매번 이번만큼은 엘리너가 아들이 무엇을 원하는지 먼저 생각하기를, 또는 패트릭이 어머니의 요청을 거절하기를, 그래서 모든 인물이 항상 똑같고 점점 심해지기만 하는 이 가족소설이 앞으로 나아가는 이야기가 되기를 바란다. 특히 초자연적으로 느껴질 만큼 모든 것을 알고 있는 아이들의 시선으로 쓴 부분이 매혹적이다.

『마침내』는 패트릭의 어머니가 죽은 뒤에 일어나는 이야기로, 그녀의 장례식과 그 뒤에 이어진 파티를 보여 주면서 다른 사건들의 회상이 등장한다. 견디기 힘들 만큼 이상한 사람들을 보면서 즐거워하는 독자라면 장례식 장면을 재미있게 즐길 수 있다. 마지막 부분에서 우리는 패트릭이 마침내 안정을 찾았음을 느낄 수 있다. 그는 헤어진 아내에게 전화를 걸어 아이들을 보고 싶다고 말한다.

패트릭 멜로즈 시리즈에서 많은 일이 일어나는 것은 아니지만 독자가 궁금한 것은 많다. 플롯이 약한 다른 책들과 마찬가지로 이 시리즈는 시간의 경과에 따라 변하는 인물의 감정과 고통의 강도에 의지한다. 우리를 궁금하게 만드는 것은 시간이다. 속도감이 빠른 스릴러를 읽을 때와 달리 우리는 **그래서 어떻게 됐지?**가 아니라 **그는 어떻게 됐지?**라고 묻는다. 패트릭은 결혼을 하고 아이들을 낳는다. 약물중독자 친구는 정신분석 전문의가 되고, 패트릭과 가장 절친한 관계가 된다. 패트릭의 크나큰 문제들—부모님이 돌아가시고, 프랑스의 집을 잃고, 결혼생활과 친구관계에서 부침을 겪고, 그럼에도 불구하고 절망하거나 중독되지 않은 채 버티며 살아가는 것—은 독자가 5부작을 다 읽을 때까지 매일 책을 집어 들게 만든다. 그러나 패트릭 멜로즈 시리즈는 가족소설 특유의 느슨한 긴장감을 극단으로 밀어붙인다. 페이지를 넘기고 또 넘겨도 별다른 사건은 일어나지 않지만 독자가 당장 책을 놓지 않는 것은 예리한 서술과 날 선 대화,

삶의 리듬을 포착하는 뛰어난 글 솜씨, 책을 집어 들고 반 페이지 읽었을 때 무슨 이야기인지 전혀 모르면서도 그 책을 사게 만드는 그런 솜씨 때문이다. 어떤 소설이든 우리를 몰입하게 만드는 것은 뛰어난 글 솜씨와 잘 만든 이야기의 조합이다. 책이 천천히 진행될수록 글 솜씨는 더 좋아야 한다.

어떻게 하면 삶의 무작위성에 충실하면서도 짜임새 있는 책을 쓸 수 있을까? 충분한 이야기가 본능적으로 떠오르지 않는다면 잠시 멈추고 인물들의 감정과 성격의 구체적인 결과이자 다른 사건에 영향을 끼치게 될 행위를 떠올려 보자(닥쳐오는 마감 기한과 금전적인 문제가 사건의 좋은 원천임을 잊지 말자). 인물들의 실수로 후회와 논쟁만 벌어지는 것이 아니라 해결해야 할 구체적인 문제가 생기게 하자. 사건의 순서에 주목하자. 시간 순서에 따라서 쓰지 않겠다면 태만한 습관 때문이 아니라 의식적인 선택으로 그렇게 하자. 시간 순서를 어길 합당한 이유가 없다면 시간 순서대로 쓰고, 시간 순서를 어길 경우에는 무슨 일이 일어나고 있는지 정확하게 밝히자. 무척 흥미로운 사건으로 소설을 시작한 다음 6개월이나 1년 전으로 돌아가서 그 일이 어떻게 일어났는지 이야기하기보다는 처음부터 6개월이나 1년 전 시점에서 시작한 다음(소설의 도입부가 될 만한 다른 사건을 찾을 수 있을 것이다) 우리가 이미 알고 좋아하게 된 인물들에게 그 흥미로운 사건이 일어나게 만들자. 인물들에게 특징만이 아니라 특징적인 행동을 주고, 그 행동이 축적되어서 장편소설에 걸맞은 큰일이 일어나게 하자.

마음속에 계획—대략적인 계획, 또는 가장 중요한 순간 네다섯 가지—이 있으면 자신이 이미 알고 있는 것을 향해 나아가기 때문에 소설을 쓰기가 더 쉽다. 지금부터 다음 50쪽까지는 무슨 일이 벌어질지 모를 수도 있다. 그러나 50쪽이 끝났을 때 누군가가 다른 인물이 원하는 것을 거절하거나, 누군가 사랑에 빠지거나, 새로운 인물이 등장한다는 사실은 알고 있다. 결국 무슨 일이 벌어질지 알고 있으므로 그 일이 벌어질 때까지의 장면들을 만들어 낼 수 있다. 장편소설(또는 책 한 권 분량의 회고록)을 쓰는 방법은 다양하다. 그러나 가장 좋은 방법은 장편소설을 한 권의 **책**으로, 시간의 흐름에 따라 진행되면서 독자를 함께 데리고 가는 이야기로 생각하는 것이다.

4부

말하기를 선택하자

8장   침묵과 이야기

Silence and Storytelling

말하지 않은 이야기

내가 어렸을 때 글을 몰랐던 외할머니는 가끔 나에게 편지를 대신 써 달라고 했다. 그러면 나는 강아지나 토끼가 그려진 유선 공책을 가지고 왔고 할머니는 자기 자매들 중 한 명에게 보낼 메시지를 불러 주었다. 할머니는 이러한 방식에 익숙해 보였고, 나는 할머니가 왜 글을 모르는지 알지 못했다. 내가 알기로 할머니들은 보통 읽거나 쓰지 못했다. 할머니가 동유럽에 살던 어린 시절에 여자라서 배우지 못했음을, 그리고 자식들이 가르치려고 했을 때는 이미 너무 늦었음을 이제는 안다.

글을 몰랐던 할머니를 떠올리면 가슴이 무척 아프다. 글쓰기, 특히 여성의 글쓰기가 행운이자 축복처럼 느껴지는 것은 아마도 할머니 때문일 것이다. 글쓰기는 그것을 막으려는 온갖 장애와 방해에도 불구하고 존재한다. 문화적·법적으로 강제된 문맹, 정부의 검열, 또는 지인과 친인척의 비공식적 검열처럼 명백한 것들 외에 글쓰기를 가로막는 또 한 가지는 자기검열이다. 나는 여러 해 동안 학생들을 가르치고, 친구들을 관찰하고, 나 자신을 관찰하면서 특히 여성은 아예 글을 쓰지 않거나 자신이 하고 싶은 말을 독자가 알아내지 못하도록 글을 씀으로써 자기 글을 검열한다는 사실을 인식하게 되었다. 남성의 글(특히 전통적으로 침묵을 강요당해 온 집단에 속한 남성의 글) 역시 장애물을 극복해야 하지만 자기검열, 즉 말하거나 글을 쓸 수 없다는 느낌은 여성이 더 자주 느껴 온 문제라고 생각한다(그리고 써 왔던 문제이기도 하다. 여성이 쓴 책에 등장하는 많은 여성이 말하지 못하고, 쓰지 못하고, 설명하지 못한다). 이 장에서는 주로 여성에 대해서 이야기할 것이다. 내가 가르치는 학생들 대다수가 여자이기도 하고, 내가 여기서 하려는 이야기는 그런 학생들의 작품에 대한 대답이기 때문이다.

내가 가르치는 여성들은 물론 글을 알고, 글을 쓰라고 격려도 받았다. 그들은 환경이야 어떻든 나를 만난 프로그램에 참석할 시간과 돈을 구했다. 그러나 그들은 —바로 이 점이 내가 가르친 대부분의 남자들과 다르고 우리 할머니와 비슷하다 —때로 자신이 글을 써야 **한다**고 믿지 않는 듯하다. 글쓰기는 곧 방종이라는 듯이 말이다. 여성 작가는 어머니가 아프면 글쓰기를 그만두고 어머니를 돌봐야 한다고 생각하지만, 남성 작가는 어머니가 아프면 더 열심히 노력해서 『뉴요커』에 글을 팔아 어머니의 약값을 벌어야 한다고 생각한다.

우리는 글쓰기가 적어도 처음에는 방종임을 안다. 글쓰기가 기쁨을 전혀 주지 않는다면 당신은 이 책을 읽고 있지 않을 것이다. 우리가 글을 쓰기 시작할 때에는 다른 사람들이 읽고 싶어 할 글을 쓰게 될지 알 수 없다. 우리가 아는 것은 우리가 글쓰기를 좋아한다는 사실밖에 없다. 그러나 글쓰기를 진지하게 생각하기 시작하면 (기꺼이 노력하고, 수정하고, 비판을 받아들이고, 폭넓게 읽을 준비가 되면) 우리의 목표는 당장은 아니라도 조만간 독자들이 읽고 싶은 글을 쓰는 것, 본인만이 아니라 남들에게 기쁨을 주는 것이 된다. 그러므로 작가 초년생은 자신이 하는 일이 순전히 이기적이지는 않다는 생각에 시간과 노력, 자존심, 돈을 거는 도박을 해야 한다. 우리는 말한다. "읽을 만한 글을 쓸 수 있을 것 같아." 그런 다음 확신이 생길 때까지 몇 년 동안 노력을 쏟는다. 어떤 직업을 처음 시작할 때는 누구나 그럴 것이다. 그러나 예술 분야에서는 더욱 그렇지 않을까?

누구든 성공한다는 보장도 없이 계속해 나갈 자신감을 얻기란 쉽지 않지만, 문학여성회 비다˙가 매년 증명하듯이 출판되는 남성과 여성의 작품 편수가 항상 불균형하다는 점을 생각하면 여성 작가는 분명 더 어려울 것이다. 비다 웹 사이트를 방문하면 남성 작가가 쓴 문학작품이 훨씬 더 자주 출판되며 더욱 진지하게 받아들여진다는 사실을 알 수 있다. 당신이 여성이라면 출판사들의 의식적·무의식적 차별 때문에, 또는 당신 스스로가 오랜 여성 차별의 영향으로 스스로를 검열해서 글을 쓰지 않거나, 마무리하지 않거나, 말이 되도록 고쳐 쓰지 않거나, 출판사에 보낸 다음 거절당하면 다시 보내지 않기 때문에, 작품이 누구에게도 읽히지 않는 경우가 너무나 많다. 8장에서 다룰 주제는 당신의 최선을 다하는 법, 즉 자신감 부족을 극복하고 글을 쓰는 법을 배우는 것이다.

자신감이 반드시 필요한 것은 아니다. 나 역시 자신감

• 문학여성회 비다(VIDA: Women in Literary Arts)는 미국의 비영리 페미니스트 기관으로, 매년 출판된 책과 유명 잡지에 실린 서평에서 다루는 책 등의 통계를 발표하여 문학계의 성별에 따른 불균형을 지적한다.

이 별로 없다. 나는 글을 쓰고 싶다는 욕구는 내가 어떻게 할 수 없는 것이라고 생각함으로써 해결하는 법을 배웠다. 눈병처럼 내가 통제할 수 없는 삶의 여러 가지 측면들과 마찬가지로 글을 써야 한다는 욕구는 저절로 생겨났고, 나는 그것이 운 좋다고 해야 할지 나쁘다고 해야 할지 결론을 내리려고 애쓰지 않는다. 내가 쓴 초고가 끔찍해 보이면 사실은 괜찮다거나 언젠가는 괜찮아질 것이라고도 애써 생각하지 않는다. 그저 원고가 괜찮든 아니든 어떻게든 하는 것이 내 일이라고만 생각한다.

내가 당신에게 자신감을 줄 수는 없지만, 당신은 자신감이 있든 없든 자신 있게 행동하는 것을 선택할 수 있다. 자신 있다는 듯이 쓰면 된다. 나는 앞서 글을 쓰려면 일반적인 용기만이 아니라 특정한 용기도 필요하다고, 단어를 타이핑하는 용기만이 아니라 인물 안으로 들어가서 살 용기, 등장인물이 실수를 저지르고 고통을 겪게 만드는 용기가 필요하다고 말했다. 8장에서는 또 다른 종류의 용기에 대해서 쓰고 싶다. 바로 이야기의 형식을 선택하고 당신이 하고 싶은 이야기를 어떤 문장으로 전달할지 선택하는 용기이다. 당신은 당신 자신뿐만 아니라 수많은 이들을 괴롭히는 자신감 부족을 해결할 수 없을지도 모르지만, 객관적인 선택들로 이야기를 분명하게 전달할 수는 있다. 적어도 무의식적으로 가능성을 미리 차단하는 대신 선택을 할 수 있다.

나는 글을 쓰기까지 어려움을 겪는 학생들을 점점 더 많이 만나면서 그들의 글에 반복해서 등장하는 문제를 알아차리게 되었다. 오랫동안 나는 글쓰기에 **대한** 감정을 글쓰기 **내의** 문제와 연관시키지 않았다. 그러다가 이상하다는 생각이 들었다. 내가 종종 발견하는 문제점들은 처음에는 사소하고, 기술적이고, 그 사람만의 문제 같고, 쉽게 고칠 수 있을 듯했다. 그러나 알고 보니 깊은 곳에서부터 비롯된 것처럼 고치기 힘들었다. 때로 그러한 문제들이 해결되면 힘없던 작가가 놀랄 만큼 좋아져서 나를 깜짝 놀라게 했다. 내 학생들은 다른 이야기에서라면 완벽하게 말이 되었을 ― 그러나 그들의 이야기에서는 그렇지 않은 ― 선택들을 내리고 있었다. 마치 불안감이 문장을 불러 주거나 문장을 억압하고 있는 것처럼 느껴지기 시작했다.

언젠가 성과가 별로 신통치 않은 석사과정 학생이 있었다. 그녀는 글을 별로 쓰지 않았지만 모두가 그녀의 문장과 문단에 감탄했다. 재능이 있는 것은 분명했다. 그 학생은 아무 일도 일어나지 않는 극히 짧은 단편들만 썼다. 밝혀지지 않은 무언가에 어떤 인물이 반응하거나, 밝혀지지 않은 위기가 지난 다음 어떤 커플이 서로 대화를 나누려고 애를 쓰

말하기를 선택하자

는 내용이었다. 전부 너무나도 단순하고 미묘했기 때문에 무슨 이야기인지 알 수가 없었다.

나는 그녀가 쓴 단편소설을 읽었지만 무엇에 대한 이야기인지 알 수 없었기 때문에 이야기가 시작하기 전 몇 시간 또는 며칠 동안 등장인물들의 삶에 어떤 일이 있었는지 써 보라고, 내러티브를 조금 더 일찍 시작해 보라고 말했다. 그러자 그녀의 단편은 3쪽에서 17쪽으로 늘어났고, 그녀가 자란 시골에서 벌어졌던 폭력 행위에 대한 이야기임이 밝혀졌다. 그것은 내가 읽은 최고의 단편들 중 하나였고 ─ 아니, 과장이 아니다 ─ 그녀는 자기 고향에 관한 멋진 단편을 연이어 썼다. 내가 한 일이라고는 그녀가 이미 쓴 아주 작은 이야기의 조각보다 더 많은 이야기를 듣고 싶다고 말해 준 것뿐이었다. 그녀는 사건을 생각해 낼 필요가 없었다. 어떤 사건인지 이미 알고 있었지만 그것을 쓸 자신감이 없었을 뿐이다. 적어도 우리가 같이 공부했던 몇 달 동안 그녀를 돕는 것은 무척 쉬웠고, 그녀는 석사과정 중에, 그리고 졸업 직후에 쓴 단편소설들로 눈부신 성공을 거두었다. 그녀는 책을 냈고, 상을 탔고, 에이전트의 연락을 받았다.

불행히도 몇 년 전에 석사과정을 졸업한 다음부터 그녀는 어떤 체계도 강제력도 없이 글을 써야 했고, 우리 대부분이 그렇듯이 가정에 심각한 문제가 생겨서 이를 해결해야 했기 때문에 글쓰기를 그만두었다(그러나 내가 보기에 그녀가 매주 몇 시간 정도 글을 쓴다고 해서 피해를 받는 사람은 아무도 없다). 그러므로 자기검열을 거부하는 데 따르는 어려움을 순진하다고 여겨선 안 된다. 만약 당신이 이 여학생만큼 글을 쓰기 힘들다면 항상 수업이나 모임에 참여해서 글을 쓰라는 요구를 받아야 한다. 그래야 당신에게 입을 다물라고 말하는 본인이나 타인들의 목소리를 지울 수 있다. 심지어는 수업이나 모임에 참가해도 괜찮다고 마음을 다잡아야 할 수도 있다. 친구들끼리 뭔가를 쓰기로 약속하고 마감일을 정한 다음 직접 또는 컴퓨터를 통해 만나서 각자의 글에 대해서 이야기를 나누는 것도 도움이 된다.

보통 이야기하기를 꺼리는 학생과 같이 공부하다 보면 나중에는 그 학생이 처음 제출했던 작품보다 더욱 완성된 단편소설, 다양한 인물과 상황, 여러 가지 사건이 등장하는 작품이 나올 때가 많다. 그러나 반복되는 문제들도 있다. 그런 학생들의 작품을 읽으면 혼란스럽다. 등장인물들이 누구인지, 서로 어떻게 아는지, 무엇을 하고 있는지 알 수가 없다. 처음에는 언급할 가치도 없는 문제 같았다. 작품 속 오빠가 조경사라서 여동생네 뒤뜰에서 나뭇가지를 치고 있고, 여동생은 오빠에게 돈을 주지 못해서 죄책감을 느낀다고 작가가 **말하기**만 하면 된다. 쉽게 고칠 수 있는 문제고, 작가 스스로도 그 문제를 알아차릴 테니 강사가 이야기를 꺼낼 필요도 없다. 하지만 실제로는 그렇지 않다. 학생이 모르는 경우가 많다. 그녀는 마음속 어딘가에서 작품 속 오빠가 조경사라는 사실을 독자가 알길 원하지 않거나 직접적으로 말하는 것이 부적절하다고 생각한다.

헷갈리는 단편소설을 쓰는 학생들은 직접적으로 말하는 것이 더 나을 때 간접적으로 말하는 경향이 있다. 이러한 소설에는 등장인물들의 삶에 대한 기본적인 사실을 꾸밈없이 서술하여 정보를 전달하는 문장들이 부족하다. 이러한 소설은 모든 등장인물들이 알고 있는 중요한 미스터리(이 여자는 왜 여행을 하고 있을까? 다들 누구의 이야기를 하고 있는 걸까?)에 의지하며, 모르는 사람은 독자밖에 없다──**나만 모른다!** (잠시 후 나는 등장인물들이 나만 모르는 농담이나 비밀을 즐기고 있구나 생각하면서 여백에 학생에게 주는 조언을 미친 듯이 휘갈겨 적기 시작한다.) 내용은 주로 실제 일어난 일이 아니라 등장인물의 정신 작용에 대해서 이야기하고, 내가 읽고 있는 것은 어떤 일이 이미 일어난 **다음**에 누군가가 생각하거나 기억하거나 느끼는 것이다. 때로는 시간 순서가 너무 뒤죽박죽이라서 이야기를 전혀 따라갈 수 없다. 이와는 다른 애매함도 있다. 사건들 하나하나는 말이 되고 시간 순서에 따라 서술되지만 그러한 사건들이 왜 같은 소설에 나오는지, 등장인물들이 무엇을 원하는지, 그들이 왜 그런 행동을 하는지 알 수 없는 경우이다. 그리고 비현실적인 요소가 등장하지만 아무 도움도 되지 않는 단편소설도 있다.

여러 가지 혼란이 한꺼번에 등장하거나 작품을 읽는 내내 당황스러우면 작품에 대해서 책임을 지지 않는 작가의 책을 읽고 있다는 생각이 든다. 당황한 상태에서는 작품을 판단할 수 없기 때문에 그녀(또는 그. 때로는 남성 작가가 그러하다)는 소설 속에서 무슨 일이 벌어지고 있는지 내가 알기를 **원하지** 않는다. 참 대단하지만 문제는 내가 그리 명석하지 않다는 것이다. 천재들만을 위한 글을 쓰고 싶은 것은 아닐 테니 다른 사람들을 좀 봐주자. 몇십 년 전에 내가 가르치던 창작 수업에서 어느 학생이 시를 한 편 제출했는데, 다른 학생들은 물론이고 나 역시 전혀 이해할 수 없었다. 나는 독자가 하나도 없다면 만족스럽지 않을 거라고, 명확함이 전부는 아니지만 중요하다고 주장했다. 그동안 아주 예리한 젊은 여학생이 시를 읽고 또 읽더니 갑자기 고개를 들고 눈을 깜빡이며 이렇게 말했다. "혹시 하원에 대한 시인가요?" 그녀의 말이 맞았다. 그래, 알아듣는 사람도 있다. 그럼에도 말이다.

말하기를 선택하자

직접 서술과 간접 서술

"클래시코는 얄리를 보면서 이제 어떻게 할까 생각했다"로 시작하는 단편소설이 있는데, 3쪽까지 읽어야 얄리가 사람이 아닌 개임을 알게 된다고 생각해 보자. 이것이 간접 서술인데, 설명할 가치가 있는 개념이다. 어떤 편집자로부터 내가 간접적으로 서술하고 있다는 말을 들었을 때 나는 그게 무슨 뜻인지 몰랐기 때문이다(나 역시 간접 서술이라는 개념을 배워야 했기 때문에 이러한 설명이 필요하다는 것을 잘 안다). 직접 서술은 화자가 독자에게 들려주려는 이야기가 있음을 인정하고 무슨 일이 벌어지고 있는지 금방 알려 준다. "시월 어느 날 오후, 클래시코 존슨은 초콜릿색 래브라도 얄리를 데리고 달리기를 하러 센트럴 파크로 갔다." 간접 서술은 독자가 오기 전에 이야기가 벌써 시작된 것처럼, 독자가 무슨 일이 벌어지고 있는지 엿들으면서 단서를 찾는 것처럼 시작한다. "클래시코는 캐처너리의 메시지를 다시 읽었다. 그렇다, 제대로 이해한 것이 맞았다. 그들은 어떻게 해야 할까? 호수로 가는 길에 있었던 일을 캐처너리가 알면 어떻게 될까?" 간접 서술에는 분명 매혹적인 면이 있다. 우리들 중 대다수는 간접적으로 서술하는 이야기를 읽으면서 책과 사랑에 빠졌다. 우리는 인내심을 발휘하며 단서를 찾고, 등장인물의 집 안으로 들어가도 된다고 허락을 받은 사람처럼 서서히 끌려 들어가는 법을 배웠다. 캐처너리가 누구인지, 클래시코가 그녀에게서 받은 메시지가 무엇인지, 그리고 특히, 호수로 가는 길에 무슨 일이 있었는지 조금만 기다리면 알게 될 것이다.

이야기를 직접적으로 서술하는 화자라면 "말을 한 마리 봤어"라고 말할 것이다. 간접적으로 서술할 때에는 우리가 이미 알고 있는 말이라는 듯이, 우리가 오기 전에 어떤 이야기가 이미 시작되었고 그 이야기에 말이 나왔다는 듯이, 우리가 영광스럽게도 이 말을 이미 만난 적 있다는 듯이 "그 말을 봤어"라고 말할 것이다. 이름이 아닌 "그녀"라는 대명사로 시작하면 간접 서술이다. 또는 적어도 간접 서술로 시작하는 이야기이다. 처음 한두 문단을 간접적으로 서술한 다음 뒤늦게 사실을 알려 주는 이야기들이 많다. "캐처너리는 클래시코의 여동생이었다." 호수로 가는 길에 무슨 일이 있었는지 알아내려면 기다려야 하겠지만, 메시지는 그녀가 놀러 온다는 내용이었음을, 그녀는 누구에게나 잔소리를 하기 때문에 썩 환영받지 못한다는 사실은 아마 빨리 알게 될 것이다.

문제는 독자를 생각하지 않고 누구나 편안히 받아들일 수 있는 수준 이상으로 수수께끼가 겹겹이 쌓일 때이다. 다음은 간접적인 도입부의 나쁜 예로 내가 만든 것이지만, 실제로 내가 봤던 도입부들과 크게 다르지 않다.

그녀는 상자 — 그가 그토록 멀리서, 그런 방문 끝에 가져온 것이었다 — 를 여는 그를 지켜보면서 저 안에 든 것을 어떻게 해야 할까 생각했다.

이 문장은 물론 신비롭지만, 그 신비로움은 어디에서 비롯될까? "그"와 "그녀"가 누구인지, 어떤 관계인지, 어떤 사람들인지 — 어느 나라, 어느 주, 어느 세기 사람인지 — 상자는 무슨 상자인지 독자가 모르기 때문이 아닐까? 이 정보를 보류함으로써, 비밀을 드러내듯이 서서히 드러냄으로써 얻는 이익은 무엇일까? 이 도입부는 인물의 의식 너무나 깊은 곳에 자리하고 있기 때문에 저자는 독자에게 인물이 구체적으로 생각하는 것 외에는 아무것도 알려 주지 않는다. 등장인물은 누가 상자를 가져왔고 무엇이 들어 있는지 이미 알고 있으니 그러한 사실을 일부러 떠올릴 필요가 없다. 따라서 등장인물이 독자에게 알려 주고 싶은 것들에 대해서 생각할 구실을 작가가 만들지 못하면 독자는 그가 누구인지, 그가 그녀에게 무엇을 가져왔는지 알아낼 수 없다. 저자가 그 구실을 찾을 경우 이런 도입부가 된다.

그녀는 상자—그가 그토록 멀리서, 그런 방문 끝에 가져온 것이었다—를 여는 그를 지켜보면서 **오빠**가 예전에 주었던 선물들을, 또 자신이 그 선물들을 얼마나 싫어했는지를 떠올렸고, 어렸을 때 **자몽**을 하나 다 먹고 두 번 다시 자몽에 손도 대지 않겠다고 맹세했던 때를 회상하며 저 안에 든 것을 어떻게 해야 할까 생각했다.

아, 오빠였다! 자몽이었다!
다음은 똑같은 이야기의 직접적인 도입부이다.

클래시코는 오빠 웅가르티노가 올랜도에서 그녀를 위해서 가져온, 분홍색 자몽이 든 나무 상자를 여는 모습을 지켜보았다. 웅가르티노는 올랜도에서 두 사람의 자매인 캐처너리와 일주일간의 힘든 휴가를 보내고 돌아온 참이었다. 뉴욕의 작은 아파트에 사는 클래시코는 이렇게 많은 자몽을 둘 공간도 없고 자몽을 썩 먹고 싶지도 않았다.

대단한 문학작품은 아니지만 (그래도 내 손녀가 세 살 때 만들어 낸 상상 속 친구들에게서 따온 등장인물의 이름들은 무척 마음에 든다) 적어도 정보를 보류함으로써 독자의 흥미를 끌지는 않는다. 상자에 무엇이 들어 있는지 클래시코도 알고 웅가르티노(끝에서 두 번째 음절에 강세가 있다)도 아는데 독자가 알면 안 될 이유가 어디 있을까? 그 자리에 있는 사람이라면 누구나 뻔히 아는 것으로 미스터리를 만들어 내는 싸구려 수법이 아닐까? 독자가 평범한 물리적 세상에서 무슨 일이 벌어지고 있는지 모른다면 문학의 진짜 미스터리에, 즉 사람들(과 개들)이 어떻게 사랑하고 미워하는지, 그들이 왜 그런 행동을 하는지, 또는 누가 그랬는지에 어떻게 관심을 기울일 수 있을까?

정보를 주는 문장

동료 작가 중 한 명은 정보를 전달하는 단순한 문장, "그녀의 오빠는 조경사였다" 같은 문장의 가치를 이해했을 때 드디어 작가가 되었다고 말한다. 나는 그런 문장을 쓰기 힘든 이유를 잘 모르겠지만, 많은 사람들이 어려워하는 것이 사실이다. 사람들은 정보를 전달하는 문장이 지루하다고 말하는데, 그것은 "스테이트 스트리트가 저쪽인가요?"라는 질문에 "네" 또는 "아니오"라는 대답을 들었을 때 지루하다고 생각하는 것과 같다. 알고 싶은 사람은 지루하지 않다.

또 "말하지 말고 보여 주라"라는 잘못된 생각이 숨어 있다. 창작을 가르치는 강사들은 말하는 것보다 보여 주는 것을 옹호하기 때문에 (이것은 "해리가 내 햄버거에 자기 맥주를 쏟았다"가 "해리는 서툴다"보다 더 생생하다는 의견일 뿐이다) **무언가**를 말하는 것은 규칙에 어긋난다는 믿음이다. 그러므로 아이가 몇 살인지 작가가 직접 말하지 않기 위해서 독자는 걸을 수는 있지만 이가 빠진, 또는 이는 났지만 아직 걷지 못하는 작은 아이에 대한 장황한 설명을 들어야 한다. 소설의 묘미는 사람과 장소를 생생하게 그리는 것이지만, 모든 문장이 계속 그래서는 안 된다. 내가 평범한 사실의 회피라는 문제를 8장에 넣은 것은, 작가 초년생들이 아기가 13개월이고 오빠가 조경사라고 말해야 한다는 사실을 모르는 것이 아니라 알지만 말하고 **싶어 하지** 않는 것이 문제라고 생각하기 때문이다. 지나친 오지랖일지도 모른다. 이것은 일행에게 "피자는 어때? 스테이트 스트리트에 아는 가게가 하나 있어, 저쪽으로 세 블록만 가면 돼"라고 말하는 것과 같다. 당신이 혹시나 저녁 식사를 망칠까 봐 다른 사람이 나서기만을 항상 기다리는 사람이라면 단편소설을 망칠지도 모르는 아이디어에 책임을 지는 것으로 이 짜증 나는 습관을 극복하자.

독자는 등장인물들에 대한 모든 사실을 소상하게 알 필요가 없고, 도입부에서는 더욱 그렇다. 정보를 전달하는 단순한 문장을 통해서 당신 작품을 이해하려면 반드시 알아야 하는 것들을 독자에게 알려 주자. 독자가 무엇을 보고 있는지 확실하게 가르쳐 주고 혼동을 방지하는 사실들을 말이다. 어떤 남녀가 아침 식사를 하면서 긴 대화를 나누는 장면으로 소설을 시작하면 독자는 두 사람이 연인이나 부부라고 생각할 것이다. 사실 여자는 남자의 남편의 마사지 치료사이고, 고객이 아직 일어나지 않아서 커피를 한 잔 마시는 중이라면 그렇다고 말하자.

미스터리

우리는 앞서 한두 가지 사실만 알면 풀리는 미스터리에 대해서 이야기했다. 이제 밝혀지면 안 되는, 또는 아직은 밝혀지면 안 되는 미스터리에 대해서 생각해 보자. 예를 들면 호수로 가는 길에 일어났던 끔찍한 사건, 마지막 장에서 밝혀져 독자를 전율하게 만들 사건 말이다. 이야기가 뒤늦게 밝혀지는 사실에 의존하는 것은 괜찮다. 그러나 그로 인한 절정이 없으면 — 애초에 문제가 없었다는 사실이 밝혀지거나 용두사미로 문제가 해결된다면 — 독자는 짜증이 날 것이다. 또, 사실이 지나치게 늦게 밝혀져도 짜증이 난다. 한참 후에 밝혀질수록 더욱 흥미진진하고 놀라운 사실이어야 한다. 그리고 마지막으로 — 가장 중요하게도 — 화자는 처음부터 수수께끼의 해답을 알고 있었지만 독자는 모를 경우에도 짜증이 난다.

화자가 처음부터 비밀을 알고 있는 이야기를 성공적으로 써 낼 수도 있지만 쉽지는 않다. 만약 그런 작품을 쓰고 있다면 신중하게, 의식적으로 쓰자. 화자가 어떤 면에서 혼란을 느끼거나, 자신이 아는 것에 대한 생각을 한참 동안 회피하거나 정확하게 말하지 않는 경우에는 독자가 정보의 누락을 받아들일 수도 있다. 화자가 솔직하게 **이야기할** 때에도 정보를 보류할 수 있다. 우리는 이야기가 있음을, 그러므로 작가만 아는 비밀도 당연히 존재한다는 것을 처음부터 알고 있기 때문이다. 다시 말해서, 화자가 직접적으로 이야기를 할 뿐만 아니라("지난 초여름에 나는 시간이 날 때마다 나의 개 얄리를 훈련시켰다") 인정받는 작가의 목소리로 자신이 이야기를 들려주고 있다고, 하지만 아직 말하지 않은 것이 있다고 알려 주는 것이다. 앞서 인용한『마의 산』에서 토마스 만이 독자에게 말하는 부분도 그렇고, 한 가지 더 예를 들자면 이런 식이다. "웅가르티노가 왜 왔는지, 또 그가 왔을 때 무엇을 했는지 말하기 전에, 얄리와 내가 호수에서 오전 시간을 어떻게 보냈는지 당신이 알았으면 좋겠다." 작가로서의 권위가 충분하면 무엇이든 할 수 있다.

말하기를 선택하자

그러므로 이야기에 미스터리를 더하려면 당신이 무엇을 하고 있는지 의식해야 한다. 때로 작가들은 아직 발전되지는 않았지만 괜찮아 보이는 아이디어를 얻는다. 어쩌면 웅가르티노가 온다고 쓰면서도 그가 왜 왔는지, 무엇을 하는지 스스로도 몰랐을지 모른다. 연이 자유롭게 날고 있다면 초고에는 온갖 잠재적인 아이디어가 들어 있을 것이다. 그러나 글쓰기를 잠시 멈추고 알리와 함께든 아니든 긴 산책을 하면서 어떤 이야기인지, 어떤 정보를 보류하면 이야기가 얼마나 더 좋아질지 고민하는 것이 좋다. 노력 없이 저절로 되지는 않는다.

한 번은 커뮤니티칼리지에서 글쓰기 보강 과정을 담당했을 때 놀랍게도 어느 학생이 장편소설을 쓰기 시작했다. 나는 깊은 인상을 받았다. 나도 아직 소설을 쓰기 전이었고, 학생들은 대부분 무슨 글이든 쓰기를 망설였다. 그는 상당한 분량을 제출했는데, 태양을 향해 날아가는 우주 여행자들에 대한 이야기였다. 어느 날 내가 등장인물들이 어떻게 해서 태양의 안까지 들어갔다가 다시 나올지 무척 흥미진진하다고 말하자 그는 아직 어떻게 할지 알아내지 못했다고 말했다. 곧 그는 더 이상 소설을 제출하지 않았다. 우주 여행자들이 태양에 들어갔다가 돌아오는 이야기를 쓰겠다고 약속하기 전에, 또는 적어도 그 약속을 처음 2, 30쪽이나 질질

끌기 전에 그 방법을 알아내는 것이 제일 좋다.

종이 위에서 생각하는 인물들

작가 초년생들은 자기 소설에 정신적인 과정을 흩뿌릴 때가 많다. 웅가르티노는 이것을 "아직도 기억하고", 저것을 "궁금하게 여기고", 또 다른 무언가에 대해서 "공상에 잠겼다". 정신적 과정을 언급하면 이야기가 느리고 약해진다. 웅가르티노가 기억하고 궁금하게 여기고 공상에 잠기는 대상, 즉 만질 수 있는 실체가 아니라 기억하고 궁금하게 여기고 공상에 잠기는 행위에 대한 이야기가 되어 버리기 때문이다. 물론 내러티브 자체는 기억하고 궁금하게 여기고 공상에 잠기는 것을 포함하는 정신적 과정의 결과이다. 우리 작가들은 내면에 무척 관심이 많기 때문에 내면에 대한 이야기를 하고 싶고, 우리가 무척 좋아하는 일, 즉 기억하고 궁금하게 여기고 공상에 잠기는 사람들에 대해서 쓰고 싶은 유혹을 느낄지도 모른다. 우리는 앞서 이 문제를 살펴보았다. 그러나 작가들이 "웅가르티노는 여동생과 함께 산 정상에 올랐던 일을 아직도 기억했다"라고 쓰는 것은 작가로서의 자신감, 화자로서의 권위가 부족하기 때문일지도 모른다. 그들은 등장인물들이 산 정상에 오른 적이 있음을 독자에게 알려 주고 싶을 때 "몇 년 전 어느 아침, 웅가르티노와 여동생은 산 정상에 올랐다"라고 쓰면 된다고 생각하지 않는다. 웅가르티노의 시선에서 이야기를 전개하는 경우 어차피 그가 등산을 기억하지 못하면 우리는 그 이야기를 들을 수 없다, 그렇지 않은가? 그러므로 등산에 대한 이야기를 언급한다는 것은 곧 그가 기억하고 있다는 뜻이다. 이야기 속의 모든 사건이 등장인물의 의식을 통과하게 만들 필요는 없다. 생각과 관련된 표현을 쓰면 웅가르티노가 정신적 과정을 거치고 있음이 강조되지만, 다들 알다시피 주인공의 정신이 움직이는 방식이나 그가 공상에 빠지는 경향이 있다는 사실보다는 실제로 무슨 일이 일어났느냐가 더 재미있다.

시간 순서의 혼동

우리 모두 알고 있듯이 삶은 어쩔 수 없이 시간 순서를 따르지만 생각은 그렇지 않다. 장편소설에서 시간 순서를 따르지 않을 때의 장점과 문제에 대해서 이미 이야기했지만, 여기에서 한 번 더 언급할 가치가 있다. 시간 순서를 어기고 싶다는 충동은 부분적으로는 물리적 세계와 반대되는 정신적 과정에 대한 사랑 — 외향형이 아닌 내향형 인간의 경험 — 에서, 또 부분적으로는 우리가 지금 이야기하고 있는 작가의 초조함에서 비롯되기 때문이다. 무언가를 분명하게 정의하고, 약속하고, 지나치게 명확하게 결정하고, 앞으로 나서서 "어이 당신, 나는 작가고 당신은 독자야, 무슨 일이 있었냐면 바로 이런 일이 있었어!"라고 말하기를 두려워하는 마음 말이다.

최근에 나는 뛰어난 학생의 단편소설을 읽었는데, 자기 작품을 조금이라도 바꾸는 것에 대해서 거부감이 큰 학생이었다. 그녀에게는 애초에 글을 쓰는 것 자체가 너무나 두려운 일이었기 때문에 글을 고치는 것, 다시 돌아가서 글에 대해서 실제로 생각하는 것은 정말 무시무시한 일이었다. 소설의 첫 장면에서 어떤 일이 발생하지만 잠깐 스치듯이 언급될 뿐이었고, 주인공의 감정인 죄책감과 반감은 지나치게 강조되고 사실은 너무 적었기 때문에 나는 무슨 일이 벌어지고 있는지 파악할 수 없었다. 독자가 처음으로 읽는 장면은 시간 순서상 맨 마지막에 일어나는 사건인데, 작품을 다 읽고 나면 첫 장면이 이해가 갔다. 주인공 여자가 탄 지하철에서 거지가 구걸을 하고 있었는데, 알고 보니 그녀의 아버지였다. 나는 독자의 궁금증을 유발하려면 이야기를 시간 순서대로 써서 극적인 장면을 맨 마지막에 배치하는 것이 가장 효과적이라고 확신했기 때문에 그렇게 충고했다. 나는 이 작품을 다시 보지 못했지만 학생이 내 말에 설득당한 것 같지는 않다. 그녀는 자신이 만들어 낸 훌륭한 작품을 너무 두려워했다.

불분명한 동기

나는 작가가 동기를 지나치게 걱정할 필요가 없다고 생각한다. 현실에서 사람들은 온갖 이유로 온갖 행동을 한다. 클래시코가 개 얄리를 입양하게 된 이유보다 입양하기 전에 있었던 일에 집중하는 것이 더욱 도움이 될 것이다. 클래시코는 개를 입양하지 않겠다고 말했었지만, 어느 날 갑자기 입양했다. 그 사이에 무슨 일이 있었을까? 어쩌면 상사에게 가혹한 평가를 받았을지도 모르고, 어머니가 앓아눕거나 오빠 웅가르티노가 파리로 이주했을지도 모른다. 아니면 상사가 그녀를 승진시켰거나, 어머니가 암 완치 판정을 받았거나, 웅가르티노가 바로 옆 동네로 이사 왔을지도 모른다. 무엇을 선택해도 말이 되게 만들 수 있지만, 클래시코가 가끔 허전함을 느끼다가 강아지를 키워야겠다고 불쑥 깨닫는 것을 우리가 느껴야 한다.

가끔 동기가 불분명한 단편소설을 읽을 때가 있다. 등장인물은 가게에 가고, 강아지를 입양하고, 직장을 그만두지만 그 이유를 도무지 알 수가 없다. 사실 문제는 정확한 이유가 아닐지도 모른다. **누구**인지를 알 수 없다. 작가가 인물 속으로 깊이 들어가서 그 실체와 느낌을 충분히 전달하지 못했기 때문에 독자는 같은 날 같은 인물이 그 모든 행동을 했다고 납득하지 못한다. 이것 역시 불안으로 인해 생기는 문제이다. 작가가 현실에서 일어나는 일들을 있는 그대로 느끼기 거부하기 때문일 수도 있고, 자신의 등장인물을 조심스럽게 대하기 때문일 수도 있다. 이러한 작품은 인물이 순간순간 삶에 대해서 어떤 감정을 느끼는지 거의 언급하지 않기 때문에 얼핏 우아하게 말을 아끼면서 본질에 바로 접근하는 것처럼 보인다. 그러나 그렇게 하기 전에 본질이 무엇인지 반드시 정리해 보도록 하자.

쓸모없는 비현실적 요소

소설에 쓸모없는 비현실적 요소를 넣는 것이 자신감 부족 때문이라고 딱 잘라 말할 수는 없지만, 그럴 가능성이 높다. 할 말이 별로 없다고 생각하는 작가는 초자연적인 요소에 기대야 한다고 생각한다. 물론 작가가 현실적인 리얼리즘이 아니라 다른 것에 끌린다면 그렇게 써야 한다. 다만, 나는 작가들이 "저 말[馬]이 말을 하면 좋겠어"라고 생각하는 것이 아니라 "마술적 리얼리즘을 시도해 봐야겠군"이라고 생각하는 것이 우려된다. 이 생각에는 사람과 동물이 현실적으로 등장하면 지루할 것이라는 두려움이 담겨 있다. 그렇다면 말하는 말이 도움이 될까? 그런 식으로 예상을 벗어나는 책을 평소에 좋아한다면, 그리고 상상 속에 떠오른 이야기가 평범함의 경계를 넘는 것이라면, 원하는 대로 써도 된다. 그렇다면 현실과 다른 점을 미리 보여 줌으로써 이야기 속의 우주가 우리가 아는 우주와 다르다는 사실을 독자가 깨닫도록 하자. 234쪽까지는 더없이 현실적이다가 갑자기 말이 인간의 말을 하면 ── 그리하여 플롯에 해결책을 제공하면 ── 독자는 당신이 말에 대해서 잘 모르거나 독자를 속였다고 생각할 것이다.

함축적 양식

지금까지 자신감 부족으로 인한 문제들에 대해서 이야기했다. 작가 초년생들은 때로 미학적 이유가 아니라 해야 하는 말을 회피하기 위해서 글을 알쏭달쏭하게 쓴다고 말이다. 내가 방금 설명한 작품의 길이를 줄이고, 사건을 빠뜨리고, 이야기를 간접적으로 서술하는 등의 문제들은 대체로 함축적 양식의 특징인데, 이 양식을 잘 활용하면 아주 훌륭한 글을 쓸 수도 있다. 이것은 말하지 않음으로써 말하는 양식, 말하지 않는 **척함**으로써 말하거나 마지못해 이야기하는 **척함**으로써 이야기하는 내러티브 기법이다. 함축적인 저자는 이야기를 하고 싶지 않은 척하지만 분명히 이야기를 하고 싶다. 저자는 힌트만 겨우 주는 **척**하지만 분명한 무언가에 대해서 쓰고 있고—사실을 알리는 말은 종속절에 겨우 들어 있을지도 모르지만—독자를 깜짝 놀라게 할 것이다. 함축적 양식은 포함하는 것이 아니라 빠뜨린다. 불필요한 말을 하지 않는 것은 언제나 좋은 습관이지만, 함축적 양식은 여기서 한 걸음 더 나아간다. 함축적인 시나 단편소설은 무척 짧을 수도 있고, 흰 공백이 종종 끼어들기도 한다. 침묵이 구두점을 찍는다. 함축적 이야기는 길이가 길어도 어떤 의미에서는 여전히 말을 하지 않는다. 화자는 절대 완전히 설명할 수 없는 것을 살짝 언급하거나, 본인은 처음부터 알고 있는 무언가를 계속 말하지 않는다. 또는 간접적으로 이야기를 하면서 독자가 소설 속에 슬그머니, 마치 우연처럼 끼어드는 기분을 느끼게 만들 수도 있다. 그러나 작가는 독자가

말하기를 선택하자

엿듣는 간접적인 이야기를 분명하게 만들기 위해 꼭 필요한 것을 교묘하게 끼워 넣는다. 8장의 나머지 부분에서는 함축적 양식을 효과적으로 이용하거나 다른 대안이 없어서 이용하는 경우의 몇 가지 예를 살펴보자.

안전을 위한 침묵

진짜 검열을, 그러니까 정부의 검열을 당하는 작가라면 함축적 양식을 이용할까? 이런 의문이 떠올라서 나는 러시아 시인 안나 아흐마토바(Anna Akhmatova)의 경우를 살펴보았다. 아흐마토바는 1917년 러시아 혁명 당시 활발하게 글을 쓰고 발표하고 있었다. 그러나 러시아 혁명 이후 그녀가 평생을 보낸 러시아에서 한참 동안 그녀의 작품이 금지되었다. 아흐마토바는 투옥당하지 않았지만 그녀의 아들은 여러 해 동안 수감되었고, 첫 남편을 비롯해서 그녀가 아는 수많은 작가들이 투옥, 처형당했다. 아흐마토바의 가족들 역시 그녀가 글을 쓰지 못하게 했다. 아흐마토바가 열일곱 살 때 아버지는 그녀가 시인이 되고 싶어 한다는 이유로 절연하겠다고 협박했다. 나중에 두 번째 남편 역시 그녀가 글을 쓰지 못하게 했다.

아흐마토바는 여러 해의 침묵 끝에 다시 글을 썼고, 1953년에 스탈린이 사망한 다음 일부 작품이 출판되기도 했다. 그러나 그녀는 여전히 검열을 당했고 이미 인쇄가 끝난 후에 판매를 금지당하거나 책이 폐기되기도 했다. 아흐마토바는 1966년에 세상을 떠났는데, 그녀의 생전에 러시아에서 출판되지 못한 작품들도 남겼다.

사랑과 감정에 대한 초기 시들은 출판이 가능했던 시기의 작품이다. 그녀는 이 당시에도 간접적인 양식을 이용하지만, 무척 효과적이다. 간접적인 양식은 독자와 작가를 더욱 가깝게 만든다. 아흐마토바의 작품을 번역한 낸시 K. 앤더슨(Nancy K. Anderson)은 선집 『죽음을 패배시키는 말』(*The Word That Causes Death's Defeat*)에서 이렇게 쓴다. "아흐마토바의 서정시는 잠시 멈춰서 배경을 설명하는 법 없이 내러티브로 곧장 뛰어듦으로써… 독자가 개인적인 대화를 엿듣거나 모르는 사람의 일기를 우연히 읽는 것처럼 생각지도 못한 친밀한 관계를 맺게 만든다." 이때 앤더슨이 언급하는 작품은 "검은 베일 아래…"로 시작하는 시이다. 작품 속에서 한 남자가 여자에게서 돌아서지만, 그녀는 그 이유를 알지 못한다. 마지막 연은 다음과 같다.

나는 숨을 멈추고 외쳤다. "농담이었어,

전부 다. 날 떠나지마, 제발, 아니면 난 죽을 거야!"

그는 아주 침착하고 잔인한 미소를 지으며 말했다.

"이 바깥은 바람이 너무 심해. 다시 안으로 들어가."

여기에서 함축적 양식을 쓴 것을 두고 왈가왈부할 여
지는 없다. 우리는 무엇이 농담인지, 두 사람이 결혼한 사이
인지, 또 서로를 얼마나 오래 알았는지 알면 이 시를 더욱
잘 이해할 수 있다고 말할 수 없다. 과묵함은 효과적으로 통
제되고 있다. 두 사람이 연인 사이라는 사실이 분명하기 때
문에 독자는 둘이 사장과 직원이나 남매가 아닐까 오해하
지 않는다. 그리고 정확하고 자세한 정보 덕분에 시가 직접
적이고 구체적으로 느껴진다. 이 작품에서는 함축적 양식이
적절하게 사용되고 있다. 등장인물이 연인 사이가 아니라면
함축적인 양식이 이렇게 효과적이지 않을 것이다. 내가 만
난 어느 단편소설 작가는 함축적 양식을 권장하는 강사에게
글쓰기를 배웠는데, 나중에 낭만적인 사랑만이 아니라 삶의
다른 측면들에 대한 소설을 써도 된다는 사실을 알았을 때
는 깨달음을 얻은 것 같았다고 나에게 말했다. 물론 사랑은
좋은 주제이다. 그러나 다른 주제도 존재한다. 사장과 직원
에 대해서, 아니면 위에서 내가 예를 든 것처럼 마사지 치료
사와 고객의 남편에 대해서 쓰고 싶으면 어떻게 해야 할까?

그럴 때에는 몇 가지 사실들을 언급해야 한다.

나중에 아흐마토바는 일부러 함축적 양식을 선택한다. 솔직하게 작품을 썼다면 너무 무모했을 것이다. 그녀가 말년에 남긴 수작 「주인공 없는 시」(Poem Without Hero)는 일부러 모호하게 쓴 암호 같은 작품이다. 이 시는 무척 어렵고, 그녀의 동시대 사람들도 이해하지 못했던 것 같다. 아흐마토바는 여러 해에 걸쳐서 이 작품을 고쳐 쓰거나 덧붙였고, 2부에서는 편집자가 1부에 반대하면서 이렇게 말했다고 전한다.

독자가 이해를 못할 거예요 — 아직도 분명하지 않아요,
언제 전부 다 끝나는지, 누가 연인인지,
누가 누구와 무엇을 언제 왜 했는지,
누가 죽고 누가 살아남았는지 말이에요.

아흐마토바는 설명을 거부한다. 그녀는 애매함을 강요당했지만, 이제 그것을 자신의 무기로 삼는다.

여러 해 동안 누락되었던 연에서 아흐마토바는 침묵당한 것에 대해서, "입안 가득 마른 흙이 처넣어진" 자기 시에 대해서 쓴다.

역시 여러 해 동안 누락되었던 다음 연은 이렇다.

그들은 고문했다. "내뱉어, 네가 아는 걸 말해!"

그러나 단 한마디 말도, 비명도, 신음도,

적이 이용할 수 있는 것은 내뱉지 않았다.

한 해 두 해가 수십 년이 되고 ― 매년

고문과 투옥, 죽음이 있었다 ― 그러한 공포 속에서

나는 노래할 수 없었다 ― 그럴 수는 없었다.

역사 말년에 썼던 「장송곡」(Requiem)은 아흐마토바가 아들에게 줄 꾸러미를 안고 감옥 앞에 줄을 서서 기다렸던 수많은 시간에 대한 것이다. 꾸러미가 접수되면 죄수가 아직 살아서 그 감옥에 있다는 뜻이었다. 그 외에는 생사를 알아낼 방법이 없었다. 아흐마토바의 설명에 따르면 언젠가 그녀가 줄을 서 있을 때 누군가 자신을 알아보고 이렇게 물었다. "**이것**을 써 주실 수 있나요?" 아흐마토바는 "쓸 수 있어요"라고 말했고, 무슨 일이 있었는지 썼다. 그렇게 쓴 시는 모호하지만 이해할 수 있고 감동적이다.

아흐마토바는 「장송곡」을 썼을 때 출판은커녕 종이에 적을 수도 없었다. 그녀는 시를 외워서 친구들에게 가르쳐 주었고, 친구들도 그 시를 외웠다. 『죽음을 패배시키는 말』에 따르면 아흐마토바의 친구 리디아 추코프스카야는 그 과정을 이렇게 설명했다.

안나 아흐마토바는 나를 찾아왔을 때 「장송곡」의 일부를 속삭였지만, 자기 집에서는 감히 속삭이지도 않았다. 그녀는 대화를 나누다가 갑자기 말이 없어져서는 천장과 벽을 보며 눈짓으로 나에게 신호를 보내고 종이쪽지와 연필을 꺼냈다. 그런 다음 큰 소리로 "차 좀 더 마실래?"라거나 "살갗이 많이 탔구나"처럼 아주 평범한 말을 한 다음 쪽지에 얼른 써서 나에게 건넸다. 나는 시를 읽고 외운 다음 말없이 그녀에게 돌려주었다. 안나 아흐마토바는 "올해에는 가을이 참 빨리 왔어"라고 크게 말하면서 성냥에 불을 붙이고 재떨이에서 쪽지를 태웠다.

가족과 정부가 아흐마토바에게 글을 쓰라고 격려했다면 그녀가 어떤 식으로 시를 썼을지 우리는 알 수 없다. 타고난 리듬이나 언어감각뿐만 아니라 압축적이고 삼가는 양식으로 작품을 써야 할 실제적인 필요성이 그녀의 작품 세계를 형성했다는 사실만은 확실하다. 앤더슨이 지적하듯이 실제적인 필요성은 감정적 필요성이 되었다.

침묵당한 인물

아흐마토바와 마찬가지로 많은 작가들, 특히 여성 작가들이 입막음당한 여성이라는 주제로 작품을 쓴다. 아일랜드 작가 메리 코스텔로(Mary Costello)는 미국에서 2015년에 발표한 소설 『아카데미 스트리트』(*Academy Street*)에서 어머니의 죽음 이후 충격으로 말을 할 수 없게 된 소녀를 그린다. 소녀는 마치 말할 상대가 없기 때문에 말을 못하는 것 같다. 몇 달 후, 소녀는 가족들 중에서 유일하게 믿는 한 사람에게만 다시 말을 할 수 있게 된다. 유도라 웰티의 1972년 소설 『낙천주의자의 딸』은 자기 아버지와 마찬가지로 자신의 느낌을 말하지 못하는 여자에 대한 이야기이다. 퉁명스럽고 솔직하지만 섬세한 어머니가 세상을 떠나자 아버지는 무례한 여성과 결혼하는데, 새어머니가 죽은 어머니와 비슷한 점은 마음속에 떠오르는 생각을 다 말한다는 것뿐이다. 잉글랜드-아일랜드 작가 엘리자베스 보웬(Elizabeth Bowen)의 소설들에서는 소녀나 여성(역시 어머니가 죽은 경우가 많다)이 입막음을 당하고, 누군가 불쑥 어떤 말을 내뱉으면 큰 문제가 생긴다.

이러한 소설은 대부분 함축적 양식이다. 예를 들어 유도라 웰티의 작품은 어떤 사건이 한창 일어나는 중간에 시작되고, 독자는 무슨 일이 벌어지고 있는지 한동안 파악하지 못한다. 『낙천주의자의 딸』의 첫 문장은 간접적이다. "간호사가 그들을 위해 문을 열고 잡아 주었다." 대명사 "그들"은 선행사가 없기 때문에 독자는 문을 통과하는 사람이 누구인지 알지 못한다. 그러나 "간호사"라는 말에서 독자는 무언가를 짐작할 수 있다. 작가는 간호사를 "제복 차림의 젊은 여성"이라고 표현해서 내용을 더욱 알쏭달쏭하게 만들지는 않는다. 두 번째 문장은 등장인물들이 누구이며 어디에 있는지 바로 알려 준다. "매켈바 판사가 앞서고, 그의 딸인 로럴이 뒤따르고 그의 부인 페이가 다시 그 뒤를 따르는 가운데, 그들은 창문이 없는 진찰실로 들어갔다."

이어지는 내용에서 내러티브는 같은 장면에 머물러 있지만—등장인물들이 어떻게 생겼는지, 무슨 말과 행동을 하는지에 집중한다—독자는 몇 가지 사실을 교묘히 알게 된다. 로럴은 "사십 대 중반"이고 "뉴올리언스는 그들 모두에게 낯선 곳이었다". 이것은 무척 중요한 문장이다. 이 문장이 없었다면 독자는 셋 중에 한 사람은 뉴올리언스에서 산다고 생각했을 것이다. 독자는 세 사람이 그들 모두에게 낯선 곳에 온 이유를 알아낼 때까지 인내심을 발휘하며 기다린다. 독자는 아직 모르지만 혼란스럽지는 않고, 죽은 어머니를 제외하면 그 무엇에 대해서도 잘못된 추정을 하지 않는다. 죽은 어머니의 이야기는 너무나도 에두르는 힌트를 통해서 언급되기 때문에 놓치는 독자들도 있다. 그녀는 죽어서도 침묵당하는 것이다.

앨리스 먼로의 단편소설 「코테스섬」에서 화자는 어느 가증스러운 여성의 방해 때문에 솔직하게 살지도, 목소리를 내서 말을 하지도, 작가가 되지도 못한다. 주인공과 젊은 남편은 밴쿠버의 지하 아파트에서 산다. 때는 1950년대이고, 위층에는 고리 부부가 살고 있다. 화자는 일자리를 구하는 척하지만 사실은 일자리를 구하고 싶지 않다. 그녀는 글을 쓰고 있다. 다른 사람들에게는 편지를 쓴다고 말하지만 사실은 단편소설을 쓰고 있는데, 전부 실패작이다. 주인공은 똑같은 이야기를 썼다가 공책에서 찢어 내서 쓰레기통에 버리기를 반복한다. 그러다가 공책이 다 떨어지면 새 공책을 산다. 화자가 집을 비운 동안 고리 부인이 들어와서 쓰레기통에 버려진 소설을 읽었음이 나중에 밝혀진다. 고리 부인은 다른 일로 화자에게 화가 났을 때 그녀의 단편소설을 비웃으면서 제정신이 아니라고 말한다.

고리 부인은 여성성을 대변한다. 그녀는 옷을 예쁘게 차려입고, 화장을 하고, 강박적으로 빵을 굽고, 청소를 한다. 고리 부인이 구운 빵은 못 먹을 정도로 엉망이지만 그녀는 책을 읽거나 쓰고 싶은 화자를 방해하며 억지로 불러서 빵을 먹인다. 이야기가 진행되면서 화자의 남편 체스 역시 집

안일과 물질적인 것을 중요하게 여긴다는 암시가 여러 번 등장한다. 두 사람은 미혼일 때는 섹스를 할 수 없기 때문에 결혼했지만 이제 그들의 목표는 물질적인 풍요로움이 되었다. 화자가 마침내 도서관에서 일자리를 구하자 두 사람은 더 큰 아파트로 이사한다. 두 사람 분의 월급이 생겼기 때문에 가능해진 일이다. 화자는 적극적이다. 그녀는 실패로 얼룩진 삶을 살면서 고리 부인과 상징적으로 입막음을 당한 화자처럼 뇌졸중으로 말을 못하게 된 고리 씨에게 쫓겨 다니다가 드디어 벗어나서 무척 기뻐한다. 그러나 작가는 화자가 잘못된 선택을 했다고, 다들 이해하는 명확한 기능을 가진 "도서관 여직원"이 되기 위해서 글쓰기를 포기한 것이 잘못이었다고 아주 어렴풋이 암시한다. 이제 화자는 책을 읽고 쓰는 대신 책꽂이에 꽂고 대출해 준다.

화자는 더 큰 집으로 이사한 다음 고리 부인을 잊지만 몇 년 동안 고리 씨가 나오는 색정적인 꿈을 꾼다. 우리는 화자가 결국 이혼을 하고 다시 단편소설을 쓰리라고, 말하자면 앨리스 먼로 같은 사람이 되리라고 짐작할 수 있다. 그러나 현재로서 남은 삶의 증거는 침묵당한 이웃에 대한 꿈밖에 없다. 다른 사람들에게 검열당한 인물은 스스로를 검열하고, 글쓰기는 멈추었다.

먼로는 깜짝 놀랄 만큼 솔직한 작가이다. 그녀의 단편

소설은 긴 편이고, 독자는 보통 뭐가 뭔지 정확히 파악한다. 그러나 이 작품에서 먼로는 간접적인 서술을 통해 독자가 친구라도 되는 것처럼 친밀한 어조로 이야기한다. 소설이 시작할 때 화자는 "체스"와 그가 일하는 사무실을 언급하지만 "체스는 내 남편이었다"라든지 "체스는 사무실에서 일했다"라고 말하지 않는다. 그러한 언급이 있었다면 이야기가 조금 더 딱딱해졌을 것이다.

가장 흥미로운 함축성은 이 소설 속에 숨겨진 이야기이다. 한동안 화자는 고리 부인이 외출한 동안에 말 못하는 고리 씨를 돌봐 주게 된다. 고리 씨는 손짓으로 그녀에게 스크랩북을 꺼내 보라고 시키고, 밴쿠버 북쪽 코테스섬의 숲속 어느 집에서 어떤 남자가 사망한 사건에 대한 신문 기사를 읽게 한다. 남자는 화재로 죽었는데, 방화였을 가능성도 있었다. 남자의 아내는 친구와 배를 타고 다른 지역에 가 있었다. 첫 기사에서는 친구의 신원이 밝혀지지 않지만 다음 기사에는 친구의 이름이 나온다. 바로 고리 씨이다. 죽은 남자의 아내는 먹지도 못할 쿠키를 만드는 고리 부인이었다. 그녀는 화자에게 한때 자연 속에서 살았다고 말한 적이 있다. 소설이 밝히는 것은 이게 전부지만 독자는 고리 씨와 고리 부인이 한 때 불륜관계였고, 두 사람이 고리 부인의 첫 남편을 살해했거나 자살로 내몰았으며, 이 일로 처벌은 받지 않았지만 고리 부인은 사랑과 모험으로 가득한 멋진 삶이 아니라 집 안에서 꼼짝도 못하는 불행한 삶을 살고 있음을 정확히 짐작할 수 있다.

　이처럼 함축적인 화법은 무척 섬뜩하고, 「코테스섬」의 화자처럼 억압으로 인해 이러한 화법을 택할 때에는 더욱 효과적이다. 어쩌면 어떤 이야기는 말로 표현할 수 없을지도 모른다. 숨겨진 이야기는 무척 강렬하다. 아마도 화자가 직접적으로 이야기하지 않았는데 우리 독자들이 더러운 마음으로 그 이야기를 상상했다는 기분이 들기 때문에, 우리도 공범이 되기 때문에 그럴지도 모른다.

이야기를 하자

함축적인 글, 비현실적인 글, 간접적인 글, 독자를 일부러 혼동에 빠뜨리는 글은 재미있고 놀라울 수 있지만 그렇다고 해서 직접적이고 명확하고 현실적인 글이 덜 강력한 것은 아니다. 나는 보통 직접적인 글이 간접적인 글보다 **더** 강력하다고, 또 문제가 있을 경우 그 문제가 더 잘 보인다고 생각하게 되었다. 그러나 당신이 반대로 생각한다 해도 나는 독자로서 아무 불만도 없다. 그러나 두려움 때문에 반대를 선택한다면 스스로의 동기를 의심해 봐야 한다. 그럴 때면 나 역시 당신 작품에 대한 인내심이 떨어질 것이다. 글을 쓸 때에는 당연히 어려움이 많고 우리는 작품을 쓰면서 떨칠 수 없는 불안을 느낄 수도 있다. 그러나 그러한 어려움과 불안 때문에 미학적인 선택을 내려서는 안 된다.

우리는 글을 쓸 때 검열당하고 있을지도 모른다고 인식해야 한다. 정부의 검열은 아닐지라도 예술에 항상 도움이 되지는 않는 기준을 적용하는 출판사에 의한 검열, 또 특히 여성의 경우 가까운 사람들에 의한 검열, 그리고 무엇보다도 스스로에 의한 검열 말이다. 개인적인 두려움과 증오가 존재할 때에만 인종차별과 성차별, 동성애혐오가 공식적으로 용인되는 것처럼, 사람들이 사적으로 서로를 검열하거나 자신을 검열하지 않으면 정부는 작가를 박해할 수 없다. 우리가 얻어야 할 교훈은 분명하다. 우리가 살면서 어느 순간 어떤 이야기를 솔직하게 할 경우 감옥에 갇히거나 죽을 위험에 처하면, 국제작가협회(PEN)와 작가조합, 미국자유시민연맹에 소속되어 있음을 확인하고 말할 권리를 위해 싸워야 한다. 그리고 동시에 이야기를 하지 않거나 아무도 우리의 의도를 증명할 수 없도록 낯설거나 간접적인 방식으로 이야기하는 것을 고려해야 한다. 간접적이거나 비현실적인 화법을 써서 이야기하지 않는 척함으로써, 또는 무언가를 암시하거나 일부를 빠뜨림으로써 이야기가 더욱 뚜렷하고 강렬해진다면 우리는 그렇게 해야 한다. 그러나 잘못된 이유 때문에 함축적이고, 간접적이고, 비현실적으로 이야기하지는 말자. 주변 사람들과 나 자신의 검열하는 목소리를 무시하고 작가로서의 권위, 책임자로서의 권위를 갖자. 이야기를 하자.

말하기를 선택하자

5부

살아서 이야기를 하자

9장　생각을 바꾸자

Revising Our Thought Bubbles

환상

나는 얼마 전에 탈장 수술을 받았는데, 의사에게 무슨 일이 있었는지 기억하고 싶다고, 그러니 기억을 전부 잊게 만드는 약을 주지 말라고 부탁했다. 의사와 간호사들이 내 배에 대고 무언가를 하고 있을 때 마취과 의사가 몸을 숙이더니 억양이 독특하고 친절한 목소리로 말했다. "작가시라고 들었는데요."

　"네." 그 상황에서 내가 제일 이야기하고 싶은 주제는 아니었다.

　"우와." 내 뒤에서 간호사가 말했다. "뭘 쓰세요?"

나는 '아, 세상에'라고 생각했지만 이렇게 말했다. "소설가예요."

흥미롭다는 듯 수술대 주변이 웅성거렸다. 다른 간호사가 말했다. "우리가 들어 본 작품이 있을까요?"

사람들은 보통 당신이 진짜 작가라면 누구나 당신과 당신 책에 대해서 들어 봤을 것이라고 생각하는 경향이 있다. 반스앤노블 서점을 둘러보거나 온라인 서점에 접속해 본 사람이라면 누구나 웃음을 터뜨릴 만한 생각이다. 극소수를 제외하면 아무도 들어 보지 못했을 작가와 작품이 수없이 많기 때문이다. 그러나 작가가 아닌 사람들은 대부분 작가가 드물고 유명한 사람이라고, 또 존재하지도 않는 것에 생명을 불어넣을 수 있고 강렬한 감정을 두려워하지 않으므로 좀 기분 나쁜 사람이라고 생각한다. 작가가 무슨 말을 할지 알 수 없기 때문이다. 우리는 좀 기분 나쁜 사람일지는 모르지만 아이들처럼 항상 행복하다. 그러다가 우리가 뭔가를 쓰면 사람들이 줄을 서서 그것을 읽으면서 돈과 찬사와 명예를 바칠 것이라고 생각해 버린다. 수술실 간호사들이 우리의 책 제목을 다 알 것이라고 말이다.

그런데 이제 책을 출판하는 것이 더 어려워지고 출판된 책이 독자를 찾는 것도 더 어려워졌다. 출판사는 우리 생각에 썩 내키지는 않지만 이해할 수 있는 이유들 때문에 베스

살아서 이야기를 하자

트셀러가 될 가능성이 있는 책을 홍보하는 데 예산의 대부분을 쓰고, 따라서 많은 독자들은 그런 책 — 광고와 인터뷰와 대대적인 홍보 행사를 통해 들어 본 책 — 만 존재한다고 생각한다. 그러므로 당신이 책을 쓴 작가라면 당연히 우리가 알 수밖에 없다고 말이다.

그러나 작가가 되고 싶은 사람들은 대부분 석사과정, 작가회의, 대학 창작 수업, 비공식 모임에 참가하거나 혼자 앉아서 글을 쓴다. 거의 모두(전부 다는 아니다)의 머리 위에는 똑같은 생각이, 만화 등장인물의 머리 위에 떠 있는 작은 말풍선 같은 것이 떠다닌다. 대형 출판사에서 평이 좋고 잘 팔리는 책을 낸 다음, 집에서 책을 써서 벌어 먹고 사는 꿈 말이다.

이는 곧 우리 대부분이 거의 항상 실망한다는 뜻이다. 대부분의 작가는 돈을 아예 못 벌거나 아주 조금밖에 못 번다. 첫 책을 내면서 다음 책을 쓰는 동안 어느 정도 편하게 살 수 있을 정도로 괜찮은 선인세를 받는 작가도 있지만, 그런 작가들조차 두 번 다시 비슷한 금액을 받지 못하는 경우가 많다. 우리는 젊은 신인 작가로 절대 돌아갈 수 없고, 첫 책이 편집자가 바라는 만큼 잘 팔리지 않을지도 모른다. 출판사와 에이전트는 목표를 높게 잡을 수밖에 없다. 사업을 하는 사람은 누구나 그래야 한다. 출판사나 에이전트는 수

많은 원고를 받으면서 그중 하나는 크게 성공하기를 꿈꾼다. 같은 글쓰기 프로그램을 마친 동문이 부유하고 유명해지면 다들 흥분한다. 그러나 다른 작가들을 감정적·재정적으로 지탱하는 것은 무엇일까? 책을 낸다고 해도 기껏해야 가끔 뜻밖의 돈이 들어오는 정도에 그치는 경우가 대부분이다. 받으면 기분 좋고, 한턱내거나 저녁 외식부터 주말여행, 새로운 집으로의 이사, 그리고 드물게는 몇 달의 무급 휴가 정도는 즐길 수 있지만 다니던 직장을 그만둘 정도로 크거나 예측 가능하지는 않은 정도의 수입이다. 작가로 살아가려면 다른 일(대학에서 글쓰기를 가르치기도 한다)을 병행하거나, 재산을 물려받거나, 안정적인 직업을 가진 배우자에게 의지해야 한다.

흔한 환상에 빠져 있던 작가 초년생들은 작가가 셀 수 없을 정도로 많다는 사실을 깨달으면 충격을 받는다. 그래서 어떤 작가들은 경쟁심을 불태우며 불쾌하고 굴고, 성공한 작가들을 비웃으면서 원고를 거절당할 때마다 불공평하다고 생각하는 독불장군이 되어 버린다. 그보다 자신감이 떨어지는 작가 초년생들은 "깜빡 잊고 세제를 안 사서 사흘 연속 속옷도 못 갈아입을 만큼 멍청한 내가 성공한 극소수의 작가에 들어갈 가능성이 있기나 하겠어?"라고 생각하고 노력을 포기한다. 마지막 9장에서는 우리 모두 눈부신 성공을 거두리라는 망상과 우리 모두 처참하게 실패할 운명이라는 망상 사이에서 균형을 찾는 방법을 다룬다.

생각을 바꾸는 것, 우리가 누구인지, 무엇을 하려고 애쓰고 있는지, 무엇을 원하는지 더욱 정확하고 흡족하게 설명할 방법을 찾는 것은 공동의 과제이며, 양서 홍보와 독립서점 보존 등 작가 공동체가 해야 하는 굵직한 일들만큼이나 중요하다. 누구도 우리의 환상을 대신 깨 주지 못한다. 출판사와 에이전트는 작가가 매혹적인 직업이라는 신화에서 이익을 얻고, 독자들은 존경하는 작가가 대단한 부자는 아니더라도 중요한 인물이라고 생각하기를 좋아한다. 작가들이 참석하는 행사에 대한 기사는 당연히 당신이 들어 본 작가들의 이름만 언급하고, 따라서 유명한 작가들만이 작가라는 환상을 영속화한다. 모든 작가가 항상 성공을 거두지는 못한다고 사람들을 설득하는 것이 어려울 수도 있다. 눈치빠른 학생들조차도 내 단편소설이 계속 거절당하고 장편소설은 대부분 잘 안 팔린다는 사실을 알면 깜짝 놀란다.

이와 같은 끈질긴 환상 때문에 작가들은 아무도 그러한 요구를 충족시킬 수 없다는 사실을 깨닫지 못한 채 본인에게 불가능을 요구하고 부끄러움과 우울함에 시달린다. 잡지에 글을 자주 발표하는 작가들은 책을 내지 못했다고 자책하고, 책을 낸 작가들은 충분히 많이 내지 못했기 때문에,

또는 제대로 된 책이나 크게 성공한 책을 내지 못했기 때문에 실패했다고 생각한다. 첫 소설로 큰 성공을 거두었지만 두 번째 책을 쓰면서 크게 애를 먹고 세 번째 책은 아예 시작도 못 하는 경우도 있다. 반대로 책은 잘 내지만 글쓰기가 아닌 다른 일로 먹고 사는 사람은 자신이 정말 작가인지 확신하지 못할 수도 있다. 그리고 몇몇 성공한 작가들은 중년에 글쓰기를 시작하거나, 글이 아닌 다른 일로 먹고 살거나, 책을 자주 내지 않는 — 또는 진지하게 글을 쓰지만 아직 출판하지 못한 — 사람들을 "취미로 글을 쓰는 사람"이라고 부른다. 물론 취미로 글을 쓰는 사람들도 있다. 그런 사람들은 자신을 위해서, 또는 친구와 가족을 위해서, 자기표현의 즐거움을 위해 책을 쓴다. 취미로 글을 쓰는 것도 괜찮지만 여기서 우리가 이야기하는 것은 그런 문제가 아니다. 작가는 자기 작품을 고치고 고군분투하면서 모르는 사람이 읽고 싶어 할 만한 것으로 만들려고 노력한다. 글을 열심히 써서 잡지나 책의 형태로 발표한 사람들은 중요한 누군가가 그들의 작품을 세상에 내놓기로 결정했으므로 유명하든 유명하지 않든 분명한 작가이다. 사람들 앞에서 음악을 연주하는 사람은 그것으로 생계를 꾸리든 다른 일을 하면서 가끔 연주를 하든 음악가인 것처럼 말이다. 가벼운 마음으로 글을 쓰는지 아닌지를 보면 취미로 글을 쓰는 사람인지 아닌지 구

살아서 이야기를 하자

별할 수 있다. 작가로서의 커리어가 암울해져서 자살까지 생각하는 사람은 취미로 글 쓰는 사람이 아니다.

무엇을 해야 할까?

환상을 아예 포기하는 것은 정신 나간 짓이다. 돈과 명예를 얻는 작가는 어쨌든 존재한다. 그렇다면 당신과 나라고 해서 안 될 것이 뭐가 있을까? 이 책을 읽은 누군가가 작가로서 눈부신 성공을 거두고 그 성공을 유지할지도 모른다. 바라고 꿈꾸는 것은 잘못이 아니다. 다만 스스로에게 큰 성공을 강요하면서 성공을 거두지 못하면 분노하고, 부끄러워하고, 우울해지는 것은 말이 되지 않는다.

내 생각에는 달관한 듯이 초연해지려고 해서도 안 된다. "저에게는 건강하고 멋진 아이들이 있으니까 소설까지 낼 필요는 없을 것 같아요"라는 말을 나는 여러 번 들었다. 성공하고 싶다는 욕망이 탐욕스럽고 부끄러운 것이라는 듯 그것을 포기해서는 안 된다. 정신적 발전을 위해 출판을 포기해야 한다고 생각해서는 안 된다. 글을 쓰는 것은 다른 사람에게 읽히기 위해서이다. 내 작품이 읽히기를 바라고 읽히려고 노력해야 한다.

이처럼 잘못된 생각들, 모든 작가가 유명하다는 생각, 출판사가 당신을 싫어해서 거절한다는 생각, 당신이 쓸모없기 때문에 거절당한다는 생각, 출판하고 싶다거나 괜찮은 책을 내고 싶다거나 괜찮은 보수를 받고 싶어 하면 안 된다는 생각은 많은 작가 초년생들(과 비작가들)의 오해를 보여준다. 글쓰기는 일상보다 훨씬 낭만적이고 동화에 나올 법한 일, 결혼생활이 아니라 근사한 결혼식이라는 오해 말이다. 내가 작가라고 말하면 사람들은 종종 뭔가를 해낸 아이에게 하듯이 "아아!"라고 반응할 때가 많다(하지만 이 경우에는 적대적인 느낌도 있다는 점이 다르다). 작가 초년생들은 나의 하루가 힘들었다거나, 출판을 하면 기쁜 일만큼 실망스러운 일도 많다거나, 내 일이 그들의 일과 썩 다르지 않다는 말을 듣고 싶어 하지 않는다. 그러나 글을 쓴다는 것은 로맨틱 코미디 영화의 마지막 장면이 아니라 직업이다.

썩 좋아하지 않는 일을 하면서 생계를 꾸리는 사람들, 주말이나 휴가 때에만 글을 쓰는 사람들이 글쓰기를 사랑에 빠지는 것 —아주 신비스럽게 다가와서 일생을 바꿀 수 있는 무언가—처럼 생각하는 것은 이해할 만한 일이다. 글이 잘 써지면 기쁘고, 책까지 내면 기분이 무척 좋은 것은 분명한 사실이다. 그러나 출판하고 싶은 글을 쓰는 것이 곧 사랑과 긍정을 기대하면서 가장 진실한 자기 모습을 세상에 내

살아서 이야기를 하자

놓는 것이라고 생각하는 것은 별로 바람직하지 않다. 편집자와 출판사, 에이전트는 사업가이다. 우리의 글을 읽는 것은 그들에게 업무이다. 보수를 받지 못하는 사람(문예지나 소규모 출판사에서는 보수를 받지 못하는 경우가 많다)도 있고, 좋은 글을 아끼기 때문에 돈을 잃을 위험을 무릅쓰고 잘 팔리지 않는 책을 담당하는 에이전트나 편집자도 있지만 업무라는 점은 마찬가지이다. 작가가 하는 일 역시 업무이다. 전업이든 부업이든 하나의 직업이고, 출판을 바라며 원고를 보내는 것은 아이가 부모님에게 그림을 보여 주고 입맞춤과 칭찬을 받는 것과 전혀 다르다. 두 가지를 비슷하다고 생각하는 것은 위험하다.

출판을 바라며 원고를 보내는 것은 집을 파는 것과 크게 다르지 않다. 물론 집을 파는 것이 더 어렵다. 글과 마찬가지로 집에는 개인적인 부분들이 있고, 누군가 당신 집을 거부하면 집 크기나 구조가 아니라 당신의 삶과 선택에 대한 거부로 생각하고 싶을지도 모른다. 그러나 이성이 있는 사람이라면 집을 파는 과정을 본인에 대한 공격이나 칭찬처럼 느끼지 않으려고 애를 쓴다. 글도 개인적인 것으로 시작할 수 있지만 출판을 위해서 원고를 보낼 때에는 작업 성과물로 생각하는 것이 좋다. 원고를 투고하기 전에 충분한 수정을 거쳐서 원고가 거절당하면 도입부가 너무 정신없다거나 결말을 고쳐야겠다고 생각할 만큼 초연해진 상태여야 한다. 어쨌든 원고를 거절당했다고 완전히 좌절해서 이제 우리가 다루는 주제를, 또는 우리를 아무도 좋아하지 않으니 우리 인생은 끝장이라고 생각해서는 안 된다.

당신이 가게를 운영한다면 손님이 물건을 대충 둘러보고 빈손으로 걸어 나갈 때마다 잠자리에 들어서까지 그 생각만 하지는 않을 것이다. 그렇게 하면 순전히 불안한 마음 때문에 파산하고 만다. 우리는 사업을 시작하는 사람처럼 합리적인 목표를 세우고 그것을 이루거나 이루지 못함에 따라 행복하거나 불행해져야 한다. 일하는 사람의 마음가짐을 가져야 한다. 일하는 사람은 '이 일을 제대로 하려면 돈이랑 컴퓨터가 있어야 돼'라고, "조수"나 "더 큰 사무실"이 있어야 한다고 생각하지 '아, 하지만 내가 가진 것에 감사해야 돼, 근사한 배우자와 아이들이 있잖아'라고 생각하지 **않는다**. 책을 쓰고, 훌륭한 책을 만들려고 노력하고, 책을 고치고 또 고치는 사람들은 그것을 출판하고 싶어 **해야** 한다. 원하는 대로 되지 않을 수도 있고, 더욱 노력해야만 원하는 대로 될 수도 있다. 그러나 사업가도 더 큰 사무실이나 조수를 얻지 못할 수 있다. 그것은 실망스러운 일일 뿐, 그 사람 개인에 대한 평가가 될 수는 없다.

우리는 일을 할 때 아무 거리낌 없이 두 가지 희망을, 두

가지 환상을 품는다. 하나는 우리가 노력하면 이룰 수 있는 것, 하나는 실현 가능성은 없지만 생각하면 즐거운 것이다. 작가에게도 가능한 목표와 불가능한 목표가 필요하고, 무엇이 어떤 목표인지 판단하여 가능한 목표를 달성하기 위해 행동을 바꾸는 방법을 배워야 한다.

우리의 목표가 돈과 관련이 적을수록 실현 가능성은 높아진다. 불공평하고 기분 나쁜 일이지만 현실이 그렇다. 내 말을 오해하지 않기 바란다. 당신이 쓴 작품이 읽을 가치가 있는 글이라면 당연히 돈을 **받아야** 한다. 당신은 사회가 당신에게 주어야 하는 돈을, 혹은 지금보다 더욱 공정한 사회였다면 당신에게 주었을 돈을 받기 위해 최선을 다해야 한다. 대가를 충분히 치를 수 있는 사람들에게 당신의 시간과 재능을 공짜로 줘 버리지 말자. 작가들이 마땅히 받아야 할 대가를 받을 수 있도록 힘쓰는 여러 단체의 노력에 같이 참여하자.

그러나 돈을 목표로 삼아서 당신 자신을 평가해서는 안 된다. 소설가와 비소설 작가들은 누군가가 평가한 잠재적 판매량에 따라서 0달러부터(소규모 출판사에서는 선인세를 지급하지 않는 경우도 있다) 수백만 달러까지의 선인세를 받는다. 이름 있는 출판사에서 책을 내더라도 수입이 다른 작가들 수입의 1퍼센트에도 못 미칠 수 있다. 원고를 『뉴요커』에

팔면 몇천 달러를 받을 것이고, 전형적인 문예지에 팔면 몇 백 달러를 받거나 한 푼도 못 받는다. 어쨌든 우리는 출판 산업에 감정적으로 굴복하지 않으면서, 우수함에는 항상 돈이 따른다고, 또는 글을 써서 큰돈을 벌지 못하는 사람에게는 뭔가 잘못된 점이 있다고 생각하지 않으면서 출판계에 참여하는 법을 배워야 한다. 비법은 분노하되 분노에 의해 무너지지 않고, 슬퍼하되 몇 년 동안 쓴 글로 극히 적은 돈을 받아도 당신이 그 정도의 자격밖에 없다고 생각하지 않는 것이다.

해결책도 없고, 공정하다는 보장도 없다. 그러나 불만을 조금씩 줄일 수는 있다. 당신의 글은 당신의 자식이 아니다. 글은 일이고, 불행히도 대가를 받지 못하거나, 형편없는 대가나 이상한 대가를 받는—대가를 많이 받는 작가들도 우리들만큼이나 당황할 때가 많다—일이다. 글을 써서 출판하고 싶다면 한 가지 진실에 익숙해져야 한다. 그것은 바로 당신이 항상 다른 일을 해서 생계를 꾸려야 할지도 모른다는 사실이다(물론 글을 쓰면서 글쓰기를 가르치는 것도 가능하다). 그리고 돈을 어느 정도 받겠지만 절대 합리적인 금액은 아닐 것이다. 현실이 그렇다.

그렇다. 별로 합리적이지 않은 시스템에 감정적으로 휘

말리지 않으면, 사실 당신과 별로 관계도 없는 일을 개인적으로 받아들이지 않으면, 현실적인 목표를 선택하고 그것을 위해 노력할 수 있다. 글을 쓰는 일 자체는 언제나처럼 즐거울 것이다. 그러나 출판은 당신에게든 다른 사람에게든 더 이상 동화 속 결말이 아니다. 출판은 그 신비로운 매력을 잃을 것이다. 사람들은 나에게 말한다. "곧 책이 나온다면서요, 정말 신나겠어요!" 내가 이 책에서 알려 주는 충고를 따르면 당신은 스스로의 기대감도, 다른 사람들이 당신을 대신해서 느끼는 전율도 어느 정도 잃게 될 것이다. 책을 내는 것은 물론 신나는 일이지만 ─ 책 표지에 적힌 자신의 이름을 보고 서점에서 자신의 책을 보면 정말 기분이 좋다 ─ 위험하고, 무섭고, 피곤한 일이기도 하다. 책을 출판한다는 것은 다시 어린아이로 돌아가서 작은 메달을 따는 것이 아니다. 그것은 당신 혼자 작품을 쓰다가 다른 사람들이 당신 작품에 관여하도록 만드는, 만족스럽지만 힘든 일의 일부이다. 때로는 같이 일하는 사람이 마음에 들지 않을 수도 있고 때로는 서로 의견이 다를 수도 있다. 또 사업상의 계약관계가 모두 그렇듯이 상대방이 똑똑하고 도움이 될 수도 있지만 짜증 나고 둔감할 수도 있다. 책이 잘 팔릴 수도 있지만 그렇지 않을 수도 있다. 나는 책을 출판한다는 것은 대학 총장직을 맡는 것과 비슷하다고 생각한다. 그것은 크나큰 영광이지만 아무도 새로운 총장에게 "아, 정말 신나겠어요!"라고 말하지 않는다. 우리는 "축하드립니다, 행운을 빌어요, 하하! 행운이 필요하실 거예요"라고 말한다.

창작과 출판을 일이라고 생각하면 감정이 덜 흘러넘치고 고통도 덜할 것이다. 분노하고 실망할 수도 있지만 그렇게 괴롭지는 않을 것이다. 나쁜 일이 있어도 부모님에게 버림받은 기분보다는 상사에게 한 소리 들은 기분에 가깝다. 낙원 같은 환상을 포기한다고 해서 당신이 가진 것에 만족하게 된다는 의미는 아니다. 당신이 갖지 못한 것을 왜 갖지 못하는지, 무엇을 다르게 하면 그것을 가질 수 있는지, 그것이 당신에게 가치가 있을지 현실적으로 이해한다는 의미다.

정말로 원하는 것을 알아내자

당신이 자본주의 경제 체제를 어떻게 생각하든 어쩌면 이미 몇몇 자본주의적 가치를 회의적으로 여기고 있을지도 모른다. 당신은 아이에게 장난감이 얼마나 많이 필요한지, 어떤 자동차를 사면 성생활이 더 좋아지는지에 대한 경제계의 말을 믿지 않는다. 자본주의는 성공적인 작가에 대한 정의를 제공하지만 우리는 그것도 믿을 필요가 없다.

나는 대중문화에서 무엇이 유행하는지 절대 모르는 사람이다. 나는 파티에서 — 내가 실제로 파티에 초대를 받아서 참석할 경우에 말이다 — 본능적으로 가장 덜 화려하고 영향력이 적은 사람을 대화상대로 선택한다. 나는 어쩌다 보니 작가가 되었지만 스타가 될 기질은 없는 듯하다. 나는 그렇게 타고났고, 어쩌면 당신도 그럴지 모른다. 어쩌면 우리는 그래도 괜찮을지 모른다. 외롭지만 축복받은 작가로서의 일을 제외하고 글을 쓰면서 만난 공동체, 경쟁이 아닌 협동의 즐거움이 가장 좋다면, 당신이 설사 이루어도 즐기지도 못할 성공을 바람으로써 스스로를 비참하게 만들지 말자. 당신이 좋아하는 좋은 것들을, 많지는 않지만 반응이 좋은 독자들을 위한 낭독회, 당신이 하고 싶었던 말을 더욱 확실히 표현해 주는 편집, 친구들과 낯선 이들이 당신의 이야기를 이해하고서 보낸 이메일들을 꿈꾸자.

또 당신에게 어떤 시간표가 가장 이상적인지 생각해 보자. 무엇을 원해야 할지 다시 결정하자. 나는 본격적으로 글을 쓰기 시작한 이후로 평일은 대부분 자유롭게 글을 쓰고 싶었고, 몇 가지를 희생함으로써 원하던 대로 할 수 있었다. 나는 그러고 싶다고 생각했고, 실제로도 그랬다. 나는 아무 할 일도 없이 개와 함께하는 날들을 좋아하고, 그럴 때면 글을 쓴다. 당신도 나와 같다면 나와 비슷한 삶을 살 수 있을지도 모른다. 만약 그런 삶을 원하지만 여건이 안 된다면 유감이다.

그러나 어쩌면 당신은 그런 삶을 원하지 않을지도 모른다. 보통 작가들은 하루 내내 자유롭게 글을 쓸 수 있는 시간을 원한다는 통념이 있다. 하지만 그것이 정말 **당신**이 원하는 것일까? 우리 마을에 교사와 결혼한 화가가 한 명 살고 있는데, 그가 작품 활동에만 집중할 수 있도록 두 사람은 검소하게 살기로 했고, 남자는 한동안 집에서 지내면서 작업을 했다. 그러나 교사로 일하지 않겠냐는 제안이 들어오자 그것을 받아들였다. 그는 이렇게 말했다. "우체부는 내가 무슨 일을 하나 궁금하게 생각할걸요." 집에서 지내면서 예술 활동을 하면 돈도 못 벌고 빈둥거리는 사람처럼 보일 수밖에 없다. 당신은 그런 시선에 신경이 쓰일까? 외부와의 접촉, 일과 관련된 관계, 갈 곳이 필요한 사람들이 무척 많다. 나조차도 학생들을 가르치는 일이 없어서는 안 되고, 24년 동안 일주일에 한 번 무료급식소에서 일했다. 내가 급식소에 도착하면 사람들이 고개를 들어서 나를 보고 고개를 끄덕였다. 나는 그곳에 속해 있었다. 나는 그 끄덕임이 필요한 것 같았다. 작가는 스스로 중요한 사람이라고 느껴야 한다. 얼룩진 청바지(또는 파자마)를 입고 집에서 지내면 자유로울 수도 있지만 스스로 중요한 사람이 아니라고 선언하는 것이

살아서 이야기를 하자

나 다름없을 수도 있다. 그러면 일에 좋은 영향을 끼칠 리가 없다.

돈이 필요하지 않아도 가끔 출근해서 만족스러운 실적을 거두는 것이 심리적으로 필요할지도 모른다. 적어도 나와 내가 아는 많은 작가들은 글쓰기에서만 자존감을 얻기가 너무 힘들다. 고저의 차이가 너무 심하다. 작품을 발표하느냐 거절당하느냐, 평론가들이 우리의 책을 사랑하느냐 증오하느냐, 우리가 상을 받느냐 받지 못하느냐, 항상 둘 중 하나밖에 없다. 지난달까지만 해도 몰랐던 상이지만 이제 그 상을 알게 되었는데 받지 못하면 실패자가 된 기분이 든다. 그런 식으로 끝없이 계속된다. 당신은 어떤지 모르지만, 나는 그러한 전율과 좌절의 균형을 맞추기 위해서 덜 경쟁적인 일 — 나의 경우에는 학생들을 가르치는 것 — 의 더욱 가벼운 기쁨과 슬픔이 필요하다.

내가 아는 사람들 중에는 정규직 직업을 가지고 있지만 전업 작가가 되기를 꿈꾸는 사람들, 하지만 실제로 전업 작가가 되면 싫어할 사람들이 있다. 그런 사람들은 지금도 정해진 체계가 없으면 시간을 엉망으로 보낸다. 출근을 하지 않는 날에는 운동을 포기하고 식사도 대충 때우며, 시간만 낭비하고 글은 거의 쓰지 않는다. 때로는 시간이 별로 없을 때 글이 더욱 잘 써지기도 한다.

당신이 만약 성공하지 못해도 아무 상관없고 자유 시간을 누리면서 그 시간에 글만 쓸 수 있으면 괜찮은 사람이라면 이런 말들은 신경 쓰지 말고 다시 공상에 빠져도 좋다. 그러나 만약 그런 사람이 아니라면 누군가를 만날 때마다 일을 그만두고 "글만 쓸" 수 있으면 얼마나 좋을까 한탄하는 것은 그만두자. 자유 시간이 조금만 더 생겨도 도움이 된다면 그 정도 자유 시간은 얻을 수 있을 것이다. 내가 아는 어느 여성은 아직까지도 직장에 다니면서 직물 공예를 한다. 그녀는 취직을 할 때 직물 공예를 할 수 있도록 가끔 몇 주 정도 무급 휴가를 달라고 처음부터 협상했다. 그녀는 직물 공예를 가장 우선시할 때보다 속도가 느릴지도 모르지만 후회하지 않는다고 했고, 이제 무척 뛰어난 공예가로 성공을 거두었다. 당신도 근무 시간대를 바꾸거나 휴가를 다르게 쓰거나 도움이 되는 다른 방법을 찾아낼 수 있을지도 모른다. 이것은 집중할 만한 목표이다. 당신에게 가능한 최선의 해결책을 찾아서 따르도록 하자.

무엇을 하지 말아야 할까?

출판을 목표로 정하고 그 방법을 찾기로 했으면 먼저 신데렐라의 못된 언니들(과 오빠들)이 되지는 말자고 결심하자. 즉 못되게 굴지 말자. 우리가 가진 것을 갖지 못한 사람들을 깔보지 말고, 자랑하지 말고, 다른 작가들을 한 조각의 성공을 두고 다투는 경쟁자로 여기지 말자. 우리는 탐욕을 부리는 것이 아니라 너그러운 마음으로 젊은 사람들과 이제 막 시작하는 사람들을 도울 방법을 찾아야 한다.

그러나 이 책을 읽는 사람들에게는 이 위험이 더 클 텐데, 신데렐라가 되지도 말자. 동화가 매혹적인 것은 신데렐라를 낚아채 화려한 삶과 사랑을, 우리의 경우에는 문학계에서의 영예로운 커리어를 안겨 주는 왕자 때문이다. (우리의『신데렐라』에서 왕자는 편집자, 요정 대모님은 에이전트일 것이다.) 그러나 이 동화의 힘은 누더기를 걸치고 구원받을 때까지 묵묵하게 재를 치우는 지저분한 소녀인 신데렐라에게 달려 있기도 하다. 신데렐라는 못된 언니들의 청소부가 아니었다. 그녀는 난로를 문질러 청소하는 것을 싫어했을지도 모르지만 어쨌거나 자기 일을 가진 사람이었고, 일정도 있고 아주 약간의 위엄도 있었다. 이야기가 진행되려면 신데렐라가 불쌍해야만 했다. 그러나 검댕투성이의 비천한 소녀가 성의 수많은 하인들과 외교적인 만찬을 어떻게 경영해 낼지 나는 잘 모르겠다. 만약 당신이 에이전트와 편집자의 도움으로 변신할 때까지 신데렐라의 역할을 하겠다고 고집을 부린다면 당신 역시 썩 훌륭한 경영자는 될 수 없을 것이다. 당신이 아는 것은 출판사가 정말 마음에 안 드는 표지 디자인을 제안할 때 느낄 굴욕밖에 없다.

나는 신데렐라처럼 구는 작가 초년생들(과 초년생이라 할 수 없는 작가들)을 너무 많이 봐 왔다. 그런 사람들은 자신을 지나치게 깎아내린다. 우리가 출판을 쉽게 만들거나 전적으로 공정하게 만들 수는 없지만 지금보다 더 어렵게 만들지는 말자. 워크숍이나 유능한 교사에게서 원고를 조금 더 고쳐야 한다는 말을 들으면 그렇게 하자. 당신의 글은 장점과 단점이 있고, 그것을 비평하는 사람은 아무 짝에도 쓸모없는 작품이라는 말을 착하게 돌려 말하려고 애를 쓰는 것이 아니다. 출판 경험이 있는 사람이 당신 작품도 출판할 만하다고 말하면 **투고하자.** "그냥 친절하게 구는 거야"라고 생각하지 말자.

잡지에서 작품을 거절하면서 "다음에 또 보내 주세요"라고 말하면 그렇게 하자. 또다시 거절을 당하면 물론 슬플 것이다. 그러나 절망과 자기의심에 빠지지는 말자.

작품이 더 좋아지는 지점을 넘어서까지 계속 고치지 말자. 여러 번 수정하되 고쳐 쓴 다음 친구들에게 보여 주고, 몇 번 더 고치고 나서 다 되었다 싶으면 보내자. 나는 서른 번쯤 고쳐 쓴 단편도 있고, 시인들은 가끔 백 번씩 고쳐 쓰기도 한다. 그러나 뭔가를 완성시킨다는 것을 상상도 할 수 없기 때문에 계속 고쳐 쓰지는 말자.

내가 아는 작가들 중에는 성공을 거둔 사십 대, 오십 대 작가지만 수십 년 동안이나 스스로 견습생에 불과하다고 생각했던 사람들도 있다. 글쓰기 강좌를 계속 듣지는 말자. 물론 글쓰기 강좌는 좋은 것이지만 — 당신에게 딱 맞을지도 모른다 — 이 학교 저 학교, 이 수업 저 수업, 이 교사 저 교사 옮겨 다니면서 영원히 계속 배울 필요는 없다. 출판할 만한 작품 — 무슨 뜻인지 당신도 알겠지만, 어쨌든 이것이 우리의 다음 주제이다 — 을 실제로 쓰고 있다면 세상으로 나가서 시도해 보자. 맞다, 원고를 투고하는 것은 어려운 일이다. 그러나 작품을 10년 더 수정해도 투고가 더 쉬워지지는 않을 것이다.

당신 작품이 출판할 만큼 괜찮을까?

물론 내가 이 질문에 답할 수는 없다. 그러나 몇 가지 판단 과정을 제안할 수는 있다. 글쓰기의 모든 면이 그렇듯이 출판을 해야 할지, 한다면 어디서 해야 할지 결정할 때에는 자유로운 감정과 상식이 모두 작용한다. 즉 실에 달린 연을 날리는 것이다. 그리고 또 모든 면이 그렇듯이, 비결은 상식이 필요할 때 감정, 특히 부정적인 감정에 휘말리지 않고, 질서와 순서를 지키고 싶다는 생각 때문에 더 큰 문제를 놓치지 않는 것이다.

독자를 염두에 두고 본격적으로 글을 쓰다 보면 독자를 찾을 준비가 되었다는 느낌이 들 때가 올 것이다. 나는 평생 시를 읽고 썼지만 한 편도 투고하지 않았다. 그러다가 첫째가 한 살이 되었을 때 일주일에 네 시간 동안 아이를 돌봐줄 베이비시터를 고용하고 그 시간 동안 지하실에서 시를 썼다. 그러자 갑자기 글쓰기가 협상 불가능한 일처럼 느껴졌다. 나는 예전에는 한 번도 그런 적 없었지만 종이 위에서 감정을 폭발시키는 시를 몇 편 썼고, 몇 달 후에는 시를 투고하기로 결심했다. 이유는 기억나지 않지만 나는 말하자면 그때까지 오락 삼아 도박을 하다가 주택할부금을 걸어 버렸음을 깨달은 도박꾼이 된 셈이었다. 글쓰기는 "가벼운 중독"이라고들 한다. 확실히 내가 중요한 것을 걸고 본격적으로 시작한다는 느낌, 시를 제출하는 것보다 시를 쓰면서 감정적으로 더 많은 위험을 무릅쓴다는 느낌이 있었다. 그러므로 나는 뭐든 보상을 받아야 했다. 어쩌면 베이비시터에게 줄 돈을 원했는지도 모른다. 나는 새로운 시를 한 편 발표했고, 35달러를 받았다. 글을 써서 처음 번 돈이었다. 그런 다음 3년 동안 수백만 번쯤 거절당했고, 75달러에 다시 한 편을 팔았다. 그 뒤로는 조금 더 쉬워졌다.

그러므로 당신이 출판을 생각하고 있다면 첫 번째로 물어야 할 것은 당신이 주택할부금으로 도박을 하고 있느냐는 것이다. 다시 말해서, 이야기들이 엉망진창이고 부끄럽고 감정적 비용이 많이 드는가? 글을 쓰면서 당신 안에서 예상하지 못했던 것, 심지어 무섭기까지 한 것을 발견하고 있는가?

다음 질문은 이것이다. 당신은 주택할부금으로 도박을 한 다음 당신 단편소설의 문제가 무엇인지 직시하고 고칠 만큼 열려 있는가? 당신 작품을 (단지 자신의 짐을 내려놓기 위해서 쓰는 것이 아니라) 독자가 읽고 싶은 것으로 만들기 위해 고치고 있는가? 수정은 큰 문제이며, 조금 더 관심을 기울일 필요가 있다.

절망하지 말고 수정하자

작가와 스스로 작가라고 말하지만 그렇지 않은 사람들 사이의 차이는, 작가는 수정을 당연하게 여긴다는 사실일지도 모른다. 나와 내가 아는 작가 대부분은 초고를 쓸 때 신나고 긴장감이 넘치고 ─ 결과물이 나오긴 할까? ─ 고통스럽다.

의심의 순간들도 있지만 나이가 들고 경험이 쌓이면서 그러한 순간들이 예전보다 더 즐거워져서 영화 속 긴장감 넘치는 순간들 같다. 물론 속이 울렁거릴 만큼 현실감이 넘칠 때도 있지만 대체로 그런 순간들은 삶을 조금 더 신나게 만들어 준다. 초고를 완성하고 나서 보면 뭔가가 부족하다. 하지만 너무나 마음이 놓인다. 아무것도 없는 상태에서 애를 쓰는 것보다 뭐라도 가지고서 애를 쓰는 것이 더 쉽다. 당신도 고쳐 쓰는 것을 좋아하기 바란다.

하지만 어떻게 해야 할까? 효과적으로 고쳐 쓰려면 최대한 낯선 사람처럼 자기 작품을 보는 법을 배워야 하는데, **그러기 위해서는** 우선 이 작품의 무언가는 옳다는 자신감, 약점뿐만 아니라 강점도 있다는 자신감(꾸며 내야 할 수도 있다)이 필요하다. 이 책을 여기까지 읽었다면, 당신이 그 정도로 진지하다면 물론 당신 작품은 약점뿐만 아니라 강점도 있을 것이다. 둘째, 무심함이 필요하다. 낯선 사람이 당신 작품을 읽으면 좋든 나쁘든 작품 속 단어 하나하나에 당신의 가치와 위엄이 달려 있다고 생각하지는 않을 테니, 당신도 그래서는 안 된다. 어쩌면 작품이 별로일 수도 있다. 그럴 경우에는 고치면 된다.

당신 작품을 낯선 사람처럼 객관적으로 읽으려면 작품을 급습하여 당신을 다른 사람이라고 생각하게 만들면 도움이 된다. 그렇게 하려면 작품을 하루든 3년이든 어딘가에 넣어 두자. (어느 정도까지는) 오래 넣어 둘수록 좋다. 그런 다음 집에서 당신이 글을 쓴 적 없는 곳으로, 또는 아예 집 밖의 다른 곳으로 작품을 가져가자. 작품이 당신을 알아보지 못하도록 평소에 잘 안 입는 옷을 입자. 모자를 써도 좋고 평소에 멋을 부리지 않는다면 아주 멋진 스카프를 둘러도 좋다. 그런 다음 원고를 천천히 읽으면서 삭제해야 할 클리셰, 어색하거나 비논리적인 문장들, 당신의 가족 구성이나 당신이 사는 도시를 모르는 독자가 헷갈릴 수 있는 부분, 느리거나 감정적이거나 신파적인 부분, 그리고 특히 당신의 작품을 소설로 만드는 것, 당신 작품을 중요하게 만들고 움직이게 하는 것, 당신 작품을 완성하는 것을 찾아보자.

당신 작품을 처음 보는 것처럼 읽자. 초조하거나 지루하거나 거부감이 드는 부분을 찾자. 독자(현재로서는 당신이다)는 어떤 부분에 좀 더 머물고 싶은데 (작가로서의) 당신은 다른 시간이나 시점으로 이동하는가? 그 이동이 너무 갑작스러운가? 또는 갑작스러운 전환이 당신의 의도였는가? 독자로서 당신은 정보를 얻고, 기분 좋게 어리둥절하고, 궁금하고, 겁에 질리고, 즐거워야 한다. 당신 작품을 읽으면서 정말 그랬는가? 때로는 독자가 무슨 일이 일어날지 미리 알면서 그 순간을 기다릴 때 긴장감이 제일 크다. 또 무슨 일이 벌어질지 미리 알면 재미를 망칠 때도 있다. 당신이 좋아하는 책을 읽을 때 무엇 때문에 페이지를 계속 넘기게 되었는지 유심히 관찰했다면 당신의 작품에서도 계속 읽게 만드는 것을 찾을 수 있다.

당신 작품을 읽으면서 문단과 구획을 잘 살피자. 독자가 책에서 잠시 눈을 떼도 상관없는 부분에서 문단이 끝나도록 고치자. 독자가 화장실을 가거나, 간식을 먹거나, 다음 날까지 책을 내려놔도 상관없는 부분에서 장을 끝내자.

당신 작품을 읽다가 갑자기 전부 쓰레기라는 생각이 든다면, 절대 그렇지 않다고 내가 보장한다. 그런 생각이 들 수는 있지만 절대 그렇지 않다. 정말 쓰레기라면 당신이 그렇게 많은 시간을 쏟아붓지 않았을 것이다. 몇 시간 동안 글을 옆으로 치워 놓고 마음을 가라앉힌 다음 다시 읽어 보자. 그러면 당신 작품에 무엇이 필요한지, 또 무엇이 지금 그대로 괜찮은지 확실하게 보일 것이다. 오해를 불러일으키는 문장 때문에 다음 열 페이지가 엉망이 된다면, 그 문장을 뺄 수 있을지 보자. 또는 열 페이지를 다 빼야 할 수도 있다. 아직도 판단이 서지 않는다면 작가 친구—초고가 어떤 것인지 아는 사람!—에게 읽어 달라고 한 다음 질문을 퍼붓자.

친구의 도움을 받았든 혼자 판단했든 무엇이 괜찮고 무엇이 괜찮지 않은지 판단할 수 있게 되었고, 철자를 고치

살아서 이야기를 하자

는 것 이상의 목표를 세우고 원고를 고치기 위해 자리에 앉았다고 생각해 보자. 텅 빈 화면에 당신 작품을 적어도 한 번 더 입력하면 도움이 된다. 나처럼 머리가 희끗희끗한 작가들이 타자기 시절에 원고를 다시 쳤던 것처럼 말이다. 당신의 마음에 차지 않는 문장이 나오면 손가락이 주저할 것이다. 텅 빈 화면에 단편소설을 다시 입력하면 새로운 생각이 바쁘게 움직이는 당신의 손가락을 거쳐 들어가 작품 속에서 예기치 못하게 드러날 것이다. 다시 입력하는 것은 이성적인 과정이지만 즉흥성도 있다. 작품을 다시 입력할 때에도 무의식이 어느 정도 작용하기 때문에 연이 계속 날아다닌다. 바꾸지 않고 그대로 넣을 생각이었던 문단을 입력하다가 문득 바꿔야 한다는 사실을 깨달을지도 모른다. 소설 전반부에 딸이 자동차를 빌려 탔다가 사고를 내는 장면에서 딸을 약간 더 합리적이거나 덜 비합리적으로 고쳤다면 백 페이지 뒤에서 아버지가 그날을 회상할 때 다른 이미지가 떠오를 것이고, 따라서 형용사와 어조가 달라져야 할 수도 있다. 만약 딸이 단순히 놀란 것이 아니라 부상까지 입는 것으로 바꾸었다면 경찰부터 상대 운전자까지 모두가 사고에 대해서 다른 방식으로 이야기할 것이다. 원고를 다시 입력하면 긴장이 풀린다. 매 순간 머리를 굴리려고 애쓸 때보다 스트레스가 훨씬 덜하다.

작품을 화면으로만 읽는 것이 아니라 종이에 인쇄된 상태로 읽거나 소리를 내서 읽어도 도움이 된다.

이야기의 구성을 바꾸기로 했다면 ── 맨 처음에 정한 구성이 맞다고만 생각할 것이 아니라 어떻게 재구성할 수 있을지 항상 생각해야 한다 ── 전자파일 상태가 아니라 실제로 종이에 인쇄한 다음 잘라서 붙이면 별로 헷갈리지 않는다. 대체로 컴퓨터는 많은 일들을 더 쉽게 만들어 주지만 가위와 테이프, 풀을 들고 자리에 앉아서 식탁 위에 작품의 부분들을 늘어놓으면 재미도 있고 전자파일을 잘라서 붙일 때보다 덜 혼란스럽다. 일상적인 일은 사람을 차분하게 만들고, 마음이 차분해야만 아이디어가 떠오른다. 글을 쓰는 과정에서 반복적인 행위를 줄여 주는 기술을 무조건적으로 환영하지는 말자. 정원을 돌보거나 청소를 하다가 아이디어를 자주 얻는 사람이라면 잘 알겠지만, 너무 어렵지 않은 육체노동은 생각을 자유롭게 한다.

나는 다른 사람에게 원고를 보여 주기 전에 여러 번 고친다. 당신도 꼭 그래야 한다는 뜻은 아니지만, 한번 생각은 해보자. 나는 최근에 어떤 학생과 이야기를 나누었는데, 그녀의 글은 항상 훌륭했지만 약간은 지나치게 신중하고 즉흥성이 부족했다. 그런데 제일 마지막으로 읽은 작품은 훨씬 더 좋았다. 감정적으로 자유롭고 열려 있었고, 놀라운 부분이 무척 많았다. 내가 그렇게 말하자 그녀는 보통 작품을 쓰기 전에 과학자인 남편과 의논을 한다고, 남편이 무척 친절하고 도움이 된다고 했다. 그러나 이번에는 서둘러 쓰느라 새로운 단편에 대해 누구와도 의논하지 못했다는 것이다. 그녀의 남편은 물론 멋지겠지만 그녀를 어느 정도 억압해서 다른 사람들을 너무 신경 쓰도록 만든 것 같았다. 남편은 작가가 아니므로 처음부터 이야기를 지나치게 깔끔하게 만들도록 조언하고 있었을지도 모른다. 너저분하게 몇 번이나 고쳐 써야 할 필요가 있다는 사실을 몰랐던 것이다. 그녀가 처음부터 남편과 의논할 것이 아니라 원고를 쓴 이후에 보여 주면 작품이 훨씬 더 좋아질 것이다.

독자를 찾자

출판을 고려할 때 스스로에게 던져야 할 또 다른 질문은, 교실에서든 비공식적인 모임에서든 당신의 작품을 기꺼이 읽고, 그것에 대해서 생각하고, 무엇이 잘못되었으며 어떻게 고칠 수 있는지 말해 주는 사람이 있느냐는 것이다. 좋은 독자를 찾기 위해서 인생에 몇 가지 변화를 일으켜야 할 수도 있고, 여러 번 노력해야 할 때도 있다. 나는 창작 프로그램에 다닌 적은 없지만 작가 친구들이 있었다. 그럼에도 불구하고 많은 친구들과 여러 사람들을 거친 다음에야 나를 도와줄 사람들—대학 친구, 아이들이 같은 나이라서 만나게 된 친구들, 시를 쓰면서 만난 시인들, 언어감각이 뛰어난 음악가—을 찾을 수 있었다. 당신이 창작 프로그램에 다닌다면(친구와 글쓰기 파트너를 반드시 찾을 수 있을 만큼 규모가 큰 작가 커뮤니티에 들어갈 훌륭한 방법이다), 출판시켜 주겠다고 약속하는 프로그램은 피하자. 출판은 아무도 약속할 수 없다. 옛날 문학 등 독서를 강조하는 프로그램을 찾자. 지난 수백 년간 가장 훌륭했던 작가들에게서 배우자. 정규 교육 프로그램과 원격 교육 프로그램 중에서 선택하자. 정규 프로그램에 들어가려면 이사를 해야 할 수도 있지만 더 많은 것을 배울 기회가 생길 것이다. 직업이나 자녀 문제 등 이사를 할 수 없는 이유가 있다면 원격 교육 프로그램이 이상적이다. 원격 교육 프로그램에 다니면 1년에 몇 주만 출석하고 나머지 기간에는 교사와 연락을 주고받으며 배울 수 있다. 게다가 출석 기간은 보통 휴가를 내기 어렵지 않은 시기이다. 어디를 가든 헌신적인 교사들과 새로운 친구들을 찾을 수 있을 것이다.

학교에 들어가면 신데렐라처럼, 굴욕당할 준비가 된 사람처럼 비평을 받아들이지 말자. 비평을 환영하고 거기에서 무엇을 배울지 파악하자. 글을 쓸 때 누군가의 도움을 받을 수 있다는 것은 무척 신나는 일이다.

창작학교에 다니지 않는다면 일부러 수고를 들여서 독자를 찾아야 한다. 친인척과 친구들을 잘 살펴보거나 비공식 창작 모임에 들어가자. 다른 작가들을 만나면 매우 좋다. 작가가 아닌 지인에게 보답할 길도 없이 글을 읽어 달라고 부탁하는 것보다 서로 글을 읽어 주면 마음이 더 편하기 때문이다. 그러나 무슨 모임이든 전부 도움이 되는 것은 아니다. 나는 글을 처음 쓰기 시작했을 때 우리 동네 모임에 들어갔는데, 알고 보니 거의 아무도 글을 쓰지 않았다. 항상 나만 새로운 작품을 가지고 가다 보니 잘난 척하는 기분이 들어서 사람들의 눈치가 보이기 시작했고, 그래서 모임을 그만두었다.

그런 다음 나는 시인 제인 케니언(Jane Kenyon), 조이스 페서로프(Joyce Peseroff)와 함께 창작 모임을 가졌는데, 제인이 마흔일곱 살에 백혈병으로 세상을 떠날 때까지 13년 동안 지속되었다. 멀리 떨어져 살던 우리 — 제인은 뉴햄프셔, 조이스는 매사추세츠, 나는 코네티컷에 살았다 — 는 1년에 서너 번 정도 셋 중 누군가의 집에서 만나 하룻밤을 보내면서 각자 가져온 것들 — 두 사람의 시, 나의 시와 소설 — 에 대해서 하루 반 동안 이야기를 나누었다. 우리는 상상의 자유, 단어 선택과 구성에 있어서의 아주 사소한 문제들, 자신감 부족 등 모든 이야기를 나누었다. 나는 이 모임 덕분에 감히 작가가 될 수 있었다.

작가가 아닌 사람들에게 조심스럽게 글을 보여 주고 무언가를 배울 수도 있다. 여기서 "조심스럽게"가 중요하다. 나는 작가 초년생들이 가족이나 친구에게 작품을 보여 주었다가 수치를 당하고 절망했다는 이야기를 그동안 너무나 많이 들었고, 지금도 듣고 있다. 이유는 불확실하지만 이 부분에서는 여성보다 남성이 더 취약하고 조심성이 없는 듯하다. 가족의 평가 때문에 장편소설을 포기했다는 슬픈 사연의 주인공은 전부 남자였다. 남자는 장편소설의 초고를 자기 아버지에게 보여 주는 것을 특히 주의해야 한다. 그러나 모든 규칙이 그렇듯, 적당한 환경에서는 이 규칙도 깨질 수 있다.

나는 당신의 어머니, 아버지, 형제자매, 사촌, 배우자, 친구, 또는 연인이 당신 작품을 지나치게 좋아하는 것은 문제가 아니라고, 전혀 아니라고 생각한다. 지나친 칭찬은 지나치게 많은 돈과 마찬가지로 아주 좋다. 여러 해 동안, 보통은 한밤중에 남편에게 내 작품이 언젠가는 출판될지 물어보면 남편은 확실히 그렇다고 강력하게 주장했고, 충성스러운 사촌 아니는 내가 정말 대단하다고 굳게 믿었다. 그러나 사촌이 당신 소설을 대단하다고 말하자마자 에이전트에게 달려

가지는 말자. 하지만 그가 무언가를 알아보았을지도 모르니 꼭 껴안고 입을 맞춰 주자.

당신에게 어울리는 것보다 더 많은 칭찬을 해주는 독자를 소중히 여기되 다른 독자들도 찾아보자. 이것이 더 어려울지도 모른다. 비평은 당신이 다시 글을 쓰고 싶게 만들어야 한다. 어떤 사람의 비평을 듣고 글쓰기를 그만두고 싶어진다면 다시는 그 독자에게 의지하지 말자. 그 사람이 누구든지 간에, 그리고 "새 작품은 언제 보여 줄 거야?"라는 질문에 대답하기가 아무리 어려워도 말이다. ("절대 안 보여 줄 거야!"라든지 "다른 방식을 시도해 보려고"라고 확실히 대답하기 힘들면 "흐음… 진짜 잘 모르겠어"라고 말하자. 그런 다음 일정을 확인하는 것처럼 핸드폰을 슬쩍 본 다음 정말로 예측할 수 없어서 당황스럽다는 듯이 고개를 천천히 흔들자.)

당신의 작품을 보여 줄 때는 어떤 점을 유의해서 읽으라고 미리 알려 줘서 스스로를 보호하자. 목록을 적어서 주는 것도 좋다. "헷갈리면 여백에 적는다. 이미 알고 있는 내용이 나오면 여백에 적는다. 결말을 미리 알아냈다면 말해 준다. 웃음이 났을 경우에도 말해 준다." 구체적인 비평은 두루뭉술한 거부만큼이나 상처가 되지 않는다. "별로였어? 별로였구나, 그렇지?"라고 묻지 말자. 독자가 어떤 페이지나 문단에 대해서 구체적으로 이야기한 다음 분명 할 말이 더 있는 것 같은데 즐거운 표정으로 이야기를 늘어놓지 않는다면 그 이유를 조심스럽게 알아내자. 하지만 이때도 구체적이고 객관적으로 묻자. "뭔가 마음에 걸리는 게 있구나. 개연성 없는 부분이 있었어? 아니면, 인물이 마음에 안 들었어?" 독자가 등장인물을 싫어하는 것은 문제가 아닐 수도 있지만, 아마 곧 알게 될 것이다. 적어도 내 작품의 경우에는 독자가 뭔가를 털어놓지 못할 때, 결국 그렇게 고백하는 경우가 많다. 내 등장인물들의 모든 **행동**이 마음에 들지 않는다고 말이다. 음, 나도 마찬가지이다. 그래서 그런 인물에 대해서 쓰는 것이다. 비평은 내 작품보다 독자에 대해서 더 많은 것을 말해 준다. 삶을 어느 정도 이상적으로 그리기를 바라는 독자도 있지만 나는 그런 것에 관심이 없다. 반대로 가끔 나는 내 인물들에게 **지나친** 결함을 안겨 준다. 지금까지도 나는 좋은 순간들을 많이 넣어서 등장인물들이 그래도 사랑스럽게 느껴지게 만든 적이 없다.

당신 작품을 읽은 친구들이 주저하고 미안해하다가 결국 전혀 나쁘지 않은 말을, 당신도 이미 예상하고 있듯이 조금 고쳐야 할 것 같다고 말할 수도 있다. 사건이 별로 그럴듯하게 느껴지지 않는다거나, 글의 어조를 좀 부드럽게 고쳐야 한다거나, 결말을 너무 쉽게 예측할 수 있다거나, 주제가 너무 투박하거나 미묘해서 독자가 알아차리기 힘들다고

살아서 이야기를 하자

말이다. 전부 고칠 수 있는 문제이다. 가끔은 독자가 큰 문제라도 생긴 것처럼 굴다가 당신 원고에 사소한 실수가 있다고, 등장인물이 5번가에서 뉴욕 업타운으로 가는 버스를 탔는데, 사실 5번가는 **일방통행**이라서 **다운타운**으로 가는 길밖에 없다고 털어놓기도 한다. 독자를 잘 다루자. 상대방이 작가가 아니라면 특히 그렇고, 작가라고 해도 마찬가지이다. 주도권을 잃지 말고 논의의 방향을 스스로 이끌자.

　서로 작품을 교환해서 읽어 주는 상대가 가장 좋은 비평가인 경우가 많다. 상대방도 작가라면 당신 글의 잘못된 부분을 고칠 방법을 알 가능성이 높기도 하지만 곧 자기 원고도 **당신**에게 보여 줄 것이기 때문이다. 자기 작품도 곧 똑같은 위치에 처하게 되므로 아무리 사는 게 힘들어도 당신의 가여운 작품에 화풀이를 할 가능성은 별로 없다. 작가가 다른 사람의 작품을 비평할 때는 한 가지 단점이 있는데, 가끔 어떤 문제를 지적한 다음 자신이 생각한 수정 방법을 너무 빨리 제안한다는 것이다. 그러나 당신도 문제를 알아보고 당신만의 해결책을 찾을 수 있다. 독자가 무엇을 문제라고 생각하는지 들을 필요가 있지만 그들의 말에 대해서 열심히 생각하다가 진짜 문제가 무엇인지 깨닫거나 사실은 문제가 없음을 깨달을 때도 있다.

　비평에 귀를 기울이고 그것을 받아들이거나 거부하는

방법을 배우자. 독자가 "주인공의 오빠는 빼는 게 좋겠어"라고 말한다면 당신이 오빠를 언급하긴 했지만 그의 존재가 정당화될 만큼 충분한 역할을 주지 않았다는 뜻일 수도 있다. 다른 독자가 "난 오빠가 더 나오면 좋겠어"라고 말한다면 그것 역시 똑같은 메시지이다. 오빠라는 인물을 빼지 않겠다면 역할을 더 주자. 독자의 말을 전부 유심히 듣는 것이 아니라 들었을 때 생생하게 느껴지는 충고를 따르고, 또 스스로의 관찰과 판단과 바람에 따라서 결정을 내리자. 정신이 맑고 유머감각이 살아 있을 때 문제를 해결하자.

　　나는 작품을 고치고 또 고치지만 그래도 충분하지 않을 때가 종종 있다. 본인의 작품이 완성되는 순간을 정확히 알기는 어렵다. 친구들과 내가 다 됐다고 결론을 내린 나의 단편소설도 거절당할 때가 많다. 무엇이 잘못되었는지 결국 내가 알아낼 때도 있고 단편을 거절한 편집자가 힌트를 줄 때도 있다. 그러면 나는 다시 고쳐 쓴다. 장편소설들 — 너무나도 복잡한 피조물들 — 은 더 많이 고쳐 써야 한다. 그러나 자신의 단편이나 장편소설에 수정이 필요하다는 말을 들으면 깜짝 놀라는 작가들도 있다. 그들은 상처를 받고 실망하거나 다른 사람들은 전부 쉽게 하는 일을 자기들만 못하는 것처럼 초라하고 수치스러운 감정을 느낀다. 글쓰기는 신발 끈을 묶는 방법처럼 단번에 완전히 익힐 수 있는 것이 아니

　　　　살아서 이야기를 하자

다. 무용수와 음악가 들은 경력을 한참 쌓을 때까지도 스승을 두고 배운다. 그들은 가르침을 기대하고 환영한다. 작가역시 자기 작품의 결함을 보는 법을 절대 완벽하게 배울 수없다. 그렇기 때문에 편집자가 존재하는 것이다. 수많은 에이전트들도 좋은 독자이다. 편집이 필요 없는 작가는 존재하지 않고, 전문 편집자와 에이전트의 도움을 받을 수 없다면 다른 곳에서 도움을 구해야 한다. 물론 전문가의 도움이있어도 친구들에게 작품을 보여 주는 것을 대체할 수는 없다. 당신은 항상 친구들이 필요할 것이다.

당신 작품을 고쳐야 한다는 것은 나쁜 소식이 아니다. 수정은 글쓰기의 본질이다. 작품을 이미 수없이 고쳤다고해서 완성되었다는 뜻은 아니다. 반대로 수없이 시도했지만 아직 제대로 완성되지 않았다고 해서 절망적이라는 뜻도아니다. 우리는 어려운 예술을 하고 있다. 장편소설 서너 편을 썼지만 출판하지 못했고 현재 소설을 세 번째로 고쳐 쓰고 있는 사람은 **여전히** 다시 시작해야 할 수 있지만 그렇다고 해서 그녀나 그녀의 책이 가망 없다는 뜻은 아니다. 반대로 그녀는 마침내 장편소설 쓰는 법을 곧 배우게 될지도 모른다. 그러나 바로 이 순간에 포기를 결심하는 경우가 많다.

"창밖으로 던져 버릴지도 몰라요." 최근에 열린 워크숍에서 참석자들 모두 아이디어가 대단하지만 지금까지는 그게 전부라고 생각하는 소설이 있었는데, 그 소설을 쓴 여성이 이렇게 말했다. 우리는 그녀의 다른 작품들도 보았는데 그녀는 뛰어난 작가였다. 그녀는 이 장편소설을, 그리고 그전에 다른 장편소설들을 한참 동안 붙들고 있었다. 그녀가 포기하려 한다고 비난하는 것은 아니다. 포기할 수 있다면 말이다. 긴 장편소설을 다시 고쳐 쓰는 것이 가치가 없는 일일지도 모른다. 포기라는 선택이 잘못은 아니지만, 고통스러울 것이다. 잠재력이 무척 크지만 낡아 빠진 집을 사지 않겠다거나 힘들지만 가끔은 만나는 보람이 있는 친구를 만나지 않겠다고 결심하는 것과 마찬가지이다. 때로는 포기라는 선택이 합리적이고 장기적으로 보면 다행일 수도 있다.

그러나 다시 한번 말하지만 어떤 단편이나 장편을 여러 번 고쳤지만 아직도 몇 번 더 고쳐야 한다는 사실은 아무것도 증명하지 않으며, 그 작품이 아무 쓸모없다는 뜻은 **절대** 아니다.

독서를 통해 글쓰기를 배우자

당신의 글이 출판할 만하다고 결론을 내렸을 경우, 그다음으로 물어야 할 것은 당신이 독서를 충분히 하고 있는지, 충분히 했는지, 당신이 쓰는 종류의 글에 대한 원리를 뼈에 새겼는지이다. 당신이 단편소설을 쓰고 있다면 체호프, 투르게네프, 헨리 제임스, 제임스 조이스, 캐서린 맨스필드 같은 작가들 — 또는 적어도 그들 중 몇몇 — 부터 지금 이 순간에도 출판되는 흥미로운 단편소설집까지 전부 읽었는가? 장편소설, 시, 개인적인 에세이와 회고록도 마찬가지이다. 물론 전부 다 읽을 수는 없다. 그러나 호기심을 가지고, 몇몇 작가들이 당신은 할 수 없는 (혹은 아직은 할 수 없는) 무언가를 할 수 있는지 살펴보겠다는 의지를 가지고, 지적 에너지를 가지고 책을 읽고 있는가?

우리는 애초에 우리가 읽은 책들 덕분에 스스로 무엇을 쓰고 싶은지 알아낸다. 우리들 중에서 새로운 형태를 만들어 낼 수 있는 사람은 거의 없다. 우리는 장편소설을 읽었기 때문에 장편소설을 알고, 시를 읽었기 때문에 시를 안다. 그러나 가끔 장편소설밖에 안 읽어 봤지만 단편소설을 쓰는 사람도 있다. 그렇다면 어떤 가능성이 있는지 어떻게 배울까? 우리가 독서를 통해 의식적인 가르침을 얻는다는 뜻은 아니다. 그러나 수없이 많은 단편소설을 읽으면 본인의 단편을 다시 읽으면서 "아니, 아직 거기까지 못 갔어. 단편소설 같지가 않아"라고 생각할 수 있다.

유명한 작품만 읽도록 유도하는 출판계의 노력에 저항

하자. 당신은 다수의 사람들에게 호소하지는 않는 좋은 책을 쓰고 있을지도 모르고, 그렇다면 공교롭게도 당신을 포함한 소수의 사람들에게 호소하는 책들을 찾아야 한다.

우리는 항상 책을 읽어야 한다. 이미 좋아하는 책들만이 아니다. 넓고 깊은 독서를 계속하면 좋은 책을 선호하게 된다. 지겨운 플롯은 우리를 지겹게 만들고 클리셰는 우리를 지루하게 만들 것이다. 반대로 복잡한 추론이나 옛날 언어를 따라가기는 더 쉬워진다. 다양하게 읽는 것이 중요하다. 남자라면 여성 작가의 책을 읽자. 본인과 같은 인종 집단에 속하는 작가들의 책과 다른 인종 집단에 속하는 작가들의 책을 모두 읽는 것이 중요하다. 흑인 역사의 달에만, 또는 다른 구체적인 이유가 있을 때에만 흑인 작가의 책을 읽는 백인 독자가 너무 많다. 그러나 흑인 작가는 지난 세기에 미국 최고의 책들을 아주 많이 썼다. 또한 우리 모두 시를 읽어야 한다. 우리를 불편하게 만들고 우리에게 도전하는 글을 읽어야 한다. 우리의 경력에 좋다고들 하는 책들, 최신 유행하는 책들, 지난 30년 사이에 쓴 책들만 읽어서는 안 된다. 『걸리버 여행기』와 『일리아드』와 월리스 스티븐스의 시를 읽자. 작은 출판사에서 나온 책과 문예지를 읽자. 그리고 물론, 추운 밤 따뜻한 침대 속으로 들어가듯이 빠져드는 책들을 읽자.

살아서 이야기를 하자

기법을 위해서 독서를 하지는 말자. 기법은 당신도 모르는 사이에 습득하게 된다. 인생을 바꾸기 위해서 독서를 하자. 형체와 형태에 대한 감각을, 예술작품을 올바르게, 완전하게 느껴지도록 만드는 것을 기르기 위해서 독서를 하자. 그런 다음 당신 작품을 고쳐 쓸 때 당신 내면에서 들려오는 "아니, 아니야. 조금만 더"라든지 "여기서 멈춰", "천천히, **이제** 속도를 내!" 같은 메시지에 귀를 기울이자.

어디서 출판을 시도해야 할까?

당신은 아마 무엇이든 문예지를 읽고 있을 것이다. 문예지 몇 종을 정기구독하자. 누군가에게 선물 받을 일이 있으면 온라인판이든 인쇄판이든 괜찮아 보이는 잡지의 정기구독권을 달라고 하자. 그런 다음 작품을 낼 때가 되면 당신의 취향이 당신을 인도할 것이다. 플래시 픽션을 쓰는 사람은 그보다 더 길고 조용하고 고풍스러운 글을 쓰는 사람이 고르는 것과는 다른 잡지를 선택할 것이다. 목표는 높이 잡되 현실감각을 잃지 말자. 『뉴요커』는 대부분의 문학 계간지보다 1년에 더 많은 단편을 싣고, 항상 새로운 작가를 찾고 있다. 『뉴요커』의 단편소설을 열 편 읽어 본 다음 당신의 글도 관심을 얻을 수 있을지 생각해 보자. 관심이 없을 것이라고 단정 짓지 말자. 괜찮은 문학 계간지와 당신이 좋아하는 온라인 잡지에도 도전해 보자. 웹 사이트를 꼼꼼히 보면서 투고 절차를 포함해서 그 잡지에 대해 알아낼 수 있는 모든 것을 알아내자. 투고 절차는 잡지마다 조금씩 다르다. 온라인으로만 받는 잡지도 있고 실물 원고만 받는 잡지도 있다. 다른 잡지에서 고려 중인 작품도 받는 잡지가 있지만 받지 않는 잡지도 있다. 투고 절차는 수없이 다양하다.

책을 낼 때에는 대형 출판사만이 아니라 공모전, 소규모 출판사, 대학 출판사도 고려하자. 더욱 진지한 글을 낼 때에는 소규모 출판사와 대학 출판사가 가장 좋다. 소규모나 대학 출판사 편집자들은 그런 책을 이해하고, 좋아하고, 원하고, 누가 그런 책을 읽고 싶어 하는지 잘 안다. 거의 모든 시집, 거의 모든 단편집과 개인적인 에세이, 수많은 회고록, 비소설, 장편소설도 마찬가지이다. 어느 회고록 작가는 작가및작품프로그램협회(Association of Writers and Writing Programs, AWP)의 도서전에서 출판사를 물색했다고 한다. 그녀는 여러 부스를 돌아다니면서 책을 살피다가 자신과 비슷한 주제를 다루는 회고록에 특히 관심을 보이는 대학 출판사를 발견했다. 그녀는 부스에 앉아 있는 사람들(도서전에서 부스를 지키는 사람들은 지나가던 사람들이 말 걸어 주기를 바란다!)

에게 말을 걸었고, 결국 그 출판사에서 책을 냈다. 물론 모든 책을 어떤 범주에 쉽게 넣을 수 있는 것은 아니다. 그러나 당신의 회고록이나 장편소설, 에세이집, 단편집이 특정한 범주에 확실하게 들어간다면, 예를 들어 종교, 동성애자의 삶, 인종, 여행, 정신건강, 농사, 음식, 야외 활동에 대한 것이라면 그런 분야의 책을 특히 환영하는 출판사를 찾는 것이 합리적이다. 당신의 책이 특정 지역을 배경으로 한다면 그 지역의 소규모 출판사나 대학 출판사를 찾아보는 것도 좋은 생각이다.

장편소설이나 단편소설을 투고하려는 경우, AWP도서전이나 주류 출판사와 소규모 출판사의 도서를 모두 취급하는 괜찮은 독립서점에서 당신이 내려는 책과 비슷해 보이는 책을 몇 권 찾아서 구입하자. 당신의 책이 신앙을 다시 생각하는 육십 대 여성에 대한 장편소설이라면 젊은 록 음악가나 디스토피아 사회나 뱀파이어에 대한 책을 많이 내는 출판사에 투고하고 싶지는 않을 것이다. 대형 출판사 편집자나 에이전트가 당신 소설이 괜찮지만 "그 책과 사랑에 빠지지는 않았다"라고 말한다면 이야기가 별로 흥미진진하지 않은 것이 문제인 경우가 많다. 그렇다면 소규모 출판사도 썩 좋아하지 않을 것이다(좋아할 수도 있지만, 알아보기 전에 먼저 이야기를 흥미진진하게 만들자).

반대로, 약간이라도 흥미진진한 플롯의 장편소설을 썼다면 대형 출판사와 연결해 줄 에이전트를 찾는 것이 좋다. 여러 에이전트를 알아보고, 원고를 두 번 더 고치고, 출판이 그 자체로 힘든 일임을 깨달을 준비를 하자. 그러나 무슨 일이 있어도 출판을 시도하자. 친구들이나 웹 사이트를 통해 당신과 비슷한 책을 다루는 에이전트를 찾아서 예의 바르게 접근하자. 에이전시의 웹 사이트를 보면 먼저 문의를 하거나 샘플을 이메일로 보내거나 등등 어떻게 해야 할지 알 수 있을 것이다.

작품을 어떻게 투고할까?

장편소설이나 책 한 권 길이의 회고록이 아니라면 여러 편을 한꺼번에 투고할 수 있을 때까지 기다리자. 그러면 한 편 한 편의 성공에 지나치게 신경 쓰지 않을 수 있다. 작품이 어느 정도 쌓일 때까지 기다리자. 그런 다음에도 한꺼번에 온갖 출판사에 보내지는 말자. 어떤 사람들은 집집마다 전단지를 붙이며 고객을 찾는 피자 배달 서비스처럼 똑같은 단편을 열두 군데의 잡지에 한꺼번에 보낸다. 하지만 이 단계에서는 상식이 필요하다. 예전에는 중복 투고가 허용되지 않았고, 잡지사에 편지를 보내서 "다른 곳에서 수락했으므로 투고를 취소하고 싶습니다"라고 말하는 것은 무례한 행동이었다. 요즘 대부분의 잡지는 중복 투고를 문제 삼지 않는다. 웹 사이트를 확인해 보자. 그러나 모든 작가가 모든 작품을 모든 잡지사에 항상 투고한다면 작품을 읽을 인력이 부족할 것이다. 보수도 받지 않고 작품을 읽는 잡지 편집자나 인턴이 단편 하나를 읽는 데 1년 넘게 걸린다고 불평하는 작가들이 많이 보인다. 스무 곳의 잡지에 한꺼번에 투고한 작품을 말이다. 그게 말이 되는 불평일까? 내 말은 중복 투고를 하지 말라는 뜻이 아니라, 당신의 일을 존중하고 작품을 읽어 줄 편집자들을 존중한다면 합당한 이유에 따라서 특정 작품을 특정 잡지나 편집자에게 보내야 한다는 것이다. 작품을 허공에 휙 던지고서 반응이 좋은 누군가의 손에 들어가기를 바라서는 안 된다. 한 번에 몇 군데의 잡지사에게만 보내자. 십여 곳의 잡지에 같은 작품을 투고하면 시스템에 과부하를 초래한다.

그러나 그 반대는 더욱 나쁘다. 즉 어떤 작품을 잡지 한 곳에 보낸 다음 1년 동안 매일 우편함을 확인하다가 작품을 돌려받고 잠을 설친 다음 다른 곳에 다시 보내는 것 말이다. 당신이 작가가 되기로, 출판을 위해서 전문적으로 글을 쓰겠다고 결심했다면 체계적으로 움직이자. 어디에서 작품을 발표하고 싶은지 목록을 만들자. 투고에 일정 시간을 투자하자(나는 시를 쓰면서 투고할 작품이 많았을 때 둘째 주 금요일마다 글쓰기 시간을 투고에 할애했다). 여러 편을 한꺼번에 투고하자. 소프트웨어를 이용하거나 간단하게 목록을 만들어서 투고 상황을 기록하자.

에이전트에게 책을 투고하는 경우에도 에이전트 서른 명에게 한꺼번에 문의하지 말자. 나의 담당 에이전트의 경우 첫 문의는 우편을 통해서 보내 달라고 한다. 분명 이메일이 쏟아져 들어올 위험이 있기 때문일 것이다. 근거에 따라서 특정 에이전트에게 접근하고, 그 사람을 진지하게 대하자. 작가에게 에이전트가 필요한 것보다 에이전트에게 작가가 더 필요하기 때문에 당신이 그들에게 맞는 작가라면 에이전트가 먼저 당신을 찾아낼 것이다. 에이전트의 선택을 존중하고, 계속 시도하자. 에이전트는 특정한 유형의 책을 담당하며 특정한 편집자와 함께 일한다는 사실을 기억하고, 어느 에이전트가 "당신의 책은 큰 장점이 있지만 저와는 맞지 않습니다"라고 말한다면 "저는 이런 종류의 책은 다루지 않습니다"라는 의미일 수도 있음을, 미묘한 차이가 존재할 수 있음을 기억해야 한다. 편지를 보내서 "더 적절한 에이전트를 추천해 주실 수 있을까요?"라고 물으면 실제로 추천해 주는 경우도 있다.

만약 에이전트 40명 모두가 당신 작품에 큰 장점이 있지만 자신은 푹 빠지지 않았다고 말한다면 당신 원고에 문제가 있다는 뜻이다. 십중팔구 글은 잘 썼지만 이야기가 흥미진진하지 않은 경우이다.

이 모든 일은 어렵고 노력이 필요하다. 그러나 불가능하지는 않다. 잡지와 출판사는 출판할 원고가 필요하다. 끈질기게 애를 쓰면서 열심히 노력하고 운이 따라 준다면 그들이 당신 작품을 선택할 수도 있다. 전혀 예상하지 않았을 때 기회가 찾아오는 경우가 많다. 모든 것을 파악하려고 너무 열심히 애를 쓰기보다는 당신이 원하는 출판사의 목록을 만들고 모든 출판사에 모든 원고를 순차적으로 보내 보자. 나의 경우에는 보통 단편소설 두 편을 한 잡지사에 보냈는데, 그중 한 편이 수락될 경우 거의 항상 내가 예상하지 않았던 작품이었다.

굳은 결심으로 용감하게 행동하자. 언젠가는 잘 풀릴 것이다. 책을 출판하는 것은 어려운 일이고, 바라던 것처럼 멋지게 출판하지 못할 수도 있다. 그러나 내 주변을 보면 좋은 작품을 쓰고, (그 누구의 예상보다도 훨씬 여러 번) 수정하고, 거절당하면서도 계속 투고했던 모든 작가는 결국 편집자를 찾았다.

안 되면 어떻게 할까?

당신이 노력하고 또 노력하고, 이 책과 다른 글쓰기 책 여섯 권에서 시키는 대로 전부 하고, 모든 작품을 십여 군데에 투고했는데 아무도 당신의 글을 원하지 않는다고 하자. 그런 경우에는 어떻게 해야 할까?

내가 볼 때 출판되지 않은 작품은 대부분 가망이 없다기보다 수정이 필요하다. 이미 여러 번 고쳐 썼다고 해도 말이다. 당신이 정말로 노력하고, 노력하고, 또 노력했다면, 출판을 위해 **무엇이든** 할 수 있다면, 그리고 이미 글쓰기 수업을 받았거나 절대 받지 않겠다고 결심했다면, 뭔가 크게 잘못된 것이 있을지도 모른다고 생각하자.

당신이 글쓰기 자체의 감정적인 경험보다 거절당하는 것 때문에 더 지친다면, 또는 자유롭게 쓴 다음 깔끔하게 정리하는 것이 아니라 무엇보다도 질서 정연하고 깔끔하게 쓰려고 노력한다면, 작가가 해야 하는 일을 하고 있지 않은 것일지도 모른다. 고군분투하는 작가들이 가끔 어느 단편소설에 무엇이 부족해서 출판이 안 되는지 나에게 물을 때 보면 보통 본인은 소소하고 이성적인 문제가 몇 가지 있다고 생각하지만 실제로는 감정적이고 큰 문제가 있는 경우가 많다. 예를 들어 어떤 작가는 이야기의 요점이 무엇인지 일찍부터 너무 잘 알기 때문에 그 요점에서 벗어나지 못한다. 그래서 등장인물들이 어떤 사람인지, 또 항상 어떤 사람일지를 계속 보여 줄 뿐이다. 이러한 작가들은 작품과 충분히 거리를 두지 못하기 때문에 자기 작품을 주제의 증명이 아닌 이야기로 보지 못한다. 그런 경우에 어떻게 해야 하는지 쉽게 설명하기는 힘들지만, 우선 인물의 감정을 드러내는 구체적인 행위를 찾아야 한다. 방어하는 마음을 버리고 자신이 무엇을 하고 있는지 인식하면서 독자로서의 의식을 가지고 이야기를 처음부터 다시 써야 한다.

당신이 작품을 출판하려고 많은 노력과 시간을 들이지만 무엇도 통하지 않고, 빌어먹을 단편소설들을 도저히 다시 쓸 수가 없다면 다른 글을, 감정적 소모가 적은 것을 써야 할지도 모른다. 어쩌면 사설이나 평론, 또는 여행이나 사회적 동향 등에 대한 기사를 쓰는 것이 나을지도 모른다. 다른 종류의 글을 쓰기로 하면 누군가에게 필요한 글을 쓰는 법을 배울 수 있고, 심지어는 그런 글로 돈을 벌 수도 있다. 그러나 무엇을 하든 스스로를 존중하는 사람으로서 절대로 자신을 비참하게 만들지 **말자**. 당신의 소설이나 회고록을 괜찮게 고칠 방법이 있지만 파악하지 못하는 것뿐일지도 모른다. 음, 그렇다고 해서 그게 연쇄살인 같은 범죄는 아니다. 잊어버리자. 시간을 보낼 방법은 얼마든지 있다.

자가 출판

음악은 청중이 필요하고 연극은 관객이 필요한 것처럼 글은 누군가가 그것을 읽어야만 진정으로 완성된다. 게다가 우리 대부분은 출판사가 없으면 아무것도 할 수 없다. 우리의 환상 중에는 이루어지지 않아도 괜찮은 부분이 있지만 인쇄기, 또는 웹 사이트를 가진 타인에게 인정받고 선택당하는 것만큼은 포기할 수 없다. 나는 자가 출판을 시도해 본 적이 없기 때문에 여기에 대해서는 해줄 수 있는 말이 별로 없다. 당신이 자가 출판도 괜찮다고 생각한다면 아마 이미 결정을 내리고 필요한 단계를 밟았을 것이다. 작가와 인쇄기 사이를 출판사가 항상 가로막고 있었던 것은 아니다. 인쇄기를 빌리는 것은 부끄러운 일이 아니다.

그러나 ─ 나로서는 이것 때문에 자가 출판이 불가능한데 ─ 마케팅을 본인이 도맡아야 한다. 여전히 독자가 필요하고, 여전히 타인의 인정과 만족이 필요하지만 그것을 얻게 해줄 체계가 없다. 출판사의 이름만큼 "저자 외에도 누군가가 이 작품이 괜찮다고 생각한다"라는 메시지를 잘 전달하는 것은 없다. 본인의 작품을 경쾌하고 단도직입적으로 마케팅할 수 있다면, 당신의 행운을 빈다.

나는 수십 년 전에 시 낭독회를 했는데, 알고 보니 후원사가 없었다. 낭독회 장소는 제공받았지만 내가 직접 사람들을 초대하고, 맞이하고, 간식을 제공하고, 나를 소개한 다음 내 시를 읽어야 한다는 사실을 뒤늦게 깨달았다. 낭독회가 끝났을 때, 모임 자체는 괜찮았지만, 나는 이렇게 말했다. "내가 먹을 브라우니를 직접 굽는 일은 두 번 다시 없을 거야." 내 말은 물론 나도 홍보 활동을 많이 해야 한다는 사실을 알지만 책임을 같이 나눌 사람이 필요하다는 뜻이었다(나의 경우 편집자들, 편집 조수들, 그리고 출판사에서 일하는 다른 사람들과의 협업이 책을 출판하는 즐거움의 일부이다). 작가로서 우리는 자기가 먹을 브라우니를 직접 굽는 것을 어떻게 생각하는지 파악해야 한다. 그래도 괜찮은 사람도 있을 것이고 출판사가 필요한 사람도 있을 것이다. 그러나 독자이자 작가로서 우리는 대형 출판사에서 나온 책만이 훌륭하고 믿을 만하다는 생각을 버려야 한다.

또 한 가지 가능성은 출판협동조합이다. 아는 작가들을 모아서 출판협동조합을 시작할 수도 있다. 우선 자금과 힘을 모아서 책을 한 권 낸 다음 그 수익으로 다음 책을 내거나 예술위원회의 보조금을 지원받아도 좋다. 나의 첫 번째 책이었던 시집은 출판협동조합인 앨리스 제임스 출판사에서 나왔다. 앨리스 제임스 출판사는 40년이 흐른 지금도 잘 운영되고 있지만 이제 저자들이 많이 참여할 필요가 없다

(그러나 이곳에서 책을 낸 작가들은 아직도 늘 그랬듯이 신작을 선정한다). 당시 이 출판사에 선정된 시인들은 자금을 낼 필요는 없었지만 많은 시간의 노동을 투자했다. 우리는 돈을 받는 대신 본인의 책을 여러 권 받았다. 그때 나는 출판 산업에 대해서 많이 배우고, 친구들도 사귀고, 내 책이 제작되는 과정도 보았다. 무척 만족스러운 경험이었다. 그러나 나는 혼자가 아니었다. 협동조합 회원들이 아이디어를 내고, 주문에 따라 납품하고, 배급 방법과 홍보 방법을 가르쳐 주었다.

부업 작가

예전에는 작가들이 글만 써서 생계를 꾸렸다는 이야기가 있는데, 부분적으로는 사실이다. 몇십 년 전에는 소설을 싣는 잡지가 더 많은 데다가 원고료도 후했고 생활비는 적었다. 장편을 쓰든 단편을 쓰든 소설가들은 때로는 기사를 쓰기도 하고 때로는 고군분투했지만 자기가 번 돈으로 먹고 살았다. 그러나 "굶주린 예술가"라는 표현이나 『라 보엠』 같은 이야기가 있다는 사실에서 알 수 있듯이, 오래전부터 창작하는 사람들은 몇몇 예외를 제외하면 대체로 가난했다. 시인 도널드 홀은 시를 써서 버는 돈으로는 충분하지 않았기 때문에 잡지 기사, 교과서, 어린이 책을 써서 생계를 꾸렸다고 쓴 바 있다. 그는 70년대에 종신 교수직을 포기하고도 성공을 거두었다. 요즘은 도널드 홀처럼 성공하는 것이 불가능하겠지만, 우리가 9장을 시작할 때 환상이라고 말했던, 상업적으로 꾸준히 성공을 거둔 사례가 아예 없는 것은 아니다.

별도의 재산이 없는 작가는 거의 예외 없이 생계를 꾸리기 위해서 글쓰기 외에 다른 일을 하고 있고, 항상 그래 왔다. 소설과 조금 더 돈이 되는 종류의 글(기사, 어린이 책)을 같이 쓰는 사람은 작가지만 소설을 쓰면서 대학에서 학생들을 가르치는 사람은 작가가 **아니**라는 주장은 말도 안 된다. 또는 소설을 쓰면서 대학생을 가르치는 사람은 작가지만 소설을 쓰면서 5학년 학생을 가르치는 사람은 작가가 아니라는 말도 마찬가지이다. 간호사나 컴퓨터 프로그래머로 일하면서 글을 쓰는 것보다 식당 종업원으로 일하거나 택시를 몰면서 글을 쓰는 것이 더 진정성 있는 것도 아니다. 단조로운 일을 하면 생각하기가 더 쉬울지도 모르지만 반대로 권위를 드러내는 데 익숙하지 않아서 글에서도 권위가 없어질수 있다. 교사라면 적어도 "이건 해도 되지만 저건 하면 안돼"라고 말하는 법을 배울 것이다. 부모도 마찬가지이다. 배우자가 생업에 종사하는 동안 집에서 아이들을 돌보면서 시간을 짜내 글을 쓸 수 있다면 그것도 좋다.

부업 작가의 진짜 문제는 사람들에게 어떻게 인식되느냐가 아니라 글을 쓸 시간과 감정적 에너지를 어떻게 찾느냐이다. 나와 이메일을 주고받는 어떤 사람은 최근에 보낸 이메일에서 이렇게 물었다. "한 번에 20분씩 나눠서 글을 쓰는 것이 가능할까요?" 나는 아니라고 말하겠다. 적어도 나는 그렇게 못 한다. 내가 어떤 일에 완전히 몰입하지 않는 이상 다른 모든 일이 멈추어야만 글이 써진다.

내 생각에 그녀가 글을 쓰려면 내가 베이비시터를 고용하고 본격적으로 글을 썼을 때처럼 일주일에 두 번씩 두 시간의 여유는 필요하다. 시간만 확보할 수 있다면 가능하다. 아이와 보내는 시간을 빼앗지는 않되 (이유가 있을 때에만 그렇게 하자) 다른 사람들과 보내는 시간은 조심하자. 글 쓰는 시간을 정하고 그 시간에 다른 일을 하자는 제안은 거절하자. 이기적으로 굴자. 도와주고 싶어 하는 착한 사람들을 이용하자.

글을 쓰고 싶다는 욕구를 사소한 장애처럼 생각하자. 실제로도 장애에 가깝다, 그렇지 않은가? 당신은 글을 쓰지 못하면 엉망이 된다. 걱정스러운 증상이 있을 때 의사가 "시간을 정해 두고 일주일에 두 번, 두 시간씩 낮잠을 주무시면 괜찮아질 겁니다"라고 말하면 어떻게든 방법을 찾을 것이다. (나의 걱정스러운 증상은 성질을 내는 것이다.) 또는 글 쓰

살아서 이야기를 하자

는 시간을 다른 사람이 불편해지더라도 꼭 지켜야 하는 것으로 정하자. 응급상황이라면 치과 예약을 취소하겠지만 그렇지 않다면 당신을 붙잡는 사람들에게 "미안하지만 치과에 가는 길이야"라고 말할 것이다. 컴퓨터에 이름을 붙인 다음 "미안, 내 친구 맥스웰이랑 오후 내내 같이 보내기로 했어"라고 말하자.

일을 존중하자. 이것은 당신에게 글을 쓸 권리가 있다고 믿느냐, 또는 실제로는 그렇지 않다 해도 믿는 척하느냐의 문제이다. 세상에 당신의 이야기가 필요하다는 것을 아직 증명하지 못했다고 해도 말이다.

아주 맹렬하게 시간을 확보해도, 일단 시간이 생기면 그것으로 무척 어려운 일을 해야 한다. 즉 그 시간을 낭비해야 한다. 그 시간을 글쓰기가 아닌 다른 일에 허비하지 말자. 글 쓰는 장소를 떠나지 말자. 그러나 필요하다면 가만히 앉아 있거나 시를 읽자. 스스로에게 생각할 시간을 주자. 두 시간 동안만 가만히 앉아 있으면 뭐라도 쓸 내용이 생각날 것이다. 그것이 다음 장면이 떠오르지 않는 이유 목록일지라도 말이다. 글쓰기 시간에 무엇을 해도 되고 무엇을 하면 안되는지 스스로 규칙을 정해야 한다. 나의 경우, 이메일은 확인해도 되지만—확인하지 않기가 너무 힘들다—친한 친구에게 한 줄 정도 적어 보내는 것 외에는 이메일을 쓰면 안 된다. 나는 웹 서핑을 좋아하지 않지만 (나와 같은 안과질환을 가진 사람에게는 제일 안 좋은 행동이다) 웹 서핑을 좋아하는 사람이라면 한도와 안전장치를 마련해야 할 것이다. 잠금 설정 등을 이용해서 일시적으로 웹 서핑을 불가능하게 만들어야 할 수도 있다. 규칙을 약간 어기고 괴로워하는 것은 괜찮다. 약간의 자기혐오는 글쓰기에 좋다. 그러나 두 시간 동안 글쓰기를 시작도 못 한다면 어디로 가서 무엇을 해야 정신을 집중할 수 있는지 알아내야 한다. 집에서 나가면 도움이 될 때가 많다. 커피숍에 와이파이가 있다면 비밀번호를 물어보지 말자.

행복해지자

글쓰기 자체는 일단 시작하면 즐거운 일이지만—내가 보기에는 그런 듯하다—글쓰기를 둘러싼 대부분의 일은 불쾌하다. 글을 쓰기 전과 쓰는 동안, 쓰고 난 후에 느끼는 괴로움과 출판에 대한 괴로움도 여기에 포함된다. 해결책은 우리가 단순한 작가가 아님을 기억하는 것이다. 베닝턴대학 석사과정을 만들고 초대 학장을 맡았던 고(故) 리암 렉터가 즐겨 말했듯이, 우리는 문인이다. 우리는 문학계의 일원이

살아서 이야기를 하자

며, 일원이 된다는 것은 좋은 일이다. 게다가 일원으로서 활발하게 활동하면 강력해진 느낌이 들고 문학계의 신데렐라가 되지 않을 수 있다. 문학계의 일원이 되면 행복해질 것이다. 작가는 결국 소중한 책을 써야 할 책임이 있듯이, 양서가 성공하도록 도울 책임도 있다.

내 생각에 문학계의 일원이 되고 싶다는, 이 모든 것을 혼자 하고 싶지 않다는 바람은 많은 사람들을 석사과정으로 이끈다. 작가가 되든 되지 않든, 이름 없는 작가들을 발견해서 그들의 작품을 사서 읽은 다음 다른 사람들에게 알려 주는 기쁨은 여전히 유효하다. 일대일로 그렇게 할 수도 있고, 문학 비평과 에세이를 쓸 수도 있다. 예전보다 어려워졌지만 비평을 실어 주는 잡지가 아직 있고, 웹 사이트에 글을 게시하거나 블로그를 운영할 수도 있다.

문학계의 일원은 편집하는 즐거움이나 글쓰기를 가르치는 즐거움을 추구할 수도 있다. 다른 사람들에게 ─ 물론 도움이 되는 방식으로! ─ 글의 문제점이 무엇인지 이야기해 주면 유력한 사람이 된 기분을 느낄 수 있고, 작가로서 기운이 빠지는 힘든 시기를 헤쳐 나갈 때 도움이 될 것이다. 우리 마을의 어느 기관은 1년에 두어 번 열리는 큰 행사에서 대학 문예창작과에 지원하는 학생들과 자기소개서 쓰는 것을 도울 자원봉사자를 연결해 준다. 당신 마을에도 비슷한 프로그램이 있을지 모른다. 당신이 좋아하는 잡지의 예비 독자가 되겠다고 제안하자. 그리고 피해자가 된 것처럼 느끼는 건 그만두자. 잡지를 창간하거나 소규모 출판사를 만들거나 ─ 내가 아는 사람들도 그랬다 ─ 기존 잡지나 출판사에서 자원봉사를 하자. 사람들을 모아 출판협동조합을 시작하자. 당신이 사는 지역에서 활판인쇄를 하는 사람을 찾아서 수업을 듣거나 기금을 모으거나 다른 방법으로 돕자.

다른 사람의 글쓰기를 돕는 것이 좋다면 가르치는 일을 하자. 나는 가르치는 것보다 더 재미있는 일은 알지 못하고, 배우려는 사람은 항상 있다. 교도소에서 가르치는 것은 무척 만족스럽고, 학교나 정신질환자를 위한 사교 클럽이나 양로원에서 창작반을 운영하는 것도 마찬가지이다. 나는 막내가 1학년 때 1학년과 2학년 학생들의 글쓰기를 몇 주 동안 봐준 적이 있다. 아이들은 빈 공간에 그림을 그리고 글을 두 줄 썼다. 대상이 누구든 글쓰기는 글쓰기이고, 그때 우리가 나눈 이야기는 성인들과 글쓰기에 대해서 나누는 이야기와 별반 다르지 않았다.

정식으로 급료를 받으며 성인을 가르쳐도 문학계의 일원이 된 기분을 느낄 수 있다. 석사학위가 있으면 출판 경력이 많지 않아도 커뮤니티칼리지에서 글쓰기를 가르치거나 4년제 대학에서 시간강사 일을 얻을 수 있을 것이다. 당신이 사는 지역의 모든 대학에 이력서를 보내면 급한 인력이 필요할 때 연락이 올지도 모른다. 문예창작과 종신 교수가 될 수 있는 전임강사가 되려면 상당한 출판 경력이 필요하며, 석사학위가 필요한 경우가 많고 때로는 박사학위도 필요하다. 또 이사를 해야 하는 경우도 있다. 나의 경우에는 원격 수업 석사과정에서 학생들을 가르치는 것이 잘 맞았다. 급료도 적고 혜택도 없지만 1년에 3주만 캠퍼스에 나가면 되고 나머지 기간에는 집에서 통신으로 수업을 진행한다.

문학계의 일원이 된다는 것은 작가와 더 넓은 사회를 연결하는 국제작가협회나 작가를 위한 기관, 지역예술위원회, 도서관, 학교에서 일하는 것을 의미할 수도 있다. 그 밖에도 문학계의 일원이 되는, 내가 생각하지 못한 방법도 많을 것이다. 어쨌든 무언가를 하자. 그러면 그 어느 때보다도 당신이 진짜 작가라는 느낌이 들 것이다.

나의 경우 문학계의 일원으로서 겪은 행복한 경험은, 가르치는 일을 제외하면, 두 명의 여성(둘 다 작가는 아니었다)과 함께 노숙에 대한 책을 편집한 것이었다. 한 사람은 현재 노숙자이거나 과거에 노숙자였던 사람들을 인터뷰했고, 다른 한 사람—작은 에이전시를 운영하며 이 프로젝트를 제안한 사람—은 자금을 모으고 노숙자를 고객으로 상대하는 사람들에게 자기 일에 대해서 글을 써 달라고 했다. 우리 세 사람을 포함해서 이 책과 관련된 모든 사람들은 다음과 같은 질문에 대답했다. 집은 무엇인가? 이웃은 무엇인가? 지역 사회는 무엇인가? 나는 편집을 맡아 모든 글을 문법에 맞게 손보았다. 우리가 만든 책 『내가 잔디밭에 앉아 있을 때: 뉴헤이븐에서 집 없이 산다는 것』(*As I Sat on the Green: Living Without a Home in New Haven*)은 노숙자 쉼터에서 출판되었다.

문학계의 일원으로서 좋았던 또 한 가지 경험은 5년 동안 세 여성과 함께 뉴헤이븐 시내의 커다란 식당 겸 술집인 앵커 바 지하실에서 소설과 시, 때로 비소설 작품을 읽는 평일 저녁 낭독회를 운영한 것이었다. 우리는 사례금을 줄 수 없었기 때문에 미안한 마음으로 존경하는 작가들을 낭독회에 초청했는데, 모두 승낙했다. 작가가 먼저 우리에게 연락해서 낭독회를 하고 싶다고 요청할 때도 많았다. 우리는 독자들을 비싸지 않은 식당으로 데리고 갔고(지원금을 신청하거나 기부금을 모금했어야 하지만 번거로웠기 때문에 우리의 사비로 충당했다), 멀리서 온 사람들은 우리의 집에서 재워 주었다. 작가들은 우리 집 3층에서 잤고, 나는 스콘을 구워 아침 식사로 대접했다. 우리는 5년 동안 유명한 작가 84명을 초청했고, 청중은 늘 대단했다. 사람들은 술집에서 좋은 글에 귀 기울이는 것을 무척 좋아하는데, 술을 약간 마시면 반응이 더욱 좋아진다. 낭독회는 손님이 별로 없는 화요일이었기 때문에 술집에서도 좋아했다. 우리는 이미 유명하거나 곧 유명해진 사람들, 또 앞으로 유명해질 사람들을 초청했다. 이때에도 계획을 세우고, 작가들과 연락을 하고, 홍보문을 쓰고, 이것저것 지시하면서 협력하는 것이 즐거웠다. 마이크도 연단도 없었다. 우리는 술집 지하실에서 가져온, 마틸다라고 이름 붙인 보면대를 썼는데, 가끔 식당에 마틸다를 놓고 오는 바람에 다시 가지러 가야 했다. 우리 모임에서 낭독을 하고 후회한 작가는 아무도 없었을 것이다. 돈이 되었으면 더욱 좋았겠지만, 모임을 하는 것 자체가 중요했다. 사실 나는 노동에 대가를 치러야 한다고 믿지만 작가가 우리와 청중에게 주는 선물, 그리고 우리가 그들에게 주는 선물은 감동적이었다. 우리 모두는 자신이 한 일에 대가를 받고 다른 사람에게도 대가를 주기 위해서 최선을 다해야 하지만, 돈을 받는 것만이 가치 있는 일은 아니다. 작가가 한 푼도 받지 않고, 또는 당신이 지급할 수 있는 정도의 금액만 받고서 당신이 원하는 일을 해주지는 않을 것이라고 지레짐작하지 말자. 부탁을 하고 스콘을 구워서 대접하자.

당신은 문학계의 일원으로서 당신만의 작은 도시가, 친구들이 무엇보다도 필요하다. 칭찬이나 비평이 아니라 그 이상의 무언가를 위해서 글을 쓰는 친구들이 필요하다. 당신을 격려해 주고 당신의 끔찍한 경험을 대수롭지 않게 만들어 줄 친구들이 필요하다. "낭독회에 두 명밖에 안 왔다고? 그건 아무것도 아니야! 내 낭독회에는 아무도 안 왔어!" 당신에게는 작가 친구들이 필요하다. 다른 사람은 아무도 이해하지 못하기 때문이다. 책을 추천하고, 당신의 작품을 기억했다가 몇 달 뒤에 그 이야기를 꺼내고, 당신 작품을 거절한 편집자는 멍청이라고 말해 주고, 당신이 원하던 것을 이루면 같이 축하해 줄 친구가 필요하다. 당신은 가끔 친구들이 부럽겠지만, 그런 자신을 인정하면 견딜 만하다. "나도 저렇게 되고 싶어"라고 생각하면 친구를 위해 진심으로 기뻐할 수 있다. 글을 써서 찬사, 출판, 수상 등 멋진 보상을 받는 사람들을 친구로 두고 있다면 당신 역시 멋진 사람이라는 사실을 기억하자.

글을 쓰는 일은 고독할 수밖에 없다. 대부분 글을 쓰려면 혼자 있어야 한다. 우리가 만들어 낸 결과물이 다른 누군가의, 독자의 고독함을 자극한다. 열심히 노력하고 운까지 따르면 우리는 개인적이고 덧없는 생각을 독자의 의식 속으로 꿰뚫고 들어가서 이미지를 떠올리게 하는 무언가로 탈바꿈시킬 수 있다. 독자의 마음속에 떠오르는 이미지가 작가의 마음속 이미지와 똑같지 않을지도 모른다. 작가가 상상한 것은 둥근 문손잡이였지만 독자가 상상한 것은 자기 할머니 댁 문손잡이처럼 타원형일 수도 있다. 그러나 독자는 중요한 것을 이해했다. 바로 뒷문이 재빨리 열리고, 바깥을 내다본 남자는 흰 신발 끈이 달린 작고 빨간 스니커를 발견한다는 사실을 말이다. 남자는 햇볕 속으로 걸어 나가고, 작가와 독자 모두 눈을 가늘게 뜬다. 독자는 인간의 수수께끼와 비극, 희극을 모두 받아들인다. 우리는 고독함과 고독함을 오가며 일한다. 이는 무척 외로운 일이고, 우리는 최대한 많은 친구가 필요하다.

글을 쓰자

우리는 냉장고를 살 때처럼 글을 쓸 때에도 정보를 입수하고, 또렷하게 생각하고, 분수를 파악하려고 노력해야 한다. 아니, 하지만 그것은 불가능하다. 글쓰기는 지나치게 감정적이기 때문이다. 그러나 글을 쓸 때에도 개나 고양이를 입양하거나, 연봉을 협상하거나, 건강을 유지할 때만큼은 정보를 입수하고, 또렷하게 생각하고, 분수를 파악할 수 있을 것이다. 그러나 그런 일을 할 때에는 꽤 합리적으로 굴지만, 글쓰기에 대해서는 첫째, 작가로서의 가치가 실제로 가능한 것보다 더 큰 성공에 달려 있다고 생각하고, 둘째, 자신이 이룰 수 있는 성공에 도달하기 위해 필요한 것 —기회를 이용하고, 자신에게 쏟아지는 칭찬을 믿고, 이쪽 일을 잘 아는 사람이 글을 투고하라고 권하면 그렇게 하고, 목표를 높이 잡는 것—을 하지 못하는 사람들이 너무나 많다. 목표는 최대한 높게 잡되, 자기 자신과 상황을 제대로 파악하자.

첫째 아이가 유치원에 다니기 시작했을 때 나는 한 학기에 한 반을 가르치는 시간강사 일을 구했다. 그때 이후로 나는 글을 쓰고, 아이들을 돌보고, 학생들을 가르치면서 스스로를 영어교사라고 생각했다. 아이들을 낳기 전 마지막 직업이 바로 영어교사였다. 그렇게 여러 해가 지난 뒤, 어느 학기 시작 직전에 내 수업이 취소되었다. 급료가 적었기 때문에 금전적인 손실은 크지 않았지만 나는 무척 당황했다. 내가 교사가 아니라면, 유감스럽다는 전화 한 통과 함께 학생을 가르치는 일이 사라질 수 있다면, 나는 도대체 누구일까? 그러자 교사가 나의 최우선 직업이 아닐지도 모른다는 생각이 퍼뜩 떠올랐다. 어쩌면 나는 **작가**일지도 모른다. 나는 시를 썼지만 대부분 발표하지 않았고 단편소설을 썼지만 한 편도 발표한 적이 없었다. 나는 이 문제에 대해서, 글쓰기라는 직업의 마음에 들지 않는 부분에 대해서 몇 주 동안 생각했고, 글쓰기의 단점 여덟 가지를 알아냈다. 그때 이후로 많은 세월이 지났지만 아직 다른 단점은 찾지 못했다. 여덟 가지 단점은 돈이 없고, 존경받지 못하고, 내가 쓴 것에 대해서 한참 동안 반응이 없고, 일을 시작하도록 도와주는 체계가 없고, 방해를 물리칠 체계("죄송하지만 회의 중이십니다")도 없고, 내가 쓰는 글이 누군가에게 어떤 방식으로든 도움이 된다는 보장이 없고, 도움이 되는 글을 쓴다 해도 투자한 시간만큼 가치가 있다는 보장이 없고, 동료가 없다는 것이다. 이러한 단점들에도 불구하고 나는 작가가 되기로 결심했다. 몇몇 단점은 줄어들었다. 아이들이 크면서 방해가 줄어들었고, 대학에 진학한 아이들이 길고 반가운 방학을 맞이해 집으로 돌아와 지내는 동안에는 다시 늘어났으며(방해를 받아서 좋을 때도 있다), 아이들이 성인이 되자 다시 줄어들었다. 부모님의 건강이 나빠지자 방해는 다시 늘어났다. 이제는 양친 모두 몇 년 전에 돌아가시고 손자가 생겼다. 나는 손자들과 시간을 보낼 때가 정말 좋은데, 대부분 글을 쓰지 않는 시간이다. 나는 학생들을 가르치면서 동료를 찾았고, 체계 없이 시작하는 법을 배웠다. 가끔 돈을 벌고 존경도 받는다. 결국은 잘 풀린다.

어쨌거나 작가의 장점이 무척 크다. 바로 글을 쓰는 즐거움, 언어의 즐거움, **이야기를 들려주는** 즐거움 말이다. 많은 사람들이 글쓰기를 싫어한다. 당신과 나는 글쓰기가 적어도 가끔은 즐겁다고 생각하는 사람들이다. 이러한 즐거움 때문에 우리는 무슨 일이 있어도 계속 글을 쓴다. 나는 당신이 글 쓰는 시간을 많이 누리기 바란다.

마지막으로 하나 더. 가장 좋은 의미에서 야망을 갖자. 글을 쓰자. 졸리고 멍할 때, 감수성이 풍부하고 마음이 약할 때 초고를 쓰자. 규칙과 일정을 정하든지, 집에서 나가든지, 바깥의 소리가 들리지 않을 정도로 음악을 크게 틀든지, 무슨 방법을 쓰든 일정 시간 동안 방해를 차단하자. 그런 다음 아무리 말도 안 되고, 부끄럽고, 두서없고, 강렬하고, 불안정한 글이라도 떠오르는 그대로 쓰자. 독창적이고 의미 있는 글을 쓸 가능성은 당신이 내면에 존재하는지도 몰랐고 선택할 수 있다면 계속해서 모르고 싶었을 부분을 얼마나 끄집어낼 수 있느냐에 달려 있다. 어마어마한 위험을 무릅쓴 다음 끈질기고 겸손하게 고쳐 쓰자. 당신의 연에 길고 튼튼한 실을 묶고, 1년 중 바람이 가장 심한 날에 밖으로 나가서 하늘을 향해 연을 날린 다음 어떻게 되는지 지켜보자.

감사의 말

베닝턴대학 석사과정 학생들, 내가 가르친 적은 없지만 친구가 되어 준 학생들과 졸업생들, 또 내가 다른 곳에서 만나고 가르쳤던 작가들에게 감사의 인사를 전한다. 멋진 마음을 보여 주고 생각을 기꺼이 소리 내어 말해 주어서 무척 감사한다.

베닝턴의 동료들, 나에게 항상 많은 것을 가르쳐 주는 천재들에게도 감사를 표한다.

이 책을 쓰라고 권해 준, 비할 데 없는 나의 에이전트 조이 패그나멘타, 명석하고 친절한 편집자 캐럴 디샌티와 크리스토퍼 러셀에게 감사의 마음을 전한다. 책 표지를 만들어 준 린 버클리와 디자인을 맡아 준 낸시 레즈닉에게도 감사한다.

초고를 읽고서 도움이 되는 제안을 내놓고 나를 격려해
준 에이프릴 버나드, 수전 헐스먼 빙엄, 도널드 홀, 수전 홀
라헌, (중간 원고와 부분 원고를 수천 편은 읽었을) 에드워드
매티슨, 샌디 칸 셸턴에게도 감사의 인사를 전한다.

내가 시력을 잃지 않도록 도와준 크레이그 스클라 박사
와 수십 년 동안 렌즈를 처방하여 내가 계속 읽고 쓸 수 있
게 해준 윌리엄 퍼둘러에게도 감사한다.

(2007년 1월 베닝턴대학 강의를 바탕으로 한) 8장 「침묵과
이야기」는 석사과정을 만들고 초대 학장을 맡았던, 평생 언
론의 자유를 열렬히 옹호했던 리암 렉터의 영전에 바친다.

8장에 등장하는 클래시코, 웅가르티노, 캐처너리, 알리
라는 이름을 지어 준 니나 매티슨과 즐거운 대화와 웃음, 기
술적인 도움과 관대한 친절을 베풀어 준 모든 가족에게 고
마운 마음을 전한다.

"가학적인 독창성"이라는 절묘한 표현은 스테퍼니 넬른
의 것이다.

앨리스 매티슨이 언급한 책들

아래에 정리한 단편소설, 시, 장편소설 대부분은 여러 가지 판으로 나와 있다. 한 가지 판밖에 없는 경우에만 출판사의 이름을 명기했다.

Akhmatova, Anna. *The Word That Causes Death's Defeat: Poems of Memory*, trans. Nancy K. Anderson, New Haven: Yale University Press, 2004.

Austen, Jane. *Emma*, 1815 [『에마』, 윤지관 · 김영희 옮김, 민음사, 2012].

Brontë, Charlotte. *Jane Eyre*, 1847 [『제인 에어』, 유종호 옮김, 민음사, 2004].

_____. *Villette*, 1853 [『빌레트』, 안진이 옮김, 현대문화센터, 2010].

Carroll, Lewis. *Alice's Adventures in Wonderland*, 1865 [『이상한 나라의 앨리스』, 손영미 옮김, 시공주니어, 2019].

Cather, Willa. *The Song of the Lark*, 1915.

Cervantes, Miguel de. *Don Quixote*, 1615, trans. Edith Grossman, New York: HarperCollins, 2003 [『돈키호테』, 안영옥 옮김, 열린책들, 2014].

Costello, Mary. *Academy Street*, New York: Farrar, Straus and Giroux, 2015.

Dickens, Charles. *David Copperfield*, 1850 [『데이비드 코퍼필드』, 신상웅 옮김, 동서문화사, 2011].

_____. *Great Expectations*, 1861 [『위대한 유산』, 이인규 옮김, 민음사, 2009].

Dubus, Andre. "The Winter Father", *Selected Stories*, New York: Vintage Books, 1996.

Eliot, George. *The Journals of George Eliot*, eds. Margaret Harris and Judith Johnston, Cambridge: Cambridge University Press, 1998.

_____. *Middlemarch*, 1874 [『미들마치』, 이가형 옮김, 주영사, 2019].

_____. *Quarry for Middlemarch*, ed. Anna Theresa Kitchel, Berkeley: University of California Press [to accompany *Nineteenth Century Fiction*, Volume 4], 1950 [자료집의 복사본을 보려면 http://pds.lib.harvard.edu/pds/view/35524557을 참고].

Everyman [15세기 도덕극].

Faulkner, William. *Absalom, Absalom!*, 1936(text corrected 1986) [『압살롬, 압살롬!』, 이 태동 옮김, 민음사, 2012].

Fitzgerald, F. Scott. *The Great Gatsby*, 1925 [『위대한 개츠비』, 김영하 옮김, 문학동네, 2009].

Forster, E. M.. *Aspects of the Novel*, 1927 [『소설의 이해』, 이성호 옮김, 문예출판사, 1990].

_____. *Howards End*, 1910 [『하워즈 엔드』, 고정아 옮김, 열린책들, 2010].

Gardner, John. *On Becoming a Novelist*, 1983 [『장편소설가 되기』, 임선근 옮김, 걷는책, 2018].

Gissing, George. *The Odd Women*, 1893 [『짝 없는 여자들』, 구원 옮김, 코호북스, 2020].

Heller, Zoë. *What Was She Thinking?[Notes on a Scandal]*, New York: Picador, 2003.

Hemingway, Ernest. *The Sun Also Rises*, 1926 [『태양은 다시 떠오른다』, 김욱동 옮김, 민음사, 2012].

Hill, Hamlin. *Mark Twain: God's Fool*, Chicago: University of Chicago Press, 1973.

James, Henry. *The Portrait of a Lady*, 1881 [『여인의 초상』, 정상준 옮김, 열린책들, 2014].

James, P. D.. *An Unsuitable Job for a Woman*, 1972, New York: Touchstone, 2001 [『여 자에게 어울리지 않는 직업』, 이주혜 옮김, 아작, 2018].

Jones, Edward P.. "The Sunday Following Mother's Day", *Lost in the City*, 1992.

Joyce, James. "A Painful Case", *Dubliners*, 1914 [「가슴 아픈 사건」, 『더블린 사람들』, 이 종일 옮김, 민음사, 2012].

_____. *A Portrait of the Artist as a Young Man*, 1916 [『젊은 예술가의 초상』, 진선주 옮 김, 문학동네, 2017].

Lessing, Doris. *Alfred and Emily*, New York: Harper Perennial, 2008.

Mann, Thomas. *The Magic Mountain*, trans. John E. Woods, New York: Everyman's Library, 2005 [『마의 산』, 홍성광 옮김, 을유문화사, 2008].

Marshall, Paule. *Daughters*, New York: Atheneum, 1991.

Maxwell, William. *Ancestors*, 1971.

_____. *The Chateau*, 1961.

_____. *The Folded Leaf*, 1945.

_____. *So Long, See You Tomorrow*, 1980[『안녕, 내일 또 만나』, 최용준 옮김, 한겨레출판, 2015].

_____. *They Came Like Swallows*, 1937[『그들은 제비처럼 왔다』, 최용준 옮김, 한겨레출판, 2016].

Melville, Herman. *Moby-Dick*, 1851[『모비 딕』, 김석희 옮김, 작가정신, 2011].

Munro, Alice. "Cortes Island", *The Love of a Good Woman*, 1908[「코테스섬」, 『착한 여자의 사랑』, 정연희 옮김, 문학동네, 2018].

O'Connor, Flannery. "A Good Man Is Hard to Find", 1952[「좋은 사람은 드물다」, 『플래너리 오코너』, 고정아 옮김, 현대문학, 2014].

Olsen, Tillie. *Silences*, 1978.

_____. *Tell Me a Riddle, Requa I, and Other Works*, Lincoln: University of Nebraska Press, 2013.

_____. *Yonnondio: From the Thirties*, 1974.

Paley, Grace. "A Conversation with My Father", *Enormous Changes at the Last Minute*, New York: Farrar, Straus and Giroux, 1974[「아버지와 나눈 대화」, 『마지막 순간에 일어난 엄청난 변화들』, 하윤숙 옮김, 비채, 2018].

Powell, Dawn. *My Home Is Far Away*, 1944, South Royalton, VT: Steerforth Press, 1995.

Reid, Panthea. *Tillie Olsen: One Woman, Many Riddles*, New Brunswick, NJ: Rutgers University Press, 2010.

Roth, Henry. *Call It Sleep*, 1934.

Shakespeare, William. *King Lear*, 1605 or 1606[『리어 왕』, 최종철 옮김, 민음사, 2005].

_____. *A Midsummer Night's Dream*, 1590s[『한여름 밤의 꿈』, 최종철 옮김, 민음사, 2008].

Spark, Muriel. *The Prime of Miss Jean Brodie*, 1961[『진 브로디 선생의 전성기』, 서정은 옮김, 문학동네, 2018].

St. Aubyn, Edward. *The Patrick Melrose Novels: Never Mind, Bad News, Some Hope, Mother's Milk, At Last*, New York: Picador, 2012[『괜찮아』, 『나쁜 소식』, 『일말의 희망』, 『모유』, 『마침내』, 공진호 옮김, 현대문학, 2018].

앨리스 매티슨이 언급한 책들

Stevens, Wallace. "Anecdote of the Jar", 1919[「항아리 일화」, 『하모니엄』, 정하연 옮김, 미행, 2020].

Sturgis, Howard. *Belchamber*, 1904, New York: New York Review Books, 2008.

Swift, Jonathan. *Gulliver's Travels*, 1726[『걸리버 여행기』, 신현철 옮김, 문학수첩, 1992].

Taylor, Elizabeth. *A Game of Hide and Seek*, 1951.

Twain, Mark. *The Mysterious Stranger Manuscripts*, ed. William M. Gibson, Berkeley: University of California Press, 1969[『미스터리한 이방인』, 오경희 옮김, 책읽는귀족, 2015].

Welty, Eudora. *The Optimist's Daughter*, 1972[『낙천주의자의 딸』, 왕은철 옮김, 토파즈, 2008].

West, Rebecca. *The Fountain Overflows*, 1956.

Woolf, Virginia. *A Room of One's Own*, 1929[『자기만의 방』, 이미애 옮김, 민음사, 2006].

Yates, Richard. *Revolutionary Road*, 1961, New York: Vintage, 2000[『레볼루셔너리 로드』, 유정화 옮김, 노블마인, 2009].

연과 실

잡아라, 그 실을. 글이 다 날아가 버리기 전에

초판1쇄 펴냄 2021년 04월 23일

지은이 앨리스 매티슨
옮긴이 허진
펴낸이 유재건
펴낸곳 엑스북스
주소 서울시 마포구 와우산로 180, 4층
대표전화 02-334-1412 | **팩스** 02-334-1413
홈페이지 https://blog.naver.com/xplex
원고투고 및 문의 editor@greenbee.co.kr

주간 임유진 | **편집** 홍민기, 신효섭, 구세주, 송예진 | **디자인** 권희원 | **마케팅** 유하나
물류유통 유재영, 한동훈 | **경영관리** 유수진

엑스북스(xbooks)는 (주)그린비출판사의 책읽기 · 글쓰기 전문 임프린트입니다.
이 책은 (주)한국저작권센터(KCC)를 통한 저작권자와의 독점계약으로 엑스북스에서 출간되었습니다.
저작권법에 의해 한국 내에서 보호를 받는 저작물이므로 무단전재와 복제를 금합니다.
책값은 뒤표지에 있습니다. 잘못 만들어진 책은 구입처에서 바꿔 드립니다.
ISBN 979-11-90216-42-5 03800

Cover image copyright © Jonathan Janson, 2008

學問思辨行 독자의 학문사변행을 돕는 든든한 가이드

그린비 철학, 예술, 고전, 인문교양 브랜드
엑스북스 책읽기, 글쓰기에 대한 거의 모든 것
곰세마리 책으로 통하는 세대공감, 가족이 함께 읽는 책

지은이 **앨리스 매티슨**Alice Mattison

브루클린에서 태어나 퀸스칼리지를 다녔고, 하버드대학교에서 문학박사 학위를 받았다. 주로 시인으로서 활동하다가 1980년대부터 단편소설을 쓰기 시작했다. 1988년 첫 번째 단편집인 『위대한 재치』(Great Wits)를 출간했고, 1992년에는 첫 번째 장편소설인 『별의 들판』(Field of Stars)을 출간하며 소설가로서의 활동을 이어 갔다. 매티슨의 단편소설은 『미국 우수 단편선』(The Best American Short Stories) 시리즈에 아홉 번 포함되었고, 푸시카트문학상을 네 차례 수상했다. 아울러 단편소설 「밴더쿡」(The Vandercook)은 한 해 동안 미국과 캐나다의 가장 뛰어난 단편소설들을 수록하는 『더펜/오헨리상 단편선』(The PEN/O. Henry Prize Stories)에 포함되기도 했다. 뛰어난 문학 선생으로도 유명한 매티슨은 브루클린칼리지와 예일대학교에서 학생들을 가르쳤고, 20년이 넘는 세월 동안 베닝턴대학의 MFA프로그램에서 문예창작을 가르치고 있다.

옮긴이 **허진**

서강대학교 영어영문학과와 이화여자대학교 통번역대학원 번역학과를 졸업했다. 옮긴 책으로는 엘리너 와크텔의 인터뷰집 『작가라는 사람』, 『오리지널 마인드』, 지넷 윈터슨의 『시간의 틈』, 도나 타트의 『황금방울새』, 할레드 알하미시의 『택시』, 나기브 마푸즈의 『미라마르』, 아모스 오즈의 『지하실의 검은 표범』, 수잔 브릴랜드의 『델프트 이야기』 등이 있다.